태양의 아이들

태양의 아이들

지은이 한요나
펴낸이 임상진
펴낸곳 (주)넥서스

초판 1쇄 발행 2024년 5월 15일
초판 2쇄 발행 2024년 5월 20일

출판신고 1992년 4월 3일 제311-2002-2호
10880 경기도 파주시 지목로 5 (신촌동)
Tel (02)330-5500 Fax (02)330-5555

ISBN 979-11-6683-840-8 43810

www.nexusbook.com
&(앤드)는 (주)넥서스의 문학 브랜드입니다.

태양의 아이들

한요나
장편소설

&

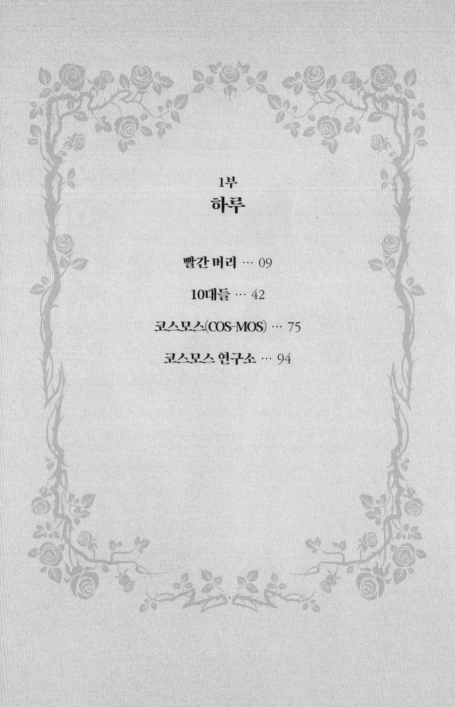

1부
하루

2부
주하

1부 하루

빨간 머리

머리칼이 콩처럼 까만 아이들은 모두 A반이었다. 콩보다 더 검은 머리칼들. 일명 대지의 아이들과 같은 학교에 다니고 있다는 것만으로도 우리는 충분히 축복받은 학생이었다. 이 학교 교복을 입고 거리를 걸어 다니면 주사를 맞는 언니들도, 구걸하는 사람들도 말을 걸지 않았다. 어른들은 내가 어떤 행동을 해도 '그럴 만한 이유가 있었겠지'라고 생각하는 듯했다. 나는 새까만 머리칼을 가지지 않는데도 그랬다.

내 앞에 앉은 주하는 빨간 머리칼을 가졌다. 반 애들은 모두 같은 처지였음에도 불구하고 주하에게는 유독 잔인해졌다. 우리는 특별전형으로 뽑혀서 겨우 F반에 앉아 있는 덤일 뿐인, 같지만 제각기 전혀 다른 족속들이었다. 우리는 A, B, C, D, E반 아이들과 달라서 F반이 되었다는 공통점이 있었다. 그럼에도 불구하고 주하는 Z반이라도 되는 것처럼 항상 숨을 죽이고 있어야 했다.

하지만 주하는 애들의 괴롭힘을 두려워하는 것처럼 보이지는 않았다. 주하의 머리카락은 나날이 더 반짝거리며 윤기가 나는 것 같았다. 빨강, 빨강, 빨강. 어쩌면 주하는 전혀 다른 계급에 속하는지도 모른다고 나 혼자 상상하곤 했지만 누구에게도 말할 수 없었다. 그 빨강은 완전히 다른 색으로 존재하면서 완전히 다른 힘을 상징하는 것 같다. 나는 꿈속에서 주하의 머리칼을 만지다 깼고 그게 가끔 부끄러워서 욕실에 오래 앉아 있곤 했다.

"공부를 잘하면 유전자 따위는 상관없잖니. 공부밖에 없어."

내가 이 학교에 들어가야만 하는 이유를 나열해 보라고 따졌을 때, 엄마는 유전자 얘기를 했다. 그건 자신이 잘못된 유전자를 물려주었다는 말이기도 한데, 엄마는 그런 데서 미안해하거나 슬퍼하지는 않았다. 그저 내가 노력해서 1구역으로 가 더 좋은 햇빛을 받길 바랄 뿐이었다. 그런 엄마의 마음이 한편으론 우습기도 했다.

"검은 머리카락을 가질 수 없다면 네가 검은 머리칼을 친구 삼을 수 있는 곳으로 올라가란 말이야. 그래서 햇빛 한 줌이라도 더 쬐게."

엄마의 공부 타령은 거기서 그치지 않고 구구절절 더 이어졌다. 그래도 '공부 타령'을 제외하면 특별히 잔소리가 많은 편은 아니라 다행이라고 생각할 때도 있었다.

"교환해 줘, 빨간 머리."

계단과 계단 사이에서 목소리가 들렸다. 세계어 수업 과제를 걷어

교무실에 제출하고 교실로 돌아가는 길이었다. 정확히 말하면 수업을 5분이라도 더 듣지 않으려고 교실까지 빙빙 돌아서 가는 중이었다. 학생들 사이에서 '끝 계단'이라고 불리는 이곳은 학교가 오래되어 증축에 증축을 반복하면서 생긴 공간이었다. 덕분에 옷감을 덧대어 꿰매듯이 고쳐 쌓은 건물에는 비밀스런 공간들이 생겼다. 학교는 7층까지 있었지만 끝 계단은 2층 관현악부 연습실과 3층 체력 단련실로만 연결되는 작은 계단이었다.

이곳은 일종의 거래처였다. 학생들이 소지해서는 안 될 물건들이 오갔는데, 주로 시험 문제지, 주민등록증, 쿠폰 등이 거래되었다. 가장 문제가 되는 것은 위조된 주민등록증과 럭스 쿠폰이었다. 럭스 충전소는 햇빛을 흡수하지 못하는 사람들을 위한 치료 목적의 의료 시설이었지만, 최상급 햇볕 못지않은 효능에 미용을 목적으로 불법 시술이 이뤄진다는 이야기가 있었다. 그래서 돈은 있지만, 여전히 콩 같은 머리칼이 되지 못한 아이들, 아직도 더 검게 변해야 한다고 생각하는 언니들이 럭스를 불법 거래했다. 치료가 목적이라고 해도 미성년자는 반드시 보호자가 있어야 출입이 가능했기 때문에 럭스 쿠폰은 위조된 주민등록증과 함께 거래되었다. 끝 계단에서는 주로 10럭스나 20럭스 쿠폰이 거래되었는데, 그게 학생들이 구할 수 있는 최대치 럭스였다.

얼마 전 100럭스 쿠폰이 거래됐다는 소문도 있었지만 끝 계단에서 있었던 일은 아닌 모양이었다. 아무래도 학생이 그런 걸 구해다

팔 수 있진 않았을 테니까, 돈 많은 누군가가 거리에서 불법 거래를 한 모양이라는 소문이었다. 입시를 앞두고 잠을 줄여 가며 공부해야 하는 3학년들끼리만 하는 거래가 있다고도 했다. 더 좋은 햇볕을 쬐고 더 우월한 인간이 되겠다는 논리가 이해되지 않는 것은 아니었다. 분명 A반과 F반은 모든 면에서 달랐다. 가진 것도 달랐고, 가질 수 있는 것도, 받을 수 있는 것도 달랐다.

그러니 평소 같았으면 문제아들이 또 말도 안 되는 거래를 하고 있구나 하고 말았을 터였다. 하지만 분명 '빨간 머리'라고 했다.

"교환해 줘, 빨간 머리."

전교에서 빨간 머리칼을 가진 학생은 주하뿐이었다. 윤기 나는 빨간 머리카락이 내 앞에서 사라락 움직일 때마다 작은 소름이 목을 타고 턱 끝으로 번졌다. 주하는 하루에도 수십 번씩 자기 존재를 알리듯 반짝였다.

슬리퍼를 벗어 손에 들고 관현악부 연습실 앞으로 다가갔다. 문에 귀를 대고 서 있었지만 누구의 목소리도 들리지 않았다. 3층으로 올라갔지만 계단참에도 체력 단련실에도 사람은 없었다. 이제 환청까지 듣는 모양이었다. 슬리퍼를 신으려는데 문을 여는 소리가 들렸다. 2층이었다. 한 사람의 발소리가 들리고, 잠시 후 다른 한 사람의 발소리가 들렸다. 문이 닫혔다. 까치발을 들고 2층으로 내려오는데 빨간 머리카락이 살랑거리며 1층으로 사라졌다.

그날부터 나는 주하의 움직임을 살폈다. 주하가 자리에서 일어나면 뒤이어 내가 드르륵 의자를 밀고 일어났다. 물론 매번 그럴 수는 없어서 일부러 자는 척을 하는 때도 있었다. 2주간 주하의 뒤를 밟았다.

주하는 나의 (알 수 없는) 기대와는 달리 화장실이나 도서관을 오가는 게 전부였다. 몇 번 더 끝 계단에 갔었지만, 이상한 대화를 듣는 일은 없었다. 여전히 불량한 거래들이 오갈 뿐이었다. 그사이 주하의 머리카락이 조금씩 짧아지는 것 같았다. 어쩌면 지나친 집착이 만들어 낸 망상일지도 모른다. 주하의 동선은 항상 거기서 거기였다.

아이들은 자신과 조금만 달라도 전혀 다른 생명체처럼 여긴다. 아이들의 괴롭힘은 졸렬했다. 예를 들면 화장실에 들어가려는 주하를 방해하며 막아선다든지, 가끔 가는 급식실에서조차 반찬을 제대로 주지 않는다든지, 의자나 책상에 물을 부어 놓고 주하가 앉기를 기다리는 식의 괴롭힘이었다. 그때마다 주하는 아무 반응도 하지 않았다. 의자에 물이 부어져 있으면 교실 뒤편에서 걸레를 가져와 조용히 닦을 뿐이었고, 어쩌다 실수로 그 위에 앉더라도 한숨을 한 번 쉬고 일어나 교실에서 사라졌다. 선생님에게 말하러 가는 것 같지도 않았다. 그저 깨끗한 교복을 입고 돌아와 수업을 시작한 선생님께 '늦어서 죄송합니다' 인사할 뿐이었다. 아이들과 떨어져 주하를 쫓아다니고 있는 나는 아무것도 할 수 없었다. 그런 내가 가장 이상했다.

내가 자란 구역은 3구역이다. 볕이 잘 드는 정도에 따라 총 7개의 구역으로 나눠져 있었지만, 3구역 외에 내가 가 본 곳이라곤 3구역과 4구역이 연결되는 제한도로 하나뿐이었다. 그것도 아버지가 도로관리자가 아니었다면 경험해 볼 일이 없었을 것이다.

나는 1구역 학교에 진학하는 것이 싫었다. 나 자신을 세상에서 제일 하등한 생명체처럼 느낄 것 같아서 두려웠다. 그냥 나와 비슷한 사람들과 여태까지의 세상에서 안전하게 살고 싶었다. 그러나 이상한 일이 일어났다. 분명 나보다 잘난 유전자를 가진 아이들이 모여 있는 곳인데, 나는 이곳에 와서야 우월해졌다. 자세히 말하자면 F반에서 나는 몇 안 되는 로열층에 속했다. 흑갈색 머리카락, 까만 눈동자와 짧은 속눈썹, 약간의 주근깨까지. 그러니까 나는 비교적 D반이나 C반에 가까운 외모를 가지고 있었다. '좋은 햇볕'을 쬐고 자란 티가 난다는 것이었다.

아이들에게는 서류상의 주소지나 출신 중학교 같은 것들보다도 외모가 중요했다. 겉보기에 좋은 햇빛을 많이 먹은 아이들은 색부터 다르다는 이유에서였다. 더 많은 햇빛을 빨아들일 수 있는 어두운 색 머리카락, 어두운 색 눈동자, 먼지를 걸러 낼 필요 없는 짧은 속눈썹, 털이 없는 부드러운 살 같은 게 경쟁력인 셈이었다. 주근깨가 있다면 최상급으로 분류되었다. 주근깨야말로 진짜 햇볕을 쬐었다는 증거. 주근깨는 아이들 사이에서 '빛의 손길'이라고 불렸다. 일부러 문신을 하거나 화장을 하는 아이들도 있었다.

우리 학교는 일명 '통합고등학교'라고 불린다. 1구역 출신이 아닌 아이들도 입학시험을 볼 수 있는 특별 전형이 있는 유일한 학교이기 때문이다.

입학시험은 1차 필기시험과 2차 면접으로 이루어져 있다. 1차 시험은 각 구역에서 필기시험으로 치러졌다. 보통의 교과목 시험에 같은 시험지를 받았지만, 당연히 구역마다 실력은 천차만별이어서 하위 구역에 있는 아이들일수록 좋은 성적을 받기 어려웠다. 5구역 아이가 더 뛰어난 유전자를 가진 1구역 아이를 이기기 위해서는 배의 노력이 필요했지만, 사실 노력만으로는 도저히 불가능한 것이다. 그렇다고 해서 5구역 아이가 과외를 받을 수 있는 환경이 되는 것도 아니었다. 7구역의 아이가 우리 학교에 입학했다는 이야기는 들어 보지 못했다. 그럼에도 매년 많은 바깥 구역 아이들이 시험에 응시해 우리 학교는 입학 경쟁률이 유난히 높은 학교였다.

그러니까 다른 구역 출신으로 1차 시험에 합격한다는 건, 1구역 가까이에 사는 좀 더 좋은 환경의 아이들이라거나 우연히 좋은 DNA와 노력할 수 있는 환경이 허락된 아이들이라는 뜻이다. 돈이 있으면 일단 사람들은 1에 가까운 숫자를 향해 움직이려고 하는 듯했다. 그건 아이들도 마찬가지였다.

2차에서는 면접을 보았다. 어떤 질문이 나올지 예상할 수 없어서 나는 응시에 의미를 두었는데, 엄마가 면접 이틀 전 어디서 구해 왔는지 모를 기출 면접 지문과 예시 답변을 건넸나. 덕분이라고 생각해야 하나, 어리둥절하면서 면접을 준비했다. 나로서는 상상도 안 되는 일들을 척척 해내는 엄마의 열정이 이해가 되면서도 이해하고 싶지 않았다. 자신의 인생을 갈아서 내 인생을 1구역으로 보내면, 자신의 인생이 행복해질 것이라고 믿는 것이겠지. 맹신이다.

어쨌든 나를 비롯해 운 좋게, 혹은 정말 똑똑해서 2차에 합격한 아이들은 3차 체력 테스트까지 치른 뒤에야 '입학 허가'가 났다. 이 세상에는 건강하지 않으면 가질 수 없는 것들이 많다는 걸 미리 알려 주는 것 같았다. 그렇게 선발되어 모인 것이 F반이었다.

아무리 온갖 구역에서 아이들이 왔다고 해도 빨간 머리는 빨간 머리여서 눈에 띄었다. 주하는 입학식 날부터 교실에서 눈에 띄는 존재였다. 나중에야 알게 된 거지만, 이미 2차 면접 날 주하의 등장은 시험장을 시끌벅적하게 만들었다고 했다.

아이들 사이에서 빨간 머리는 햇볕을 잘 흡수할까, 전혀 흡수하지 못하는 건 아닐까 하는 추측이 오갔다. 특정 추측이 사실이 되기까지는 오래 걸리지 않았고, 한 달 만에 '빨간 머리는 7구역에서 왔다'는 소문이 전교에 퍼졌다. 그래서 주하는 구관 기숙사를 쓰는 것이라고, 종국에는 학교에서도 '특별 관리 학생'으로 관리하고 있다는 소문이 추가되었다.

"햇볕을 전혀 못 봐서 그런 거 아니야? 머리카락이 미쳐 버린 거지."

"머리카락은 그렇다 쳐. 눈깔은 꼭 어디서 주워 와 끼운 것처럼 밝잖아."

"혹시 아냐, 진짜 어디 오염 구역에서 주워 왔을지. 으, 토 나온다."

"지 부모도 저 꼴이면 그것도 답 없다."

"저걸 주워 오면 이상한 거지. 차라리 똑 닮은 가족끼리 살면 위안이라도 되게."

반장이라는 녀석의 선동 아래 주하는 교실 뒷문 쪽에 앉게 되었다. 며칠 지나지 않아 뒷문으로 드나들 때마다 빨간 뒤통수를 보고 깜짝 놀라야 하는 게 짜증난다는 이야기가 나왔다. 다시 자리 배정을 하자는 이야기로 이어졌지만 선뜻 그 자리에 앉으려는 아이는 없었다. 그때 "내가 앉으면 안 놀라겠네." 말하며 벌떡 일어난 건 나였다. 주하의 녹색 눈이 처음으로 내 검은 눈동자를 쳐다봤다. 그렇게 교실 뒷문에서 가까운 분단 맨 뒷줄에는 내가, 그 앞엔 주하가 앉게 되었다.

"교환해 줘, 빨간 머리."

두 달이 지나도록 듣지 못했던 말이 다시 들렸다. 이번에는 3학년 교실이 있는 7층 화장실이었다. 동아리 선배가 '천체우주극'이라는 괴상한 부제를 붙인 극본을 썼는데, 그 공연의 홍보 포스터를 학교 전체에 붙이라는 심부름을 시킨 날이었다. 3학년 복도에 공연 홍보 포스터를 붙이고 있을 때, 그 이상한 요구를 듣게 된 것이다.

"교환해 줘, 딱 20센티면 돼."

날카로운 여자의 목소리가 들렸다.

"교환할 수 없습니다."

주하의 목소리였다.

"100럭스도 교환했다는 소문이 있던데?"

"그건 제가 아니에요."

"이미 50럭스까지 거래했다며. 다 들었어, 끝 계단 일."

날카로운 여자는 두 달 전 일을 얘기하는 듯했다.

"선생님한테 들키지 않아서 다행이었을 뿐이에요."

"걸리면 또 어때. 미성년자라는 이유로 결국 처벌받진 않을 텐데. 최고가로 쳐줄게."

"교환할 수 없어요."

"……교환이 아니라 일방적으로 당하는 수가 있어, 너."

"20센티라고요. 누구라도 알아챌 거예요."

나는 어느새 발끝을 세우고 화장실 문 앞에 서 있었다. 문이라도 조금 열려 있었다면 틈 사이로 어떻게든 보려고 했겠지만, 문은 닫혀 있었다. 문에 귀를 갖다 대고 온 정신을 집중하는 수밖에 없었다. 무언가가 깨지거나 부서지는 소리는 들리지 않았다. 하지만 문 너머 여자의 목소리가 이미 주하의 목을, 눈을 겨누고 있는 것 같았다. 이어 사각사각 소리가 들렸다. 여자가 반복해서 말했다.

"200럭스, 딱 200럭스만. 그럼 걔가 돌아올 것 같거든."

몇 차례 사각사각 소리가 반복적으로 이어졌다. 문 쪽으로 오는 걸음 소리가 들렸고, 나는 코너에 급하게 몸을 숨겼다. 3학년 교복을 입은 여자가 종이봉투를 안고 가위를 털면서 나왔다. 주하가 나와야 했다. 주하는 10분이 지나도록 화장실에서 나오지 않았다. 내가 이 대화를 엿들었다는 것을 알면 주하가 어떤 표정을 지을까. 지금이라도 모르는 척 자리를 떠야 하는 걸까? 도대체 무엇을 200럭스로 교환했을까? 주하는 정말 불량한 거래를 하는 것일까?

한참 뒤 주하가 나왔다. 화장실 문을 닫는 주하의 뒷모습에 나는 주저앉고 말았다. 내가 주저앉는 소리에 주하가 뒤를 돌아봤다. 녹색 눈이 투명해지는 듯했다. 의자 등받이를 덮을 정도로 길었던 빨간 머리카락이 귀밑에서 차르륵 흔들렸다.

주하는 놀란 표정을 짓지 않았다. 그저 투명한 눈으로 나를 쳐다보고 서 있었다. 우리는 서로의 모습을 멍하니 마주 보고 있었다. 수업이 끝나는 벨소리가 울림과 동시에 나는 벌떡 일어나 주하의 손을 잡고 끝 계단으로 달려갔다.

체력 단련실에 들어서자마자 손을 놓아 버린 건 주하였다.

우리는 한동안 서로에게 어떤 말도 건네지 못했다. 내가 먼저 말을 할까 했지만 어떤 말도 위로가 되지 않을 것 같았고, 무엇보다도 내가 묻고 싶은 게 더 많았기 때문에 함부로 입을 뗄 수가 없었다. 주하는 창가에 서서 묻지도 않은 이야기들을 시작했다. 짧아진 빨간 머리카락이 더 반짝거리는 것 같았다. 햇살 때문은 아니었다.

"그러니까…… 미안해."

그런 말이라도 해야 할 것 같았다. 내가 잘못한 것도 아닌데, 미안했다. 미안하다고 말해도 미안한 마음이 지워지지 않았다. 붉은 머리카락은 가슴에 작은 구멍을 뚫고 실을 꿰듯이 파고들어 오는 것 같았다. 붉은 실로 연결된 사람들이 있다고 3구역 친구가 말한 적이 있다. 그런 사람들은 어떻게든 엮이게 되어 있다고 했는데, 나랑 주하도 그런 걸까? 그런 이상한 생각까지 도달했을 때 주하를 다시 바라보니 머리카락이 어깨를 넘어서고 있었다. 모든 게 꿈이라고 해도 이상하지 않은 순간이었다.

볼도 이마도 뜨거워졌다. 열기가 느껴져서 손으로 얼굴 이곳저곳을 짚고 있을 때 주하가 돌아봤다. 황급히 손을 내렸지만 주하가 봤을 것 같았다. 주하가 쓴웃음을 지으며 입을 열었다.

"나 여름에 태어났거든. 할아버지는 막 태어난 내 머리색이 붉어서 붉은 꽃이 피었다고 생각했대. 지금보다는 연한 주황빛이었다고는 하지만. 그래서 이름을 주하라고 지었대. 우리 가족이 다 이렇게 생긴 것도 아닌데, 할아버지는 별로 놀랍지 않았나 봐. 그저 노을 같아서 좋았대. 엄마는 나를 낳고 얼마 지나지 않아 집을 나갔지만, 그렇다고 내가 불행하게 살았던 건 아니었어."

체력 단련실에서 울려 퍼지는 주하의 목소리가 편안하게 들렸다. 나는 이 편안함이 어디서 기인하는지 알 수 없었다.

"나는 5구역에서 왔어. 아주 평범한 사람들이 모여 있는 곳. 우리 구역부터는 사람들 색깔이 다양해지지. 4구역 이내로는 갈 수 없지만 6구역으로는 가지 않아도 되는 희미한 사람들이 사는 곳. 그렇다고 해서 내가 받아들여지는 건 아니었지만……. 아빠는 내가 어디에서 어떻게 자라든 타깃이 될 거라고 생각했어. 출생 신고를 하자마자 국가에서 사람이 나왔으니까."

"국가에서?"

"응. 출생 신고를 할 때 유전자 정보 등록도 같이 하잖아. 그 정보가 국가에 들어가자마자 국가 기관에서 나와선 아이를 보여 달라고 했다더라고. C.O.S. 태양의 아이, 관리자가 그랬대."

주하가 조금 자란 머리카락을 만졌다.

"미안해. 생겨 먹은 게 이래."

그러곤 주하는 한참 말없이 볕을 맞고 있었다. 우리는 그대로 한 시간 동안 있었다. 주하의 머리카락이 날개뼈 부근을 막 넘었을 때쯤, 주하가 교실에 가방을 찾으러 가야 한다는 말을 꺼냈다. 교실로 돌아가는 동안 나는 무슨 말을 해야 할지 알 수 없어서 남은 포스터를 둘둘 말고, 더 세게 말고, 더 세게 말아 쥐었다.

교실에 남아 있는 아이들은 없었다. 주하는 그대로 가방을 들고 뒷문으로 나갔다. 그제야 세게 말아 휘어 버린 포스터가 눈에 들어왔다. 공연 포스터는 내일 붙여도 될까, 선배한테 혼나겠지, 남은 포스터를 붙이러 3학년 층에 올라갔다가 괜히 불량스러운 언니들을 마주치면 어떡하지, 나는 검은 머리가 아닌데……. 빨간 머리만큼 곤란한 건 아니었지만 흑갈색 머리칼이라고 해서 항상 안전한 것도 아니었다. 특히 F반 교실을 벗어나는 순간 나 또한 '특별 전형 따위'가 되는 것이다. 3학년의 저녁 시간이 끝나면 포스터를 마저 붙여야겠다고 생각했다. 가방을 미리 싸서 올라가기로 했다. 붉게 빛나는 주하의 머리카락이 떠올랐다.

주하가 나가고 홀로 남은 교실은 휑하게 느껴졌다. 책상과 의자 사이사이로 냉기가 도는 것 같은 착각마저 들었다. PC를 꺼내 빨간 머리를 검색했다. 빨간 머리 염색, 빨간 머리 많이 안 좋나요?, 빨간 머리 연예인, 고전 빨간 머리 앤, 앤 셜리, 유전자 조작. 유전자 조작과 빨간 머리를 같이 검색했다. '빨간 머리의 효능'이라는 게시물이 보였다. 사이트는 세계어로 되어 있었다. 아무래도 어두운 이야기들이 오고 가는 익명 사이트의 한 종류 같았다. 어느 정도 번역은 가능했다. 거기에 쓰여 있는 이야기는 전부 상상을 넘어 괴담에 가까운 이야기였다. 연관 게시물을 몇 개 더 읽다가 문이 흔들리는 소리에 깜짝 놀라 정신을 차려 보니 이미 저녁 시간 종료 벨이 울린 뒤였다. 포스터를 마저 붙이고 집에 가야 했다.

아무리 1구역이라고 해도 학교는 똑같았다. 말도 안 되는 괴담이 돌아다니며 살을 찌웠다. 1구역 바깥의 아이들이 더럽다는 건 괴담 축에도 끼지 않았다. 3구역 이하의 지역 출신 아이들에게는 무슨 바이러스가 있다 같은 말들도 아주 우스울 정도였다. 갈색 머리들은 밝기와 상관없이 유전자 특징이 똑같다, 기생충이 숙주의 럭스를 빨아먹은 흔적이다, 그러니 모두 머리카락 유전자 분석 검사를 받아야 한다, 그런 이야기를 들은 게 시작이었다.

학기 초에는 우리 F반과 관련된 이야기가 늘 떠돌았다. 필기시험에 합격하고도 신체검사에서 탈락한 아이들에게는 엄청난 하자가 있었을 것이라는 이야기가 대부분이었다. 그중에는 디럭서 감염자가 있었다는 이야기, 손이 썩어 들어가는 저급한 병에 걸린 아이가 있었다는 이야기, 시험장에 있던 면접관이 죽었다는 이야기가 떠돌면서 한동안 우리 교실 앞 복도는 텅텅 비어 있었다. 나중에는 5구역 아이들의 손을 만지면 무슨 줄무늬쌀알벌레가 옮는다는 구체적인 루머까지 떠돌았다. 그 가운데 제일 재밌는 이야깃거리가 되는 것은 당연히 주하였다. 빨간 머리는 외계인과 교접해 나온 생명체라느니, 걔네는 사람이 없는 곳에선 사람 가죽을 벗고 원래 모습을 드러낸다느니 하는 말까지 나왔다. 나에 대해 떠들지 않는 아이들도 뒤에서는 '연한 갈색 눈'에서 레이저가 나오는 것이라고 떠들지 모를 일이었다.

사건이 있고 다음 날 주하는 학교에 나오지 않았다. 아이들은 드디어 자신들의 괴롭힘이 먹힌 것이라며 들뜬 소리를 해 댔지만 나는 홀로 주하의 비밀스런 변화를 알고 있었다. 주하는 다음 날 다시 학교에 나왔고, 머리카락은 전과 같이 의자 등받이를 덮을 정도로 길어져 있었다. 아이들 역시 이전과 다를 바 없이 시시한 괴롭힘을 반복했지만, 주하는 교실을 벗어나지 않았다. 쉬는 시간에 화장실도 거의 가지 않았다. 노서관에노 가지 않았다. 다시 비밀스러운 거래에 얽히는 것이 두려운 건 아닐까. 주하도 사실은 무서운 게 아닐까 생각했다.

어설픈 추측으로 주하의 뒤통수만 빤히 바라보기를 일주일째 하고 있었다. 체육 시간을 앞두고 아이들이 옷을 갈아입고 있는 쉬는 시간이었다. 교실이 어수선한 틈을 타 주하가 쪽지를 건넸다. 그러고 체육복으로 갈아입고 운동장으로 나갔다. 나는 체육 시간을 제일 싫어했기 때문에 오늘도 아프다고 거짓말을 할까, 머리를 굴리고 있었다. 주하의 쪽지를 주머니에 넣고 땀이 찬 손을 비비며 선생님께 거짓말을 한 뒤 보건실 침대에 누웠다. 1구역의 좋은 볕이 들어오는 창가의 침대였다. 주하의 쪽지를 읽기에 적당한 빛이라고 생각했다. 종이쪽지조차도 이 햇살을 먹고 고운 색으로 반들반들해질 것 같았다.

　[그날은 고마웠어. 정말로. 자세한 설명 없이 가서 미안해. 어떻게 설명해야 할지 모르겠더라고. 학교에 돌아가면 말해야지 했는데, 아이들을 앞에 두고 말할 수는 없고. 쉬는 시간에 밖에 나갔다가 잘못 걸리면 또 불법 거래를 해야 할지도 모르니까. 이게 제일 좋은 방법이라고 생각했어.]

　나도 주하의 말에 동의가 되어 고개를 얕게 끄덕였다.

　[C.O.S.는 재생 능력이 뛰어나. 태양의 아이라는 이름이 괜히 붙어 있는 게 아니더라고. 쉽게 말해서 햇볕 없이도 잘 살 수 있는 애들이라는 거지. 어느 날 갑자기 나타난 돌연변이일 뿐인데. 그냥 그렇대. 타고난 거래. 이 돌연변이의 인자를 찾지 못해서 계속 연구 중이라고 들었어. 그래서 중학생 때까지는 한 달에도 몇 번씩 국가연구소를 왔다 갔다 하면서 여러 검사를 받기도 했어. 1구역은 낯설지만 낯선 곳이 아니야. 하지

만 더 이상 햇볕을 마음껏 쬘 수 없는 세상이잖아. 내가 사는 5구역만 해도 그렇고. 그나마 돈이 있으면 럭스를 충전해 가며 사는 시대가 됐지. 나 같은 사람을 연구해서 여러 사람에게 도움이 된다면 의미는 있겠지만, 기쁘지는 않아.]

그 뒤로 이어지는 쪽지의 내용은 'C.O.S.'가 'Children of the Sun'을 줄여서 부르는 명칭이며, 말 그대로 '태양의 아이들'을 의미한다는 것이었다.

[태양의 아이와 관련된 이야기가 얼마 전부터 인터넷에서 떠돌고 있어. 너도 찾아봤을 수도 있겠다. 우리 머리카락 1센티가 10럭스의 에너지를 만들 수 있다는 그런 말도 안 되는 이야기. 그때부터였어, 거래의 대상이 된 건. 그건 꼭 이 학교여서가 아니야. 예전부터 그런 이야기는 돌았으니까. 그냥 지금 내가 여기 있어서일 뿐이지. 네가 거기 있었기 때문에 내 이야기를 엿듣게 돼 버린 것처럼. 하지만 네가 들어서 다행이란 생각이 들어. 적어도 나를 위험하게 만들지 않을 사람이라고, 그런 네가 나에 대해 알게 된 건 다행이라고 생각해.]

주하의 머리카락만큼 내 얼굴이 붉어지고 있는 게 느껴졌다.

[가끔 도서관에서 만나. 보건실이어도 좋고.]

나는 내 몸에서 빨간 털이 삐죽 나올 것 같은 기분에 팔을 긁었다. 보건실 베드에 누워 있으니 주하가 환상처럼 곧 문을 열고 들어올 것만 같았다. 빨간 머리카락이 반짝거리면서 자라고 있었다. 그때 주하의 머리카락은 눈에 보이지 않는 속도로 자라고 있었지만 돌아보면 어느새 쑤욱 자라 있었다. 창문으로 들어오고 있는 1구역의 좋은 햇볕 때문이 아니었다. 주하는 태양이 되고 있었다.

3구역에 있어서 다행이라고 생각했던 적은 없다. 그렇다고 1구역에 가고 싶어서 안달 난 적도 없었다. 내가 통합고등학교에 진학한 것은 단순히 엄마를 위해서였다. 적어도 엄마가 나에게 주었던 것들, 아빠가 누릴 수 있게 해 줬던 것들에 대한 자그마한 보답 정도. 만약 내가 1구역에 있다는 이유만으로 엄마의 마음이 편해진다면……. 나는 빚진 느낌을 갖고 싶지 않을 뿐이다. 내가 앞으로도 계속 1구역에 있을 수 있게 된다면, 그건 단순히 자랑스럽기만 한 일이 아니라는 걸 안다. 우리 가족은 1구역의 병원과 뛰어난 의료 기술, 도시의 온갖 발명품들을 누릴 수 있을 것이다. 무엇보다도 햇빛을 누릴 수 있을 것이다. 자연, 혹은 자연과 비슷한 무언가를 곁에 두고 살 수 있을 것이다. 병이 들면 새로운 신체 기관을 살 수 있을지도 모른다. 1구역은 그런 곳이라고 계속 환상을 품게 만든 건 국가였고, 엄마는 그런 희망 고문에 너무 약했다.

'나라도 강해서 다행이다' 생각했지만, 그건 잠시뿐이었다. 1구역에 발을 들이고 나니 나는 엄마보다 더 나약해지고 한심해져서 결국 이곳을 좋아하게 되었다. 이런 내가 싫었다. 그런데 어떤 것에도 관심이 없다는 듯한 표정의 빨간 머리가 나타난 것이다. 제일 먼저 든 생각은 정말 예쁘다, 사람일까? 하는 것이었다. 그 붉은 머리카락은 햇빛의 혀처럼, 근생물 시간에 영상으로 본 맹수의 털처럼 심각하게 멋졌다.

누구라도 그런 마음으로 그 아이를 올려다봤을 것이다. 하지만 그 누구도 마음을 들키고 싶지 않았을 뿐이라고 생각한다. 나는 10대들이 가지고 있는 그 부끄러운 마음을 별로 좋아하지 않는데, 반대로 나는 그런 마음 덕을 보고 있었다. 나를 안전하게 지켜 주는 것은 아이들의 적당한 부러움이었다.

엄마는 1구역에 가면 주근깨 화장이라도 하고 다니라고 했다. 하지만 나는 진짜 햇볕을 더 쬐고 싶다. 괜히 잘나 보이려고 화장품이라도 바르고 다니면 햇빛을 더 흡수하지 못할 것 같다. 이게 모두 꿈이라고 해도 믿어질 이상한 세상. 원래 사람이 사는 곳은 이상하기 마련이지만, 나는 1구역에 오고 난 뒤부터 멀티맨 배우처럼 더 정신없고 이상해졌다.

초등학생 때, 1구역에 사는 고모가 아기를 낳았다는 소식을 듣고 아빠와 엄마를 따라 헬기를 타고 큰 병원에 간 적이 있었다. 1구역 병원에는 정말 많은 사람이 일하고 있었다. 고모는 로봇이 아닌 전문 기술자들의 간병을 받고 있었다. 고모가 밥을 먹는 동안 미숙아로 태어난 사촌 동생은 정밀 로봇이 살피고 있었고, 사람 하나가 그 로봇을 모니터링하고 있었다. 고모가 밥을 다 먹자 할머니뻘로 보이는 간병인이 그릇을 치워 줬다. 내가 아기를 돌보는 정밀 로봇을 신기하게 관찰하자 고모는 "그래 봤자 기계야. 그치?" 하고 알 수 없는 동의를 구했다.

　침이 꼴깍 넘어갔다. 침 넘어가는 소리가 고모나 간병인에게 들렸을까 봐 얼굴이 화끈 달아오르는 게 느껴졌다. 식탁과 침대를 정리해주던 간병인이 요구르트를 하나 건넸다. 유기농 요구르트라고 쓰여있었다. 내가 아빠에게 '유기농'이 뭐냐고 묻자 고등학생쯤 되면 배울 거라고 했다. 당장은 이해하기 어려운 단어라고 아빠는 웃어넘겼다. 유기농, 유기농 요구르트. 유기농은 먹을 수 있는 것에만 쓰이는건가 보다 추측했다. 하지만 누가 이런 걸 먹는 걸까. 나는 3구역에서태어나고 쭉 3구역에서 자란 아이였기 때문에 1구역의 모든 것이 신기하게만 보였다.

　엄마는 집으로 돌아오는 내내 아빠에게 핀잔을 주었다. 자신도 저런 좋은 병원에서 아이를 낳았으면 그렇게 되지 않았을 것이라는 얘기였다. 엄마의 일방적인 공격은 어린 내가 보기에도 꼴불견이었다.

　"엄마, 어차피 이젠 아기 안 낳을 거잖아."

　"못 낳는 것도 있지!"

　대답하는 엄마를 이해한다. 불과 얼마 전 일이다.

　"네가 우리 집의 유일한 아이라서 그런 게 아니야. 너니까, 너라서그래야 하는 거야."

　1구역 통합학교의 안내 책자를 건네며 엄마가 말했다. 죽은 그 애 몫까지 하라는 말을 하지 않아서 다행이다. 하지만 '나'는 애초에 '죽은 그 애 몫까지 하는 애'를 지칭하는 말이다.

"아이를 못 낳는 몸이 된다는 건, 화를 잉태한 몸이 된다는 거야."

엄마가 내 등을 토닥토닥 두드리며 재우다 웅얼거렸던 말을 떠올렸다.

엄마가 1구역에 집착하게 된 것은 동생의 죽음 때문일 수도 있다. 갑자기 터진 양수와 갑자기 실려 간 병원, 갑자기 죽은 동생의 사인은 어처구니없게도 감염이었다. 3구역 병원에서 그런 일이 벌어질 거라고는 생각도 못 했을 테니, 엄마에게 미련이나 분노가 남을 수밖에 없다는 것도 안다. 나는 엄마를 이해할 수 있다. 1구역에서 자라지 않아서 겪지 않은 수많은 일이, 혹은 갖지 못한 수많은 것이 있다는 것을 이곳에서 다시 배우고 있다.

주하의 쪽지를 읽고 난 뒤로 우리는 가끔 도서관에서 만났다.

"너는 다른 애들처럼 1구역 구경 안 다녀?"

책을 보던 주하가 대뜸 물어 왔다.

"응. 별로 관심 없어."

"생각보단 많은 것 같은데."

주하가 턱 끝으로 내가 보고 있는 책을 가리켰다.

"아."

"넌 뭐가 되고 싶어?"

"뭐가?"

"1구역에 있는 학교에 오기까지 사연이 있을 거 아니야."

"뭐가 되고 싶은 건 아니야."

"그럼?"

"엄마. 엄마가 원해서 왔어."

"의사가 되고 싶어?"

"그건 아닌데……. 1구역의 의술은 어떨까 궁금하긴 해."

"그래서 그런 책을 자꾸 보는 거야?"

"그런가. 어렸을 때 1구역 병원에 가 본 적 있어. 그때도 신기한 게 많았지만, 정확히 어떤 신기한 일들이 벌어지고 있는지는 잘 몰랐어. 지금 가 보고 싶어. 얼마나 엄청난 일들이 가능할까 궁금해. 거기선 얼마나 사람들이 안 죽고 나갈까. 죽는 사람이 있긴 있을까? 환상 같은 거지."

"……맞네. 환상."

말투와 목소리 톤이 바뀐 주하를 쳐다보니 약간 어두운 표정을 하고 있었다. 주하는 5구역에서 왔고, 거기는 내가 다녔던 병원들보다 더 낙후된 시설만 있지 않을까 상상하곤 조금 미안해졌다.

"너는 1구역 병원에 가 본 적 있어?"

주하는 말없이 고개를 끄덕이고, 한동안 내가 들고 있는 책 제목을 멍하니 바라봤다. 5구역 출신 주하가 가 본 1구역 병원은 어땠을까? 반대로 1구역 병원에 가 본 적이 있는 사람이 5구역 병원을 보면 하늘과 땅 정도의 차이를 느끼지 않을까?

"5구역 병원은 어때? 깨끗해?"

"갑자기 5구역이 궁금해?"

"아."

내가 하던 생각을 들킨 것 같아 민망해졌다. 그리고 미안해졌다. 나도 모르는 사이 '5구역에서 온 아이'라는 선을 긋고 내 멋대로 상상했다는 것이. 그리고 주하는 그런 내 머릿속을 다 들여다본 것 같았다.

"괜찮아. 1구역이랑은 비교가 안 되지만."

"그, 그게. 나도 1구역 출신은 아니니까 1구역 병원은 좀 놀라웠거든. 그래서 나도 모르게……. 내가 다녔던 병원들이랑은 또 뭐가 어떻게 다를까 상상한 것 같아. 미안."

"미안할 거 없어. 1구역의 병원이 유난히 특별한 거지. 우리는 비슷하지 않았을까?"

"어떻게 그렇게 잘 알아?"

"나는 1구역의 국가연구소를 오가며 자랐어. 병원도 당연히 1구역 병원으로 다녔고."

"연구소? 병원?"

"응. 연구소에서 실험을 진행하다가 내가 이상 증상을 보이면?"

"빨리 검사하고, 문제가 있으면 치료해야겠지? 그런데 무슨 실험?"

주하는 내 질문에 대답하지 않았다. 다만 알 수 없는 표정을 짓고는 눈을 피하는 것 같았다. 실험을 했다는 건 주하의 몸에 어떤 생체 실험을 했다는 걸까? 쉽사리 상상할 수 없는 것이어서 더 이상 물어볼 수 없었다.

"1구역 병원은 누워서 들어간 사람도 걸어서 나올 수 있는 곳이야."

"나도 1구역 병원은 경험이 있어."

"어떻게?"

이번에는 주하가 나에게 궁금한 표정을 지었다.

"동생이 태어나자마자 디럭서에 감염돼서 급사했어. 3구역 병원에서 아이를 낳다 보면 생길 수 있는 일인지도 모르지만……."

"1구역에는 응급 치료를 받으러 간 거구나."

"응. 고모가 1구역에 살고 있었어. 고모부가 1구역 출신이어서 직장도 1구역에서 다니는 분들이었고……. 아기는 구하지 못했지만, 엄마를 살린 건 1구역 병원이었어. 고모가 아빠 연락을 받고 곧장 구급헬기를 보내줬거든."

"굉장히 흔하지 않은 케이스다."

"응. 나는 그날이 꽤 생생하게 기억나. 다섯 살 땐데도 말이야."

"충격적이었나 봐."

"음. 사람들의 표정이? 구급차에서 내린 사람들의 표정이 아주 별로였어. 감염에 대한 두려움과 혐오의 표정."

"혐오는 두려움에서 기인하니까."

"와. 너 되게 멋진 말도 하는구나."

"그런 이상한 바이러스는 어디서 시작됐을까 궁금하지 않아?"

그랬다. 내내 궁금했던 것은 디럭서 바이러스의 감염 경로였다. 엄마는 동생을 가졌을 때 그 어느 임산부보다도 외출을 삼갔고, 청결에 신경 썼다. 출산 2주 전 검사에서도 아무 이상이 없었던 아기가 태어나자마자 감염이라니. 엄마도 아빠도 계속 그 문제의 답을 찾기 위해 뛰어다녔지만, 아무것도 찾을 수 없었다.

나는 주하에 대해서 추측할 수 있는 게 없는데, 주하는 너무 많은 것을 눈치채고 있었다. 내가 어떤 생각을 했는지, 지금은 어떤 생각을 하는지 계속 들여다보고 있는 것 같았다. 반면에 내가 주하를 바라볼 때는 만화경으로 들여다보는 세상처럼 어지러웠다. 주하라는 원통 안이 어떻게 생겼는지 모르겠다.

"그런 하찮은 바이러스가 어디서 튀어 나왔을까? 그래도 병원이었는데 말이야. 나름 3구역에서는 1등급 마크를 단 곳이었다고. 어쨌든 엄마는 동생의 죽음으로부터 영원히 벗어나지 못했어."

"미안."

"네가 미안할 일은 아니지."

주하가 자기 일처럼 반응했다. 그건 주하의 표정에서 드러났다. 꼭 내 표정을 따라하는 것처럼 일그러진 듯, 날이 선 듯한 모습이었다.

"나는 1구역에 정착해서, 응. 엄마가 원하는 삶을 살게 해 주고 싶어."

"엄마는 이미 자기 인생에서 중요한 걸 잃었어. 넌 너를 위한 삶을 살면 돼."

"엄마는 '감염'이라는 사인으로부터 영원히 못 벗어날 거야."

"엄마의 마음을 달래 주기라도 하겠다는 거야? 1구역으로 모셔 와서 안전한 곳에서 살고 있다는 감각을 선물하고 싶은 거냐고."

왜 날이 섰는지 모르겠어, 주하야.

"적어도 다음에는 그런 일을 겪지 않을 거라고 말해 주고 싶은 것뿐이야."

"너도 그냥 앤데."

"응?"

"너도 그냥 아이일 뿐이라고. 네가 뭘 어쩐다고 달라지는 것도 아니고, 그래야 할 필요도 없어."

"……넌 원래 그렇게 차갑게 말해?"

"너는?"

"뭐가?"

"너는 원래 누구에게나 마음을 쓰는 편이야? 나부터 시작해서 말이야."

내가 그런 사람이었나? 생각해 봤다. 나는 믿지 않을 뿐이다. 사람도, 친구도, 환경도, 언제든 바뀔 수 있다. 그래서 지금 내 곁에 있을 때 조금 다정할 수 있을 뿐이다.

"글쎄. 나는 무엇도 믿지 않으려고 해. 1구역의 대단한 것들도 절대적으로 믿지 않으니까. 그래서 오히려 괜찮아."

"괜찮다고?"

"응. 네가 뭐에 그렇게 화가 났는지 모르겠지만, 나는 괜찮아. 정말로."

"난 화가 난 게 아니야."

"화가 난 것처럼 보였어."

"아무도 신경 쓰지 않으려고 했는데……. 지금껏 그렇게 살아왔는데."

"그런데?"

"네가 무척 신경 쓰여."

내 입에서 나와야 할 것 같은 말이 주하의 입에서 나왔다. 나를 신경 쓴다고? 아니, 내가 신경 쓰인다고?

"나도 네가 신경 쓰여."

"원래 빨간 머리들이 그래."

주하가 슬며시 웃으며 대답했다.

주하와 별나지 않은 이야기를 하며 웃고 나니, 여기에 있다는 것이 꿈처럼 느껴졌다. 내가 지금 진짜로 1구역에 있다고? 문득 그런 마음이 들었다. 영원히 적응할 수 없는 옷차림처럼 느껴지는데도 벗고 싶지 않은 기분. 그런 낯선 기분도 들었다. 무엇이 마음에 들고, 무엇이 좋은지 모르겠다. 1구역에 온 뒤로는 좋고 편한 것보다는 오히려 불편하고 이상한 게 더 많았다. 그래서 조금 무섭기도 했다. 모든 게 더 나을 줄 알았으니까. 불편한 건 하나도 없을 줄 알았으니까. 하지만 이건 나쁜 신호라기보다는 내가 1구역에 정착하고 싶은 이유

정도에 지나지 않는다고 생각했다.

내가 1구역에 머물고 싶은 이유는 누군가에게 잘 보이고 싶어서도 아니고, 돈을 많이 벌고 싶어서도 아니다. '안전'이 기본값인 생활을 하고 싶고, 어느 정도는 엄마 걱정도 할 줄 아는 착한 딸이고 싶다. 한편으로는 사람들이 인정해 주었으면 좋겠고, 그러면 내가 어느 정도 자유로울 수 있을 것만 같았다.

"네가 1구역에 끌리고 있는 가장 큰 이유는 '안전하다'는 거지."

"응?"

"여기가 세상에서 가장 안전한 곳이라고 생각하는 거잖아."

"뭐, 그렇다고 할 수 있겠다."

"하지만 내가 경험한 1구역은 세상에서 가장 위험한 '실험실'이야. 거대한 실험실."

"연구소 때문이야?"

"아니. 연구소를 벗어나도 그런 느낌은 지울 수 없어. 지금 이 학교 생활도 마찬가지잖아."

"그러고 보니 너는 5구역 출신이라고 했는데, 어떻게 이 학교에 오게 된 거야?"

"연구소에서 날 이 학교에 집어넣었어."

"아?"

"1구역에 오기 위해서 열심히 공부했을 너 같은 애들이 들으면 기분 나쁜 얘기겠지만."

"실험…… 때문인 거지?"

주하가 고개를 끄덕였다.

"내 인생 전체를 놓고 실험하려는 계획일 거야."

"지금도?"

"응. 지금은 아주 중요한…… 뭐, 서른 번째 실험쯤 되겠다."

주하는 그렇게 말하며 가볍게 웃었다.

"그럼 우리 학교에 너 말고 다른 아이들도 있어?"

"있지 않을까? 아니면 나중에라도 나타날 거야."

"역시 실험의 일부로?"

"그렇지."

아마도 주하는 주삿바늘을 싫어할 것이다. 말하지 않아도 알 것 같았다. 그러니까 주하는 태어나서부터 지금까지 그런 삶만 살아온 것이다. 주하가 5구역에서 1구역으로 가는 연구소 헬기에 오를 때의 모습을 상상해 보았다. 절대 누구에게도 꿀리지 않을 것 같은 아이가 어떤 표정을 지었을지, 상상이 되지 않았다. 상상하고 싶지 않았던 것 같기도 하다. 그래서 더 이상 자세한 것은 묻지 않았다.

주하는 그래도 특별하게 자랄 수 있었겠지. 특별한 건 좋은 걸까? 나쁜 걸까? 억울한 일도 분명 있었겠지? 애들은 특별한 아이들을 질투하곤 하니까.

"5구역에서 평범하게 살아가는 날들이 좋았어. 거긴 갖가지 색이 다 있었지."

이번에도 내 머릿속을 읽은 것처럼 주하가 이야기를 시작했다.

"1구역은 아무래도……."

"온통 까맣거나 하얀 것뿐이잖아."

"그래도 실험실에 검사를 받으러 가거나 할 때 말이야. 1구역 연구소에 올 때 다른 C.O.S. 애들을 만날 수 있다는 기대도 있지 않았어?"

"……글쎄. 조금 나이를 먹은 후엔 내가 다른 애들과 달라서 1구역에 갈 수 있다는 걸 알았고. 그건 때때로 불리할 수도 유리할 수도 있다는 걸 알았어. 그런 우리가 모이는 '연구실'이라는 공간은 그다지 반가운 게 아니었고 말이야."

"……."

"물론 다른 태양의 아이들을 만나는 건 나에게 위로가 되는 일이었지만, 굳이 만나지 않아도 살 수 있는 거잖아. 우리는 차라리 우리가 이곳에서 다시 만나는 일이 없길 바라며 헤어졌어."

앞으로 내가 알아야 하는 게 얼마나 많은 걸까. 적어도 지금 내 앞에 붉게 빛나는 태양부터 예측 가능 범위를 벗어났다. 나는 얼마나 더 추측하고 노력해야 할까. 그것조차 이 아이에겐 폐가 될 수 있단 생각이 들었다. 문득 태양이 지는 것을 보고 싶지 않다는 생각을 했다. 그러나 이 아이 옆에 있으면 태양이 뜨고 지는 순간도 모두 볼 수 있을 것 같아 무서웠다.

하지만 인생은 언제나 내 의지와 상관없이 흘러간다. 나는 엄마를 위해 1구역에 뛰어들었고, 이 아이에게 거침없이 손을 내밀었다. 모르겠는 일이 훨씬 더 많아질 것이라는 예감이 선명해졌다.

굳이 묻는다면

영원히 모르는 것과 영원히 모르는 척하는 것

어느 쪽이 더 나쁜 걸까

계단과 계단, 철조망과 옥상, 하늘과 하늘 사이, 우리는 어디에서
든 끔찍해진다. 너는 순식간에 피라미에서 대어가 되고, 나는 대어에
서 피라미가 되고. 도마 위에 올라 빛나는 날들을 마주할 거야. 이유
도 없고, 순서도 없이. 정확할수록 분명할수록 용서받을 확률은 높아
지겠지. 비슷할수록 사랑받는 곳이니까. 너는 갑자기 흐린 그림자 취
급을 받고, 나는 죄인이 될 거야. 도망 다니지 않아서 착한 학생이었
는데. 착한 학생이라서 도망 다녀야 했지. 그래서 모았대. 일, 이, 삼,
사, 따지면 내가 명확해지고, 네가 선명해질 줄 알았지. 작고 큰 소란
들. 무디고 날카로운 소문들.

붉은 말들이 뛰어다니면서 붉은 머리카락을 탐내지. 왜 그렇게 빛
나는지 묻지 못하고.

우리는 보지 않아도 볼 수 있는데 말이야. 알잖아, 옆 반에 누가 거짓말쟁이인지, 누가 울었는지, 누가 울렸는지, 심지어는 왜 울었는지까지. 모여 있는 입술들은 언제나 알고 있어.

굳이 묻는다면
영원히 믿는 것과 영원히 배신하지 않는 것
어느 쪽이 더 좋은 걸까

끊어서 읽으면 될까
하늘과, 하늘, 철조망, 옥상, 계단, 과, 계단
네 머리카락을 내어 주지 않아도 돼
데려가 줘, 빨간 머리

10대들

내가 주하와 보내는 시간이 길어질수록 아이들은 주하에게 관심을 보였다. 물론 여전히 주하를 못마땅하게 여기고, 수군거리는 아이들이 더 많았지만, 교실의 분위기가 바뀐 게 느껴졌다. 이전과 다르게 주하에게 먼저 아는 체를 하며 얼쩡거리는 아이들이 생겨났다. 우리 반 애들만 그런 게 아니다. 여태까지는 괴물이라도 되는 것처럼 제거하지 못해 안달이 난 것처럼 굴더니, 단순히 내가 친하게 지낸다는 이유로 태도가 바뀐 게 우습다. 주하는 위험한 생명체가 아니라는 게 증명된 것처럼 말이다.

나는 그런 상황이 다행이라고 여기면서도 반갑지 않았다. 왠지 배가 아팠다. 나는 처음부터 주하를 알아봤는데, 하는 이상한 견제였다.

점심시간이면 홀연히 사라지던 주하가 이젠 교실에 남아 있었다. 애들이 어떤 행동을 보이든 어떤 표정을 짓든 주하는 관심 갖지 않는다. 그저 나를 기다리는 것처럼 가만히 앉아 있다. 나는 그 아이를 혼자 둘 수 없다. 우리는 약속이라도 한 것처럼 점심시간이 시작되고 15분이 지난 뒤에야 자리에서 일어나 함께 급식실로 향한다.

급식실에 가는 길도 웃기다. 아무도 우리를 막거나 주하를 끝 계단으로 데려가지 않는다. 오히려 우리 주변으로 아이들이 물러나 길이 생겨나곤 했다. 다른 반이나 다른 학년 학생들은 여전히 주하의 빨간 머리카락을 뚫어져라 쳐다본다. 나도 주하도 그런 시선을 개의치 않는다는 게 어쩌면 진짜 1구역 아이가 아니라는 것을 증명하는 것 같았다.

갑자기 변한 아이들의 태도에 주하는 전과 다를 것 없이 행동한다. 놀라지도 않고 좋아하지도 않는다. 오히려 아이들의 반응에 일일이 신경 쓰는 건 나다. 더 이상 도서관이나 보건실로 가지 않아도 돼! 외치고 싶은 심정이다. 여전히 주하와 보건실에서 두런두런 이야기 나누는 시간을 기다리는 것도 나다. 주하는 여전히 내가 아는 것보다 비밀이 더 많은 아이이고, 그런 애 옆에서 하나둘 주워듣다 보면 내가 전설 속의 보물섬 위치를 알고 있는 요정이라도 된 것 같은 기분이 든다.

"너 눈 색깔 예쁘다."

주하와 급식실에서 밥을 먹게 된 시 보름 정도 됐을 무렵이었다. 갑자기 우리 맞은편에 파란 머리카락의 A반 아이가 앉으며 말을 걸어왔다. 우리가 급식실에 나타나도 더 이상 아이들이 놀라지 않게 되었으나 A반 아이가 우리에게 말을 거는 순간 급식실의 온 이목은 우리에게 주목되었다. 제발, 우리 좀 가만히 놔둬. 말하지 못하고 안달이 나서 손바닥을 허벅지에 벅벅 문질렀다.

"응? 눈?"

내가 되물었다.

"너 말고. 얘, 빨간 머리."

"아······."

"사람들이 은근 눈 색깔은 자세히 못 보거든. 다들 까만 머리에만 집중하지. 아, 너는 빨간 머리에 집중하겠구나?"

"하지만 너도 파란색이잖아. 머리."

주하가 턱 끝으로 파란 머리를 툭 가리키며 대답했다.

"그치. 하지만 난 염색한 머리야."

"그러네."

파란 머리가 머리카락을 헝클며 대뜸 정수리를 보여 줬다. 속에서 까만 머리가 조금씩 올라오고 있었다.

"왜 굳이 파란색으로 염색한 거야? 이왕이면 까만 머리가 좋지 않아?"

내가 묻고 있는데도 파란 머리 아이는 주하만 쳐다보며 대답했다.

"그냥. 내가 좋아하는 색이니까. 그나저나 이 빨간 머리는 진짜지?"

"알면서 왜 물어."

주하의 말투가 신경 쓰였다. 그렇게 툭툭 내뱉다가 시비라도 걸어오면 어쩌려고.

"빨간 머리에 풀색 눈, 진짜 특이하네."

"저기."

점점 많은 아이들이 우리 테이블을 보며 쑥덕거리고 있었다. 내가 이 상황을 종료시켜야 할 것 같아서 파란 머리에게 말을 걸었다.

"너는 A반이지?"

그러자 파란 머리가 주하 쪽으로 쑥 내밀었던 몸을 제자리로 돌리며 고개를 끄덕였다.

"응. 나는 빌리로즈, 얘는 레오니."

옆을 보니 어느새 눈처럼 하얀 머리카락의 여자애가 앉았다. 실제로 하얀 눈을 본 적은 없지만, 정말 눈처럼 새하얀 색이었다. 언제 탈색을 한 것인지는 몰라도 두피까지 하얗게 보였다. 혹시 주하처럼 타고난 머리카락 색이 그런 것인가 싶을 정도였다. 레오니라는 아이는 얼핏 보기에도 키가 무척 컸고, 빼빼 마른 체형의 아이였다. 하얀 머리의 레오니는 파란 머리와 정반대로 아무 말도 하지 않고, 계속 핸드피스만 들여다보고 있었다.

'메신저가 아니라 핸드피스를 가지고 있을 정도면 진짜 잘사나 보네. 하긴 A반이면, 처음부터 1구역에서만 자란 순혈동의 아이들일 테니까.'

그에 비해 나와 빨간 머리 주하는 1과 연이 없던 삶을 살았다. 물론 주하는 1구역의 연구소를 오가며 살긴 했지만, 그건 실험용 쥐의 삶과 다를 게 없었다고 했다. 그러고 보니 레오니의 머리가 꼭 하얀 쥐 같다. 게다가 저건 뭐야. 우주인처럼 투명한 구를 끼고 있다.

"레오니는 오염된 공기에 민감한 애라서 항상 산소 여과 장치를 쓰고 다녀."

"아. 그래."

내 눈길을 다 파악하고 빌리로즈가 대답했다. 나는 주하를 살폈다. 주하는 조용히 밥을 먹을 뿐이었다.

"우리한테 볼일 있어?"

"그냥 궁금해서. 빨간 머리나 그 옆에 늘 같이 다니는 애나 좀 신기하잖아. 그게 다야."

"어, 그런데 밥 먹을 때 이러는 건 좀 부담스럽다."

"이게 제일 자연스러운 접근 아니야? 우리가 F반까지 찾아간다고 해 봐. 그건 그거 나름대로 이슈일걸?"

빌리로즈가 내 얼굴을 빤히 쳐다보며 말했다.

"A반이랑 F반이 뭐 어때서."

나는 아무것도 모르는 척 대답했다.

"진짜 몰라서 묻는 거야, 괜히 그러는 거야?"

"뭐가."

"누가 잡아먹냐? 왜 그렇게 날을 세우고 있어?"

내 마음을 읽은 것처럼 빌리로즈가 중얼거렸다. 그때 주하가 들릴 듯 말 듯 대답했다.

"잡아먹힐 수도 있으니까."

빌리로즈가 멈칫하더니 이내 웃으면서 다시 주하에게 말을 걸었다.

"그건 그렇다 치고. 너네는 무슨 사이야? 요즘 계속 둘이 붙어 다니잖아."

"같은 반 친구가 그러면 안 돼?"

"갈색 머리 쪽이 빨간 머리에게 무슨 꿍꿍이라도 있나, 아니면 정반대일 수도 있고? 그것도 아니면 기간제 친구라도 하자고 계약했나 싶어서."

이죽거리는 빌리로즈가 마음에 들지 않았다. 하지만 빌리로즈가 하는 말이 전부 틀린 말은 아니었다. 그래서 더 열이 올랐다.

"친구지, 뭐."

주하의 갑작스런 대답에 모든 혼란스러운 감정들이 잔잔하게 가라앉았다. 덕분에 내가 혼란스러웠다는 것을 의식하게 되었는데, 그것은 주하에게 친구로 인정받고 싶었다는 의미였다. 태어나 처음으로 친구를 만든 유치원생처럼 기분이 들떴다. 내 의지로 친구가 된 사이는 특별한 거구나 싶었다.

생각해 보면 주하가 내 인생의 첫 친구는 아니다. 유치원생 때도, 초등 교육 기관에서도 반 아이들과 달 없이 질 지냈고, 집에 같이 가는 친구 한두 명 정도는 꼭 있었다. 친구를 가지려고 특별히 노력한 적은 없었다. 오히려 너무 조용해서 우리 반에 그런 애가 있나 싶을 정도로 존재감이 없는 게 나였다. 다행히도 늘 근처 학교로 진학하면서 전부터 알던 친구들이 늘 곁에 있었기 때문에 어딜 가나 자연스럽게 또래 친구들과 어울릴 수 있었다. 새로운 교실에 배정이 되어도 조금만 고개를 돌리면 작년에 같은 반이었던 친구를 마주칠 수 있었던 것이다. 그러나 1구역으로 오면서 '친구 사귀기'는 공부보다 어려운 것임을 알게 되었다. 특히나 F반의 일원으로서 '친구'라는 단어를 생각하면 가시방석에 앉은 것처럼 한 자리에 가만히 앉아 있을 수 없는 것이다. '안전한' 거리감과 속도감으로 친구가 된다는 건 서로를 충분히 믿을 수 있어야 한다는 건데, 주하를 보면서 그게 얼마나 어려운 건지 알게 됐다.

내가 선택한 빨간 머리 주하는 이제 나를 친구라고 부른다. 기분 좋은 바람이 부는 것 같은 착각마저 들었다. 기분이 좋고 묘했다.

"오…… 진짜 친구?"

"그럼 가짜 친구도 있어?"

이 틈을 공략해서 내쫓아야지. 이 기세로 밀어붙여야 한다.

"아니. 뭐. 신기하긴 하잖아."

"신기할 건 또 뭐야."

"아니. 너네가 급식실에 갑자기 나타났잖아. 하나는 빨간 머리고, 하나는 B반 정도까지는 충분히 갈 수 있을 것 같은 어두운 머리고. 그런데 갈색 머리가 빨간 머리를 보디가드처럼 모시고 다닌단 말이지?"

"뭐, 좀 갑작스럽긴 했지."

빌리로즈가 픞 웃음을 터트렸다. 레오니는 조용히 디저트를 가져와 다시 옆에 앉았다. 하얀 머리는 정말 조용히 움직이네, 하고 딴생각을 하는 사이 빌리로즈가 내 눈을 뚫어져라 쳐다보았다.

빌리로즈라는 애는 오지랖이 넓고 말이 많은 별종에 지나지 않을 것 같다는 생각이 들었다. 왠지 위험한 애는 아닐 것 같다는 느낌이 왔다. 고개를 돌려 주하를 봤다. 주하는 어느새 밥을 다 먹고 음료수를 마시는 중이었다. 그때 빌리로즈가 다시 나에게 말을 걸었다.

"너 F반에서 상류층이겠구나?"

우리 반 애들이 나를 그렇게 대한다는 건 알고 있었다. 하지만 직접 물어본 적은 없었다. 나는 그 아이들에게 물어볼 수 없었던 것을 빌리로즈에게 묻기로 했다.

"그런 게 진짜 있는 거야? 상류층이니 로열층이니 하는 것들."

"아직도 이 학교를 잘 모르네……. 아니면 아직 1구역에 적응 못 한 건가?"

"어?"

"어두운 갈색 머리에 짧은 속눈썹에……. 아이들이 지금 너를 판단하는 기준들을 봐."

"기분 나빠, 그거."

"그런데 그게 세상이잖아? 그러니까 네가 지금 빨산 머리랑 다니는 건 그런 애잔한 마음 때문인 거야? 안쓰럽고 안타까운 마음에 봉

사하듯 말이야."

"그런 게 아니야."

내가 정색을 하고 자리에서 일어나자, 주하가 내 왼쪽 손목을 잡아당겼다. '그냥 앉아'라고 말하는 것 같았다.

"난 빨간 머리가 아니고, 주하야. 빌리."

"로즈라고 불릴 때가 더 좋은데 말이야."

빌리로즈가 레오니의 그릇을 들고 자리에서 일어났다.

"우리 동네 애가 밥을 다 먹은 것 같으니 자리에서 일어나야겠다. 너."

빌리로즈가 자리를 뜨면서 말을 덧붙였다.

"어쨌든 넌 네 유전자에 감사할 필요가 있어. 없는 것보다 나은 것들이거든."

"한 번도 좋은 거라고 생각해 본 적 없어. 여기서도 옛날 그 동네에서도. 그래 봤자 나는 너네처럼 좋은 유전자를 갖고 있는 게 아니라 외모가 조금 더 나아 보일 뿐이거든."

"별종이네."

"까만 머리를 다른 색으로 염색한 너나 네 친구가 더 별종이지."

그러자 가만히 있던 레오니가 대답했다.

"그렇지. 하지만 이게 좋은걸."

빌리로즈와 레오니는 그대로 급식실을 나갔다. 우리를 쳐다보던 눈들도 하나둘 흩어졌다. 문득 주하가 말했던 연구소 사람들이 생각났다. 지금도 어디선가 우리를 지켜보고 있을지 모르는 감시자들. 지금 이 상황도 누군가가 지켜보고 있나? 그렇다면 할 수 있는 말이 있었으면 좋겠는데, 꿀 먹은 벙어리처럼 입이 떨어지지 않는다.

빌리로즈와 레오니는 그날 이후로 복도에서 우리를 마주치면 말을 걸어왔다. 우리는 빌리로즈를 빌리라고 부르기 시작했다. 빌리는 그동안 우리가 몰랐던 학교의 구석구석을 소개해 주기도 했다. 주로 말을 하는 것은 빌리였지만, 생각보다 더 특이한 쪽은 레오니였다. 레오니는 머리에 뒤집어쓰고 있는 투명한 헬멧을 공기 정화 장치 때문이 아니라 패션 아이템으로 차고 다닌다고 말하기도 했다. 레오니는 머리를 더 하얗게 만들 수 있는 방법을 찾는다든가 어항 속 물고기의 기분을 느끼기 위해 쓸모없는 헬멧을 뒤집어쓰고 다닌다고 말하거나(레오니는 우리 앞에서만 말을 잘했다.) 빨대나 수저 같은 걸 입에 물고 다니기도 했다. 빌리는 옆에서 그런 레오니를 귀엽게 쳐다보는 게 다였다. 가끔은 얼굴에 피어싱을 하고 나타나기도 했지만, 하루 이틀이면 그런 것도 질리는 게 빌리였다.

내가 주하를 통해 아이들을 관찰하게 된 것처럼 아이들은 나를 통해 주하와 친해지려고 했다. 처음에는 그렇게 따돌리기만 하더니 이제는 모두가 친하게 지내고 싶어 하는 것이다. 갑자기 많은 아이들이 주하에게 관대해졌다. 동시에 나는 어떤 특권을 가진 아이가 되었다. '그 주하'와 가장 친한 친구니까. 그러나 얼마 지나지 않아 그 이유를 알게 되었을 때 나는 웃을 수도 화를 낼 수도 없었다.

"하루야."

"어."

F반 반장이 갑자기 주하에 대해 물었다. 그날은 반 대항 체육 대회 출전 선수를 정하는 날이었다.

"이번 체육 대회 달리기 말이야. 우리 반 대표로 주하가 나가면 어떨까? 뭐 아는 거 없어?"

"잘 모르겠는데."

"솔직히 F반이 신체 능력으로 다른 반 애들을 이기기는 어렵잖아. 우리가 다른 반을 이길 확률은 제로에 가깝지."

"그런데?"

"그런데 주하라면 가능할지도 모르잖아."

"뭐가?"

"주하의 머리가 럭스를 만든다는 소문…… 너도 알잖아. 모르는 척하지 말고."

"나도 주하한테서 들은 건 없으니까. 모르겠는데?"

안다고 해도 말해 주고 싶지 않다. 그러니까 태양의 아이의 능력을 이용해 F반이 이겨 보고 싶은 거잖아. 한 경기라도 이겨 보고 싶다는 게 문제가 아니라 남을 이용하려는 게 괘씸하다.

"너도 모른다고? 그 소문이 사실이라면 주하가 나가는 게 승산이 좀 있을 것 같은데."

대부분의 아이들이 가진 접근의 의도는 결국 럭스와 관련되어 있었다. 나에게 먼저 확인을 받고, 그 후에 주하에게 다가가는 것도 똑같은 방식이었다.

"나도 몰라. 주하한테 직접 물어봐."

"아 물론 주하한테 물어볼 건데! 그 전에 너한테도 물어보는 거지. 네가 주하랑 그나마 제일 친하잖아. 하하하하."

어색하게 웃는 반장을 보며 문득 나도 당황스러운 감정을 느꼈다. 반장이 멀어져 가는 뒷모습을 보며 외로움을 느꼈기 때문이다. 나는 '나'로 있지도 못하고, 주하와 친한 '어떤 애'로만 보이는 건가? 누가 봐도 주하와 가장 친한 친구가 나라는 건 기쁘지만, 도대체……. 이건 뭐지?

이런 나를 제일 먼저 눈치챈 것은 빌리였다. 주하가 연구소에 가기 위해 조퇴를 했던 날, 본관 건물 앞 벤치에 앉아 있는 나를 발견한 빌리가 다가왔다. 내 옆에 앉아서 한동안 나를 빤히 쳐다보더니 "짝꿍은 어디 갔어?" 물었다. 그때 나는 무엇 때문인지 또 신경질이 나 있었는데, '난 짝꿍이 있으면 안 되나? 아니지. 짝꿍 없이 혼자 있으면 안 되나?' 말하고 싶었다. 빌리는 골이 난 내 얼굴을 보며 한참을 끅끅거리며 배를 잡고 웃었다.

"친구가 생긴다는 거 그거 되게 웃기지 않냐."

"응?"

"친구, 그거 너무 좋은데…… 사람 막 하찮게 만들잖아."

"……."

인공 매미 소리가 들렸다. 아이들이 떠드는 소리도 은은하게 들려왔고, 바람이 불었다. 여름 기간에만 느낄 수 있는 1구역의 인공 환경이었다. 이곳에 와서 가장 마음에 들었던 것이다. 옛날의 지구를 복사해 그대로 구현해 낸 듯한 이 계절감. 1구역에서의 학교생활은 내가 태어나서 여태까지 한 번도 경험해 보지 못한 신세계였다. 그런 곳에서 만난 친구가 주하다. 나는 이 여름 속에서 주하를 생각하고 있다.

"그렇지. 진짜 사람 웃기게 만들지. 무슨 말인지 알겠어."

빌리가 웃으며 대답했다.

"인정. 나도 그렇거든. 인정하면 좀 마음이 편해."

지금 빌리는 레오니를 떠올리고 있을까. 내가 주하를 떠올리는 것처럼. 우리가 처음으로 함께 맞이하는 여름이 너무 짧지 않았으면 좋겠다고 생각했다.

빌리의 제안으로 외출을 하게 되었다. 2차 고사가 끝나고 주어진 나흘간의 휴일이었다. 여름이 끝나기 전에 가고 싶었던 곳이 많았는데, 빌리 덕분에 1구역을 구석구석 돌아다닐 수 있었다. 그동안 주하와 나는 시험공부도 같이하고, 점심밥도 같이 먹었다. 빌리와 레오니가 함께할 때도 있었다. 원래는 주하가 혼자 구관 기숙사에 있어서 내가 주하의 방으로 찾아가곤 했는데, 빌리와 레오니가 내 방으로 찾아왔을 때는 같은 층에 사는 아이들이 우르르 나와서 방 안을 기웃거렸다. 그 뒤로는 꼭 주하 방에서 모이기로 했다.

빌리와 레오니는 공부를 거의 하지 않았고, 대부분의 시간을 만화를 보거나 게임을 하며 보냈다. 시험을 앞두고 발등에 불이 떨어진 기분을 느끼는 건 나뿐인 듯했다. 주하는 도통 공부에 관심이 없었다. 주하는 빌리와 레오니처럼 놀지는 않았지만, 확실하게 공부는 손을 놓고 있었다. 공부와 관련은 없어 보였지만, 주하는 항상 다른 언어로 된 글들을 보고 있었다. 주하가 읽고 있는 글들은 얼핏 보아도 한눈에 다 들어오지 않을 정도로 긴 글이었다. 대부분 영어로 쓰인 어려운 논문 같았다.

주하가 갑자기 이런저런 자료를 찾아보기 시작한 건 연구소에 다녀온 뒤부터였다. 연구소에서 내 준 과제일 수도 있고, 본인의 신변과 관련된 질문이 생긴 것일 수도 있다. 나는 아무것도 묻지 않았다. 다만 어서 나를 도서관으로, 보건실로 다시 불러 주기를 기다렸다.

오늘 외출에 함께하게 된 것도 내가 가자고 해서 그런 게 아니었다. 빌리가 갑자기 영상 통화로 "꼭 같이 나가는 거다! 주하 너까지!" 외쳤기 때문이었다. 나는 주하가 조금 더 나를 의지해 주길 바라지만, 주하는 누구에게도 그런 모습을 보이지 않았다. 비밀스러운 게 안전하다고 생각하는 걸지도 모른다. 누군가에게 약점이 잡힐 수 있다고 생각하는 걸까? 아니면 아직도 나를 믿을 수 없는 걸까? 궁금했다. 그런 생각을 할 때마다 내 자신이 얄밉게 느껴지는 것도 불편한 일이었다.

이 학교에 진학할 때 나는 친구도 적도 만들지 않고 조용히 다닐 생각이었다. 최대한 열심히 공부해서 어떻게든 좋은 대학에 진학하자고, 엄마를 1구역으로 데려올 수 있는 어른이 되고, 엄마의 그림자와 동생의 죽음에서 벗어날 수 있는 어른이 되자고 생각했을 뿐이다. 그런데 지금은 주하에게서 벗어나지 못하는 매일을 보내고 있다.

'꼭 여름 같구나.'

아직 10대를 다 보낸 것도 아닌데, 나는 나의 10대를 모두 정의할 수 있을 것처럼 마음이 일그러졌다 펴졌다 했다. 주하는 더 이상 C.O.S.에 관한 이야기를 해 주지 않는다. 가끔 쉬는 시간에 수업 내용을 정리하느라 주하를 신경 쓰지 못하면 금세 오후가 되고, 금세 하교 시간이 되었다. 주하는 종종 혼자 교실에서 나가기도 했다. 하지만 나는 굳이 쫓아나가 보지 않는다.

내가 주하의 움직임에 안절부절못하는 데에는 어떤 '불안'이 있었다. 신경 쓰고 싶지 않지만 자꾸 생각나는 사람, 어딘가 크게 아픈 곳이 있는 건 아닌데, 그렇다고 늘 상태가 좋은 건 아닌 사람을 생각하는 마음이다. 엄마를 생각할 때처럼 말이다. 3구역에 두고 와서 어떻게 해 줄 수도 없는 엄마를 생각하면 익숙해지지 않는 주하에 대한 불안이 성큼 이해되는 것 같았다.

그러니까 주하는 엄마처럼 신경 쓰이기도 했지만, 엄마와는 또 다른 걱정덩어리였다. 선배들이나 다른 반 아이들에게 괴롭힘을 당하지는 않았는지, 그 애가 교실에서 나갔다 들어오면 나는 나쁜 상상으로 괴로워졌다.

아무것도 모르는 게 나았겠지. 하지만 이미 그 애의 인생에 끼어들었다. 그 애도 내 인생에 끼어들었다. 그 후로 많은 것들이 내 일상에 쳐들어왔다.

주하는 오늘 연두색 티셔츠에 아주 밝은 청바지를 입었다. 짙은 빨간 머리와는 대조되는 연하고 푸른 색깔들이 주하를 인어처럼 보이게 했다. 당장이라도 물속으로 뛰어들어서 자유롭게 헤엄칠 것 같았다. 주하는 곧 녹아내릴 것 같은 표정으로 느리게 느리게 걸어서 우리를 겨우 뒤따라왔다. 레오니는 햇볕을 받으면 기분이 좋아진다고 했다. 이 더운 날씨에 투명 헬멧을 어떻게 쓰고 다니려나 했더니, 본 구역에 들어서자마자 레오니는 헬멧을 벗어 한쪽 옆구리에 끼고 방방 뛰어다녔다.

빌리가 갑자기 내 등을 치며 말을 걸어왔다.

"애들이랑 밖에 나오니까 좋지 않아?"

"그건 모르겠고 진짜 덥다."

"레오니 날뛰는 거 봐. 날씨 진짜 좋긴 하다."

"이런 햇볕, 다른 구역에서는 상상도 못 할 빛인데."

"그래?"

"응. 너는 그냥 1구역에서 나고 자랐으니까 아무것도 모르겠지만. 전혀 다른 세상이지."

"그런데 해가 안 뜨면 사람이 어떻게 살아?"

"뜨긴 뜨는데 누릴 수 있는 햇볕이 아니야. 모든 오존층이 파괴되어서 그대로 쐬면."

"죽는 거지."

"응."

"살리는 빛이 아닌 거네."

"그치. 죽이는 빛이지."

빌리가 말한 대로였다. 우리는 죽이는 빛을 쐬지 않기 위해 최대한 가리고 다녀야 했다. 그나마 인공 오존을 완벽하게 구현해 낸 회사가 있어 그들의 기술을 누리고 있는 도시가 1구역이었다. 식물들은 어떻게든 인공팜에서 자랐지만, 인간은 그런 데서 배양되고 자랄 수 있는 게 아니기 때문에 식물보다 더 시들시들해졌다. 그게 문제가 될 것이라는 전문가들의 의견은 있었지만, 대응할 수 있는 방책이 없었으므로 사람들은 속수무책으로 어둠에 당해야 했다. 꼭 어둠이 아니어도 그랬다. 볕은 언제나 우리를 향하고 있었으니까. 눈에 보이지 않는 암살자처럼 느껴질 뿐이었다.

"레오니 뛰어다니는 거 진짜 귀엽지 않아? 작은 동물 같아."

나는 1구역에서 여기가 아닌 곳을 떠올리고 있는데, 저 1구역의 아이들은 항상 누려 왔을 빛 아래에서 즐거워하고 있었다. 레오니를 바라보는 빌리의 눈빛이 반짝거렸다.

"너 레오니 좋아하지?"

"뭐? 당연하지. 넌 안 좋아해?"

"아니. 그런 게 아니라."

"이상한 소리 할 거면 미리 차단."

"거참 솔직하지 못하시네."

"뭐, 아니라고는 못 하겠다. 재랑 나랑은 완전히 다르지만 어쩔 수 없잖아. 우리는 서로가 아니면 안 되는데. 우리랑 맞는 수준의 사람을 찾기란 또 하늘의 별 따기고."

"수준?"

"다른 건 몰라도 수준이 차이 나면 친구가 되기 어렵지."

"뭐가 그렇게 다른데? 너네랑 우리랑."

"뭐? 아. 야, 그런 뜻이 아니야. 너랑 나랑 수준이 다르다 그런 게 아니라고."

"그럼?"

"네가 나보다 지능이 떨어져서, 가난해서, 덜 건강해서 어울릴 수 없다고 생각하는 게 아니야. 환경 같은 걸 말하는 거지. 비슷한 환경에서 비슷하게 자랐기 때문에 생겨나는 비슷한 점들. 아무도 이해 못 할 미세한 감정의 변화들. 우리는 서로의 그런 신호를 알아챌 수 있다는 거지."

"아……."

"야, 하루하루! 너 또 욱했지, 순간?"

"아닌 건 아닌데, 너 좀 멋있다. 말 되게 잘하네."

"뭐? 푸하하하."

"그러니까 우리랑 레오니의 다른 점에 대해서 그렇게 말할 수 있다는 거. 좀 멋있는 거 같아. 우리가 친구가 아니라거나 우리랑 어울릴 수 없다고 말하는 게 아니라고. 이해했어."

"그렇지. 어쨌든 지금은 너도 무척 편한 상대고."

"아무래도 학교에선 나랑 주하가 F반이라는 걸 신경 쓸 수밖에 없어."

"너만 그런 거 아니고? 주하 쟤는 별생각 없어 보여."

"주하는……."

뒤를 돌아보니 주하가 녹아내리는 눈사람 같은 표정으로 우리를 쳐다보고 있었다.

"일단 지금 표정은 진짜 웃기네."

그렇게 레오니와 빌리가 나왔다는 초등학교를 지나서 요즘 유명하다는 디저트 카페에 들어갔다. 주하는 가게에 들어가서 에어컨 바람을 쐬자, 평소와 같은 표정을 지었다. 더위에 약하구나 생각하기가 무섭게 주하가 거의 울먹거리며 말했다.

"밖에 조금만 더 있었으면 녹아서 흘러내렸을지도 몰라."

빌리와 레오니가 멍하니 있다가 빵 터진 웃음을 주체하지 못했다.

레오니가 낯선 이름의 디저트를 여러 개 시켰다. 디저트를 먹기 위해 투명 헬멧을 옆 의자에 내려놓은 레오니는 이상할 정도로 뽀송뽀송해 보였다.

"등에 멘 산소 장치는? 안 더워?"

"에이. 그런 장치는 쓰면 안 되지. 완전 콤팩트하고 쿨링 기능이 있는 걸로!"

레오니가 그 어느 때보다도 에너지 넘치는 목소리로 말했다.

"땀자국도 없는 것 같네."

주하가 중얼거리며 음료를 마셨다.

"빌리 너도 써 봤어? 레오니 헬멧."

"어릴 때 한 번."

"그런데 저런 건 어디서 파는 거야? 1구역 돌아다니면서도 본 적은 없는데."

"저건 레오니 부모님이 특별히 제작한 거니까."

"와……."

다른 아이들처럼 나도 1구역에서 일어날 법한 일들을 상상하며 자랐다. 내가 1구역에 가 보고 싶었던 것은 아니고, 엄마가 귀에 딱지가 앉도록 1구역에 대해 말했기 때문이지만, 내 나름의 로망도 있었다. 인공팜에서 나는 채소를 살 수 있는 가게는 하얀 간판에 빨간 글씨가 쓰여 있고, 아이들이 자주 가는 디저트 카페에는 아주 아름다운 음악이 흐르고, 학교에서는 요리 수업을 들을 수 있고, 간판 글씨체마저 예쁜 꽃집에서는 알뿌리 식물을 살 수 있을 것이라는……. 그래서 열심히 공부하면 내가 원하는 무언가를 찾을 수도 있지 않을까 하는 상상을 해 본 적이 있었다. 상상만 해도 기분이 몽글몽글해지는 로망이었다. 하지만 그렇게 해도 특별히 끌리는 이유를 찾지는 못했다. 남의 꿈을 대신 꾼다는 건 그런 거였다.

어쨌든 고도로 발달한 기술의 도시, 고지능 외계인들이 사는 행성이나 100년 뒤의 도시 같은 모습을 상상했다. 서로에게 큰 관심이 없다거나 더 다정하다거나 하는 상상은 해 보지 못했다. 어떤 사람들이 어떻게 살아가는지 구체적으로 알 길이 없으니 떠오르는 게 없었다.

그런데 겨우 교내 따돌림이나 신경 쓰며 살아가야 한다니. 신기하다고 해 봐야 까만 머리를 파란색으로 탈색한 아이와 특수 제작한 투명 헬멧을 쓴 아이가 말을 걸어온 것 정도라니. 이곳에서의 생활이 재미있다기보다는 허탈했다. 여태까지 내가 꾼 꿈은 누구의 것이었나. 주하는 어떤 상상을 하며 이 학교에 진학했을까? 기대라는 게 있었을지 궁금하다.

갑자기 카페 입구 쪽이 시끌벅적해졌다. 까만 머리에 탱크톱과 미니스커트를 입은 여자아이가 들어오고 있었다. 어? 어디서 많이 본 얼굴인데. 우리 학교 애인가? 하는 사이, 그 애가 우리 쪽을 보고는 다가왔다. 빌리가 손을 들어 인사를 했다.

"씨씨!"

"빌리? 레오니도 있네. 웬일이야?"

순식간에 가게 안의 학생들이 전부 우리를 쳐다보았다. 새까만 머리의 아이가 우리를 발견하고 멈칫했다. 정확히는 주하의 빨간 머리를 보고 보인 반응이었다. 빌리와 레오니를 아는 걸 보아하니 1구역 출신 친구거나 A반 아이다. 아! 씨왕이다. 요즘 SNS에서 스타일 관련 사진을 종종 찾아보는데 그때마다 추천 이미지로 뜰 정도로 유명한 애였다. 애들 말에 따르면 진짜 모델 일도 하고 있는 모양이었다. 전형적인 1구역 출신이고, 전교생의 스타였다. 사복을 입은 모습은 처음 봐서 순간 누구인지 내가 알아보지 못했다는 게 놀라울 정도로 유명한 아이. 그런 아이가 우리에게 말을 걸어온다고 생각하니까 기분이 이상했다. 씨왕은 학교의 스타답게 늘 '네가 원하는 무엇이든 되어 줄게'라는 표정과 자세로 당당하게 걸어 다녔다.

빌리와 이야기를 나누는 것을 보아서는 친한 아이들끼리는 씨씨라고 부르는 듯했다. 씨왕은 빌리와 레오니와 짧게 인사를 주고받더니 빨간 머리의 주하를 다시 빤히 쳐다보았다. 그러고는 말을 걸었다.

"네가 그 빨간 머리구나?"

"응."

주하는 언제나처럼 관심이 없다는 듯 대답했다.

"음······. 되게 까칠한 캐릭터네. 누가 잡아먹나."

주하는 더 이상 씨왕을 쳐다보지도 않고 반응하지도 않았다.

"빌리, 네가 왜 이렇게 얘한테 관심 가지고 잘해 주는지 모르겠다."

씨왕은 날카롭게 반응했다. 그때 빌리가 턱 끝으로 나를 툭 가리키며 말했다.

"요즘 관심 있는 애는 이쪽인데?"

"얘? 얘는 또 뭔데?"

빌리는 그저 씨익 웃을 뿐이었고, 레오니는 이 이상한 상황에서도 레몬에이드를 쭉쭉 빨아 마실 뿐이었다. 내가 당황한 표정으로 얼어붙어 있자 빌리가 옆에서 손을 잡아 주었다. 괜찮다는 표현이겠지. 주하는 나를 쳐다보지도 않았고, 어떤 말도 하지 않았다. 1반 애들과 다니면서 레오니는 말이 늘고, 주하는 말이 사라지는 것 같았다. 지금도 주하는 입을 벌려 할 수 있는 말을 삼키고 있을 것이라 생각하면 가슴이 답답했다. 그 애의 마음은 아무도 알 수 없는 것 같았고, 나또한 '아무도'에 포함된다는 게 슬프기까지 했다.

"스타는 바쁘실 텐데 가서 볼일 보시죠."

"왜 그렇게 비꼬실까. 빌리, 너도 나랑 같이 가자."

"아냐. 오늘은 레오니랑 주하랑 하루랑 놀러 나온 거니까 여기 있을게."

빌리는 음료를 쭉 빨아 마시고 이어 말했다.

"그러니까 뒤에 너 따라온 애들 데리고 가 주라."

레오니가 씨왕을 한번 쓱 보며 말을 덧붙였다.

"가래."

"그래."

씨왕은 빌리를 불러내서 출입문 밖에서 몇 마디 말을 더 나누고는 자기 친구들이 있는 테이블로 돌아갔다. 성격이 어떤지는 모르겠지만, 역시 씨왕은 예쁘다. 예쁘다기보다는 다른 생명체처럼 눈이 부셨다.

하지만 역시 어딘가 부자연스럽다. 정말로 자기가 원하는 모습일까? 빌리와 레오니를 보면 더더욱 그랬다. 예쁘긴 한데, 그게 꼭 애써 만들어진 것 같아서 안쓰러운 마음마저 들었다. 남들이 원하는 대로 만들어진 모습으로 산다는 건 몸에 맞지 않는 크고 무거운 가방을 메고 뛰는 느낌일 것이다. 내가 엄마의 꿈을 메고 이곳에 왔을 때의 느낌처럼 말이다. 누군가에게는 끔찍하게 먼 별이고, 누군가에게는 지척의 어여쁨 정도일 것이라는 게 또 기분을 이상하게 만들었다.

"쟤가 원래 좀 날카로워."

"우리가 더 날카로웠을 수도 있어."

"악의는 없으니까 나쁘게 생각하지 마라."

빌리가 내 표정을 살피며 말했다.

씨왕의 말투에 기분이 상한 건 아닌데, 기분이 좋지는 않았다. 그 애의 태도 때문은 아닌 것 같고, 씨왕의 존재 자체가 낯설고 이질적이어서 그런 거라고 생각했다.

"푸. 가만 보면 진짜 할 말 다 하는 캐릭터야."

"언제부터 친했던 거야? 같은 반이라서?"

"씨씨? 뭐, 나랑 레오니랑 1구역에서 자란 애들은 띄엄띄엄 서로를 다 아니까. 여긴 아이들이 그다지 많지 않거든."

"왜 아이를 많이 낳지 않을까? 이렇게 좋은 환경에서."

"좋은 환경에서는 애를 많이 낳아야 한다는 의무가 있는 것도 아니잖아."

"……그건 그러네."

"같은 반이었던 적도 있고, 꼭 그게 아니더라도 같은 학교를 다녔으니까. 한 번쯤은 반이 겹치게 되어 있어서 알고 있었지. 지금은 같은 반이니까 밖에서 만나면 말도 하고 그런 거야. 알잖아. 우린 우리 둘이서만 다니는 거.”

내가 고개를 끄덕이자 빌리는 레오니의 머리를 쓰다듬으며 웃었다.

“너네 세계는 원래 그렇게 좁은 거야?”

“그런가?”

나와 빌리의 대화를 듣고 있던 레오니가 고개를 끄덕였다.

“그렇다네?”

별말이 없는 레오니와 주하, 맞은편에는 시끄러운 빌리와 뾰로통한 내가 있다. 굳이 따지자면 말을 하는 쪽과 말을 하지 않는 쪽이 짝을 이루고 있는 셈이다. 쌍둥이처럼. 하나만 말해도 대화가 충분히 되는 관계. 나는 오랫동안 이런 관계를 원했다는 것을 깨달았다. 만약 나에게도 동생이나 언니가 있었다면 이런 생각을 하지 않았을까? 나는 짝꿍을 만드는 대신 사라진 동생의 그림자를 잘 지우려고 노력하며 자랐다.

그러니까 내가 철저하게 혼자인 주하에게 말을 건 것은 너무 자연스러운 일이었다. 빌리와 레오니의 관계는 어떨까? 자기들로 충분할 관계에서 무엇을 원해 우리에게 말을 걸었을까? 날을 세우고 싶지 않지만, 나는 아이들의 습성을 잘 알고 있다. 여기는 야생의 들판이다. 멸종되지 않은 동물들의 천국인 셈이다.

“좁긴 해도 완전히 다른 세계이긴 하지. 씨씨 무리랑 우리는.”

"뭐가 다른데?"

주하가 아이스크림을 다 먹고 고개를 들며 빌리에게 물었다.

"오, 관심이 좀 생겨?"

"비꼬지 말고."

"겉모습부터 다르잖아. 저렇게 모든 걸 갖고 태어난 애는 흔하지 않은데, 그런데도 항상 가꾸고 노력하잖아."

사실 빌리와 레오니도 자기들이 머리를 염색하지만 않았어도 같지 않았을까? 하지만 빌리와 레오니는 그런 삶을 선택하지 않았다.

"하지만 너네도 탈색한 머리 빼면 말이야. 다 타고난 것들이 있잖아. 그건 변하지 않고."

"검은 머리에 붉은 입술에 하얀 피부, 주근깨, 가녀린 몸과 다르게 뛰어난 운동 능력, 머리도 엄청 좋고⋯⋯. 뭐 여러 가지 면에서 개는 특등급이야. 그런데 식단도 관리하고, 자기 이미지도 관리하고, 그런 걸로 돈도 벌어. 걘 모두의 희망처럼 뭐가 되려고 해. 우리는 전혀 아니거든."

빌리가 레오니의 하얀 머리카락을 흐트러뜨렸다.

"하지만 너네가 하고 싶은 대로 하고 사는 것뿐이잖아. 그게 잘못된 거야?"

빌리가 턱을 괴고 나를 바라보며 웃었다.

"뭐, 뭐야."

"이런 게 재밌단 말이지. 1구역 애들한테서는 절대 안 나올 말 같은 거 말이야."

"너네는 어차피 다 가졌잖아. 그럼 굳이 노력할 필요도 없고."

"응. 맞아. 재미없지."

"우리는 재밌는 걸 쫓는 거야."

레오니가 말을 거들었다. 의자에 있던 투명 헬멧을 테이블에 올려놓고, 헬멧 위에서 손가락을 굴렸다. 타다닥타다닥, 가볍고 경쾌한 소리가 들렸다.

"거기서 행복을 느낀다면 충분한 거지, 뭐."

"그래서 네 행복은 어떤데?"

"뭐?"

"네 행복은 어디 있어? 여기 있어?"

행복을 말할 수 있다는 점에서 너희와 우린 정말 다른 것 같긴 해. 어떻게 그런 단어가 쉽게 입 밖으로 나올 수 있지? 그런 생각을 하는 동안 빌리와 레오니는 액세서리 가게에 가자는 이야기를 했다. 페이스체인을 갖고 싶다는 레오니의 말에 빌리가 "어차피 어항이나 뒤집어쓰고 다닐 거!" 하고 면박을 줬다. 둘은 언제 어떤 계기로 이렇게 가까운 사이가 된 걸까? 레오니가 말을 잃어도 되고, 빌리가 장난스럽게 비꼬아도 다투지 않는 짝꿍. 옆으로 고개를 돌려 주하를 바라봤다. 주하는 길고 풍성한 빨간 머리를 위로 올려 묶고 있었다. 약간 드러난 목에는 점 두 개가 있었다.

"어······? 붉은 점이다."

"아, 이거."

주하가 점 부근을 만졌다.

"태어났을 때부터 있었던 것 같아."

"꼭 눈 같아."

"뭐?"

"화려한 나비 날개에 있는 눈 모양의 무늬 있잖아. 그거."

"징그럽지 않아?"

"나도 어릴 때 눈 옆에 작은 빨간 점 있었어."

레오니가 말을 거들었다.

"어?"

"그게 그렇게 놀라울 일이야? 원래 피부가 하얀 사람들에게서 종종 나타나는 거래."

빌리와 레오니가 빨간 점에 대해 떠들었는데, 하나도 귀에 들어오지 않았다. 나도 모르게 주하의 붉은 점에 손을 뻗었다. 이런 게 아이들에게 무서운 불안의 요소가 되었다는 게 이해되지 않는다. 붉은 머리도, 붉은 점도 너무 예쁠 뿐이다. 누구라도 예쁜 사람과 친해지고 싶지 않나?

오히려 아이들은 유난히 눈에 띄는 주하에게 질투했던 게 분명하다. 나는 그런 주하에게 반한 것처럼 빠져나오지 못한 거고. 그렇게 생각하면 지금까지의 당황스러운 질주가 이해된다. 빌리가 우리에게 관심을 갖는 이유도 그것뿐이다. 눈 색깔이 예쁘니까. 처음 말을 걸었을 때 빌리는 누구보다 솔직했던 것이다.

가게를 나서면서 주하가 더웠는지 머리를 올려 묶었다. 붉은 점은 목에서 등 쪽으로 이어지고 있었는데, 어디까지 어떤 모양의 얼룩으로 번져 있을지 궁금했다. 고개를 돌리다 안쪽 테이블에 앉아 있던 씨왕과 눈이 마주쳤다. 씨왕은 차가운 눈빛으로 우리를 보고 있었다. 씨왕 앞에 앉은 애들은 놀이터에 온 아이들처럼 들뜬 목소리로 씨왕을 떠받들고 있었다.

빌리와 레오니를 따라 액세서리 가게를 들렀고, 서점에도 들렀다. 서점에는 처음 보는 디자인의 책들이 있었다. 종이책을 본 지 오래되었기 때문에 조금 설렜다. 어린 시절 아빠가 사 왔던 오감 그림책이 떠올랐다.

주하는 모든 곳을 군말 없이 따라다녔지만, 어떤 것에도 흥미를 보이지 않는 것 같았다. 주하가 무슨 생각을 하는지 궁금했다. 아이들은 내가 주하와 가장 친하다고 하지만, 정작 나는 주하에 대해 더 이상 아는 것이 없다. 끝 계단 일 이후로 나는 주하와 친해질 수 있을 줄 알았다. 물론 우리는 깊은 대화를 나누기도 하고, 서로의 방에 가 보기도 했지만, 내가 생각했던 '급진적인' 관계의 진전은 없었다. 계속해서 서로를 알아가는 일 말이다. 같이 물속에 빠졌다가 살아 나오는 일 정도는 겪어 줘야 하는 걸까. 주하의 인생에서 나의 출현은 그다지 큰 일이 아닐 것이다. 나는 누구에게도 관심이 없는 것처럼 행동해 왔지만, 누구보다 발 빠르게 주하에게 다가갔다. 그런 사실을 깨달았다.

레오니와 빌리가 기숙사까지 데려다주겠다고 했지만, 주하는 손사래를 쳤다.

　　"그냥 둘이 걸어가면 돼."

　　"오. 둘의 시간을 방해하지 말라는 건가!"

　　"우웩."

　　그때 레오니가 주하에게 작은 상자를 내밀었다.

　　"오늘 갔던 디저트 카페 말이야. 거기서 이거 되게 잘 먹길래."

　　"어. 나 주는 거야?"

　　"응. 오늘같이 더운 날 같이 다녀 준 게 고마워서. 이건 하루 거."

　　레오니가 내민 작은 선물 가방에는 녹색 원석 팔찌가 들어 있었다.

　　"그거 원석 이름이 뭐라고 했는데, 까먹었다."

　　"레오니가 원래 선물하는 걸 좋아해. 부담 없이 받아도 돼. 오늘 진짜 더웠잖냐."

　　주하도 나도 멍하니 선물을 바라보았다.

　　"그런데 내 거는 없냐? 친구는 난데."

　　빌리의 장난스러운 목소리가 들렸다. 뜨거운 바람 사이로 귀여운 웃음소리가 들렸다.

질투는 너무 쉽다

여름 햇살이 교실에 달려오듯

유리잔을 엎어 버리듯
마음이

파란 불꽃은 온도가 더 높다던데?

나는 네가 파랑 속에 있는 것을 본 적이 있어
푸른 어둠 속에서
머리꼭지에 불이라도 밝혀 놓은 듯
아주 밝게 네가 보였어

차가운 너에게 불꽃을 주고 싶다 라이터를 선물하기엔 우리가 너
무 어린가 나는 그럴 때만 어른을 상상했다 사랑이나 질투 같은 건 아
니라고 생각해 나는 그런 단어를 별로 좋아하지 않는다.

하츠코이,

그런 단어를 피해 다녔다

오히려 실없는 이야기를 만들어 내지, 예를 들어

우리 학교에도 귀신이 있다던데

3층 중앙 계단 있잖아

거기서 나온다던데

항상 엘리베이터가 어디 있냐고 물어본대

네가 움츠릴 때마다

내 안에서 깡통 우그러지는 소리가 나고

그래도 손을 잡듯이

서핑하듯이

나 말라 비린 비다 앞에서도

여름 냄새

믿는다

모든 계절 뒤에

우리는 어디에 있을지 알 수 없지만

바다는 항상 저기에 있으니까

바닷가가 되는 연습을 할 거야

뜨거운 땀이 흐르기 전에

네 머리카락을 예쁘게 묶어 주는 연습을

네 목덜미를 지나는 바닷바람이 되는 연습을

여름이 다 도착했다

코스모스(COS-MOS)

"나도 아직은 잘 몰라. 다만 어른 중에도 우리 같은 사람들이 있을 거라던데. 그런 사람들에 대한 연구가 진행 중이라고 들었어."

우리는 다시 비밀스런 시간을 갖기 시작했다. 체육 시간에는 도서관으로, 점심시간에는 보건실로 숨어들었다. 그 시간에 그곳이 빈다는 건 주하가 알려 줬다. 수업 시간의 도서관과 점심시간의 보건실은 항상 조용하고 안전했다.

계절이 바뀌는 게 느껴졌다. 학교에서는 빨리 하복을 입었으면 좋겠다는 아이들과 아직은 긴팔을 입어 줘야 한다는 아이들로 갈렸다. 나와 주하는 하복을 입은 지 오래였지만, 빌리나 레오니는 회색 카디건을 입을 때도 있었다. 학교 밖으로 나서면 땀이 뚝뚝 떨어졌지만, 학교 안은 24시간 쿨러가 가동되고 있었으므로 아이들은 '패션'으로서의 교복을 신경 쓰고 있는 것이었다.

주하와 함께 있는 시간이 많아졌지만, 여전히 주하가 불법 거래를 하지 않는지는 모른다. '아마도' 하지 않을 것이라 믿을 뿐이다.

선생님이 없는 보건실에 나란히 누워 도란도란 이야기를 할 때면 내가 이세계의 아이가 된 것 같아서 좋았다. 괜히 두근거리는 심장까지 전부 가짜 같았다. 내 상상 속에서만 벌어지고 있는 이야기. 하지만 주하는 존재했고, 나는 그런 주하 옆에 존재하고 싶었다.

"C.O.S.가 처음으로 발견된 건 언제야?"

"모르겠어."

"C.O.S.들을 관리하면서 그런 것도 알려 주지 않는 거야?"

"응. 통제하려는 것뿐이니까. 더 많은 것을 알려 줄 필요는 없겠지."

"네가 만나 본 C.O.S.는 얼마나 되는데?"

"귀 좀."

주하가 내 귀에 손을 갖다 대고 속삭였다. 생각보다 많지 않은 숫자였다.

"네 능력. 사라지지는 않는 걸까?"

"글쎄."

"유전자가 다시 정렬될 수도 있잖아. 아니다. 유전자는 있다가 사라지거나 변형되는 게 아니던가? 으. 난 생물이 제일 어려워……."

"……."

주하가 갑자기 말을 잃었다. 내가 뭔가 잘못 얘기한 걸까? 불안해져서 조용히 주하의 옆모습을 들여다보니, 주하가 옅게 웃고 있었다.

"어른 중에도 우리 같은 사람들이 있다고 했잖아."

"응."

"C.O.S.는 능력을 갖고 있는 '아이들'을 뜻하는 거거든. 그러니까 C.O.S.는 어른일 수 없지. C.O.S.가 자라서 성인 C.O.S.가 되는 게 아니라는 거야."

"아? 그럼?"

"연구소에서는 어려서부터 능력이 발현된 케이스를 C.O.S.로, 어른이 된 후에 능력이 나타나는 케이스를 M.O.S.로 나눠서 보고 있어. 물론 이것도 가설일 뿐이지만……. C.O.S.의 능력은 2차 성징 혹은 성인화 과정에서 소멸되는 경우가 많다고 추측하거든. 연구소에서 그 첫 사례로 보이는 아이를 관찰하고 있어."

그럼 주하도 언젠가 C.O.S.의 능력을 잃게 되는 건가? 그럴 수도 있는 걸까? 만약 주하의 특별한 능력이 사라진다면 주하의 빨간 머리는?

"반대로 어른이 되어서 갑자기 C.O.S.의 속성이 발현되는 경우가 발견되었다는 지역 연구소의 보고가 있었나 봐. 그 사람들은 오랫동안 잠을 자지 않아도 지치지 않는대. 그래서 자기 몸을 갉아먹는 줄도 모르고 일에 몰두하는 경향을 보인다는 거야. 미친 사람처럼."

"그거 꼭 좀비 같네."

"응. 그러다가 폭주할 때 국가 기관에 보고가 되는 사례가 종종 있

는 것 같아. 그런 사람들을 M.O.S.라고 불러. Men of the Sun. 태양의
사람들."

"그럼 C.O.S.와 M.O.S.……."

"응. 코스모스. 이름 좀 웃기지 않아?"

"하지만 내용은 심각하잖아."

주하가 알 수 없는 표정으로 나를 쳐다봤다.

"그렇지. 왜 C.O.S.가 생겨났고, 어른이 되면 그 능력이 사라지는지
그 이유를 알 수 없다는 게 가장 미스터리지. 연구원들은 그게 우성
유전자에 대한 새로운 연구에 지평을 열 거라고, 그러니까 한마디로
엄청난 발견이라고 생각하는 모양이더라."

열어 둔 창문에서 더운 바람이 확 끼쳐 들어왔다.

"곧 여름이다."

"여름은 연구소에 입원해서 지내는 계절이었는데."

여름이? 궁금한 게 또 생겼지만 더 이상 묻지 않기로 했다. 주하가
먼저 말을 꺼내지 않는 이상 C.O.S.와 M.O.S.에 대해서 묻지 않기로 마
음먹었기 때문이다. 그게 내가 주하를 존중하는 방식이다. 어떻게든
이 아이가 자신이 남들과는 다른 빨간 머리라는 걸 덜 의식하게 하고
싶다.

"M.O.S.에 관한 거 말인데."

"응."

"왜 안 물어보는 거야? 궁금하지 않아?"

"사실 C.O.S.에 대해서도 아는 게 없는데, M.O.S.에 대해 알아 뭐 하겠어. 네가 말하고 싶은 게 있다면 말해 주겠지. 난 너를 알고 싶은 거지, 무슨 종족을 알고 싶은 게 아니야."

"종족……. 나는 내가 외계인이 아닐까 생각하기도 했어."

"그거 재밌는 생각이네."

"나를 담당하고 있는 관리자 말이야."

"국가 기관의?"

"응. '노범'이라고 하는데. 그 사람도 예전에는 C.O.S.였대. '국가기관에 보고된 사례는 아니었는데.'라면서 나한테만 슬쩍 말해 주더라. 진짜인지는 모르겠지만."

주하는 잠시 깊은 숨을 들이마시더니 말을 이어갔다.

"그러니까 더 이상 자기는 아닌, 과거의 자기를 들여다보고 있는 셈인지도 몰라."

그렇게 말하는 주하의 눈동자가 공허해 보였다.

"그럴 수 있겠네. 답을 찾기 전까지는 집착할 수밖에 없을 것 같아."

도서관에서 책을 들고, 이리저리 왔다 갔다 하는 사람의 모습이 떠올랐다. 안경을 쓰고, 하얀 가운을 입고, 짧은 머리에(왠지 짧은 머리로 상상이 되었다), 검은 슬리퍼를 신은 모습. 계속 무언가를 찾고 있지만, 사실 어떤 단어부터 찾아야 할지 모르는 상황의 불안함. 안절부절, 어떤 페이지를 펼쳐도 답에 가까워지지 못하는 그런 사람의 모습이 상상되었다.

"그 사람도 C.O.S.로서의 능력은 다 잃은 거야?"

"응. 이제 아주 평범한 사람이 되었지."

"그렇다면 더 허무하고 황당하겠다."

"……그럴까? 애초에 C.O.S.가 아니었을 수도 있잖아."

"네 담당 관리자인데 믿을 수 없는 거야?"

"너도 그렇잖아. 대체로 모든 것을 믿지 않기로 했잖아."

"하지만……."

"응. 하지만 노범이 정말 능력을 잃은 C.O.S.라면 무척 당황스럽겠지. 더 이상 자기가 자기로 느껴지지 않을 것 같아."

갑자기 일어나는 노화에 적응해야 할 것이다. 아마도. 더 이상 자기 몸의 기적을 살필 수 없을 것이고, 변화를 기록할 수도, 스스로에게 실험을 할 수도 없을 것이다. 그래서 선택한 게 그 일이라면 이해가 되었다. 하지만 자신과 같은 시절을 지나는 아이들을 상대로 실험을 하고 있는 거라고 생각하면 끔찍해졌다.

주하가 전에 했던 말이 기억난다. 이렇게라도 도움이 된다면 의미가 있지 않겠냐고. 하지만 의미 있는 게 주하에게 좋은 일이라는 것은 아니다. 둘은 같은 뜻일 수 없다. 주하는 어떤 마음으로 실험실에 다녀오는 걸까. 실험용 쥐가 된 기분은 느끼지 않았으면 좋겠다.

더 이상 괴롭히지 않을 것 같던 아이들도 여전히 습관적으로 주하를 타깃으로 삼는다. 체육 시간에 공을 들면 꼭 주하에게 던지고, 청소 시간에도 일부러 주하를 가장 더러운 곳에 보낸다. 오히려 괴롭힘은 교묘해진 것 같다. 나는 연구소에서 10대 아이들이 얼마나 잔인한지 연구해 줬으면 싶었다.

나는 3구역에서 지낼 때와 많이 달라졌다. 주하의 일에 관해서라면 자꾸 나서서 소란을 만들었다. 마치 보호자나 관리자라도 되는 것처럼 과하게 주하를 보호하면서 내 위치는 이상해졌다.

주하가 때때로 다치면 내가 더 당황했다. 주하는 태양의 아이답게 하루만 지나면 금세 상처를 회복하고 나타났는데, 아이들은 멍청하게도 그런 변화는 눈치채지 못했다. 여전히 주하에게 거래를 요구하는 아이들이 있었지만, 이제는 나뿐만 아니라 빌리와 레오니까지 나서서 주하를 빼돌렸다.

빌리와 레오니는 왜 주하를 보호해 주는 걸까. 그것에 대해서는 한 번도 대화해 본 적이 없다.

"내 머리카락은 진짜 럭스를 만들어 내는 것 같아."

여러 생각으로 혼란스러워지고 있을 때 주하가 말했다.

"뭐?"

"진짜로 내 머리카락이 럭스를 만들어 내는 것 같다고."

"그냥 도시 전설 같은 거 아니야? 사람들은 C.O.S.도 M.O.S.도 모르잖아. 그런 게 존재하는지 나는 정말 몰랐다고."

"아는 사람들만 아는 게 진짜 아닐까? 모두가 알고 있다면 정말 도시 전설이겠지."

"왜 진짜일 것 같은데?"

"한번 거래를 했던 사람들은 꼭 다시 찾아왔어."

"기분 탓일 수도 있지. 그 사람들은 정말 효과가 있다고 믿은 거야. 플라세보 효과라고 하나? 그거 있잖아. 진짜는 아닌데, 믿음만으로도 그런 긍정적인 효과가 있고, 뭐 그런."

"하지만 5구역의 아픈 사람들도 그렇게 찾아왔어."

"……너, 학교에 오기 전부터 그런 거래를 했구나?"

"응."

"그래서?"

"응?"

"그래서 그게 진짜라면? C.O.S.의 머리카락이나 신체 일부에 럭스의 기운이 있다면? 그럼 앞으로 어떡할 건데?"

"앞으로 어떻게 한다기보다는."

"그게 문제잖아. 앞으로 어떻게 하겠다. 나는 계속 거래를 하겠다. 하다못해 그렇게 번 돈으로 부자가 되겠다, 그런 목표 같은 거라도 있을 거 아냐."

갑자기 밀어붙이기 시작한 나에게 잔뜩 기가 죽어서 주하는 고개만 끄덕였다.

"다시 말하지만, 여긴 1구역이야. 어려운 사람들이 서로 돕고 다양한 사람들이 서로를 이해하는 사회랑은 다르다고."

"응."

"……."

"너는 왜 자꾸 내 일에 흥분하는 거야?"

"나도 그걸 모르겠어."

모기에 물리면 자꾸 긁게 된다. 긁을수록 가려워지고, 흉터가 남는다는 걸 알면서도. 마음대로 할 수 없는 것이다. 몸이 생각대로 움직이지 않는다. 그렇다고 해서 큰일이 나는 건 아니니까 하는 안일한 마음도 있을지 모른다.

나는 부푼 마음을 자꾸 긁고 있는 것일지도 모른다. 주하를 처음 본 날, 친구가 되어야겠다고 다짐한 적도 없는데 이렇게 되었다. 아이들이 흔히 쓰는 '운명'이니, '인연'이니 하는 것이 주하라고 생각한 적은 없다. 다만 어느 날부터 툭하면 그 아이의 빨간 머리카락이 눈앞에서 차르륵 쏟아졌다. 그 머리카락을 신경 쓰지 않으려고 해도 계속 보이고, 향기가 밀려오고, 부드러운 게 느껴져서…… 그래서 마음이 부풀고, 가려워졌다.

차갑고 똑똑할 줄 알았던 주하의 이미지가 영 무너지는 날이 있었다. 나에게 쪽지를 주고 며칠 지나지 않아 도서관에서 만나기로 했을 때였다. 구 본관 도서관에서 만나기로 한 것은 분명했고, 그곳에 가는 방법은 여러 가지가 있었다. 하지만 이 멍청한 녀석은 우리가 처음 만난 망할 그 계단을 통해서 도서관에 오려고 했던 것이다. 당연하게도 주하는 불법 거래를 요구하는 녀석들과 마주쳤다. 내내 피해 다녔던 3학년의 그 어자도 다시 마주쳤다.

나는 내내 도서관에서 주하를 기다렸고, 주하는 다시 짧은 머리카락으로 나타났다. 그러고는 전보다 멍청한 얼굴로 웃었다. 그때 내 마음이 가렵기 시작했나? 그랬을 수도 있다. 특정 시점이 있었다고는 생각하지 않지만, 몇 번이고 나를 들었다 놨다 한 것은 주하다.

비슷한 일은 주하의 기숙사에서도 있었다.

주하는 혼자 방을 사용하기 위해 구관 기숙사에서 지내고 있다. 그건 아마도 국가 기관의 명령으로 학교 측에서 내어 준 차선책이었을 것이다. 그런데 주하의 방에 가 보고 나서야 알게 된 사실인데, 그 건물에는 또 다른 학생이 살고 있었다. 주하처럼 혼자 방을 쓰는 아이였고, 이유는 알 수 없었다. 통칭 '또라이 킴'으로 불리는 B반 학생이었다.

처음 주하의 기숙사에 가서 솔직히 조금 긴장하고 있었는데, 같이 컵라면을 먹기 위해 주방에 갔다가 또라이 킴을 마주했다. 킴은 계속 나에게 얼굴을 들이밀었다. 주하와 친해지고 싶었는데 실패한 자신과 달리 나는 기숙사에까지 놀러 왔으니 그게 신기했던 모양이었다.

"너는 얘랑 어떻게 친해? 너도 얘랑 같은 종족이야? 외계인, 뭐 그런 거?"

이런 걸 대놓고 묻기까지 했다. 악의는 없어 보였고, 말투는 공격적이었지만 마음이 그런 것 같지는 않았다. 킴은 쓸데없는 말도 많고, 행동이 요란해서 가까이 있기만 해도 정신이 없었다.

주하의 말에 따르면 주하에게 처음 말을 걸었을 때도 "그 빨간 머리는 뭐냐?"라고 따지듯이 물었다고 한다. 킴의 맹렬한 대시에도 반응하지 않는 주하와 그런 주하 옆에 장식처럼 서 있는 나, 우리는 서로에게 흥분해 있었다.

"외계인 맞아?"

아무 반응도 하지 않자, 몸에 손을 대려고 하기에 흠칫 놀라 팔을 쳤다.

"아니. 몰라."

"몰라아아아아아?"

진심으로 놀란 듯한 킴의 모습이 상당히 웃겼다. 괜히 또라이라고 불리는 게 아니구나? 귓속말로 주하에게 말하자 그냥 또 바보 같이 웃었다. 머리카락이 잘리고 왔을 때처럼.

"내가 없을 때 내내 이런 식이었어?"

"응."

"이런 애랑 기숙사를 쓰고 있었다고? 단둘이?"

"응."

나는 이상하게 이런 주하에게 자꾸 화가 났다. 부아가 났다고 하는 게 맞나? 대책 없는 모습에 무언가가 잘못된 것 같다고도 생각했다. 그게 주하의 성격이라고 해도 되는 걸까? 혹시 C.O.S.로 살아온 환경 때문에 만들어진 거라면, 그게 좋은 걸까?

방으로 돌아왔을 때 주하는 느닷없이 진지하고 어두운 이야기를 했다.

"병실 생활 같았어."

"어?"

"어릴 때 말이야. 몇 달씩 그냥 관리소에 입소해 있어야 했거든. 또래 애들이 있긴 했지만 재미있지는 않으니까 말이야. 실험이라는 거, 내 눈에는 보이지 않는데 내 몸에 자꾸 뭘 하는 거."

"……."

"우리는 병실이라고 불렀는데, 두 명씩 갇혀 있었던 그 방을 말이야."

"응."

"병실에서 지낸 지 오래된 애들은 하나같이 자기에 대해 말하고 싶어 한다? 뭔지 알아?"

"아니."

"그러니까 내가 여기서 지내는 거랑은 상관없이 이러이러한 사람이야. 난 이런 애야. 우리 집엔 이런 게 있고, 우리 누나는 어떻고. 그런 걸 나열하는 거야. 여기에서 너네가 보는 나랑은 다른 내가 있다는 거지."

"아. 알 것 같아. 병원에 입원한 어르신들도 똑같잖아. 모두들 자기 인생이야말로 대하소설 감이라고."

"응. 전날 했던 이야기를 오늘도 하고, 내일도 하고, 무한히 반복하면서 살아 있음을 확인하는 거야. 자신도 바깥세상에서 살아왔다고 확인받고 싶은 거야."

"뭔지 알겠다."

"죽음과 친밀한…… 정말 아픈 아이들이랑은 다르지만 말이야. 희망과 미련을 헷갈리는 건 똑같아. 결국 우리도 생에 집착했던 거거든. 남은 목숨이 있나 그런 걸 생각하게 되고. 걱정하게 되고. 무서워하고."

"어린애들한테는 충분히 무서울 만한 일이지."

그때 아주 아기였을 때 죽어 버린 동생이 떠올랐다. 동생은 너무 어렸으니까 무섭진 않았을까. 말을 할 수 있었다면 무슨 말을 하고 싶었을까. 하고 싶은 말도 경험에 비례하겠지? 그렇다면 그 아이는 그다지 말할 것이 없었을 것이다. 대신 인생을 길게 살아온 엄마나 아빠가 듣고 싶은 말이 있었을 뿐이다. 그럼 나는? 나는 그 애의 죽음 뒤에 무엇을 말하거나 듣고 싶었는지 생각해 본 적이 없다.

그 아이는 히치하이킹을 하듯이 차에 올라타서 히치하이커처럼 내렸다. 자기가 내려야 할 곳을 너무 일찍 알았고, 그 이동 거리가 우리에겐 너무 짧았을 뿐.

주하를 보면서 동생을 떠올리게 될 줄은 몰랐다. 전혀 다른 이야기인데. 이런 우리가 1구역의 학교에 오게 된 이유가 뭘까. 이유는 더 나은 삶을 위해서였지. 아마도. 부모님이 원해서였지. 아마도. 주하는 여전히 실험용 동물처럼 살고 있지 않나. 그럼 나는? 나도 다를 게 있나? 똑같다고 생각한다. 여기서 우리가 만난 데에는 어떤 운명이라도 있는 걸까?

점심시간이 끝나는 종소리가 들렸다. 베드에서 벌떡 상체를 일으킨 주하가 기지개를 펴며 말했다.

"다음에 관리국에 갈 땐 같이 가자. 노범한테 말해 둘게."

"그래도 돼?"

"어차피 내 학교생활을 감시하고 있는 사람들인데. 네가 C.O.S.에 대해서 모르는 것도 아니고 말이야. 네가 거기 간다고 해서 달라질 게 뭐가 있겠어?"

"……."

"그리고 곧 우리 반에 전학생이 하나 올 것 같아."

"어떻게 알아? 걔도 C.O.S.야?"

"아니. 그냥 좀 아는 애."

4교시, 5교시, 6교시……. 수업이 끝날 때마다 종이 치기가 무섭게 킴이 우리 교실로 뛰어 들어왔다. 뒷문 쪽에 앉은 우리 자리 근처를 서성이면서 계속 말을 걸었다. 애들은 킴의 외모와 소문 때문인지 무서워하며 우리를 피해 교실 곳곳에 흩어져 웅성거렸다.

F반에 찾아오는 다른 반 애들은 없다. 교과서나 체육복을 빌려야 할 때도 다른 반에서 해결했지, F반까지 찾아오지는 않았다. 우리는 어쩌다 같은 건물에 있는 존재들에 지나지 않았다. 그러나 킴은 자꾸 나타나서 친한 척을 했다. 덕분에 교실에서 자꾸 우리 이야기가 들렸다.

"하루, 쟤 진짜 튀는 거 같지 않아?"

"어. 그런데 일부러 그러는 거 같지 않냐? 왜 있잖아, 특이하게 튀고 싶어 하는 애들. 자기가 막 엄청 특별하다고 생각하는 애들."

"착한 척하는 것도 그런 건가?"

"그럴지도 모르지. 아, 진짜 거슬려."

"지가 우리랑 뭐가 그렇게 다르다고."

"그러니까. 재수 없어."

"그러니까 저렇게 또라이하고도 친한 거 아닌가 몰라."

"그런데 쟤 B반이랬지?"

"응. 아마도?"

"어떻게 친해졌을까? 그게 더 신기하다."

"친해진 거……라기보단 찍힌 것 같지 않아? 쉬는 시간마다 쟤네 찾아와서 아무 데도 못 가게 하잖아."

"그런가? 그런데 쟤네 A반 애들이랑도 얘기하고 그러던데?"

"아아아아! 그 머리 색 희한한 애들?"

"응응."

"걔네가 A반이었어? 나 몰랐어."

"진짜 친해 보이던데."

"야. 그럼 원래 1구역인 거 아니야?"

"누가? 주하? 하루?"

"몰라. 누구든."

"어쨌든 좀 재수 없는 건 맞지."

애들은 튀는 걸 제일 싫어하니까. 제일 눈에 띄고 싶어 하면서, 제일 잘난 애가 되고 싶어 하면서 정작 누군가가 좀 다르다 싶으면 욕을 한다. 잘난 척을 한다느니, 이상하다느니, 튀고 싶어 한다느니. 말을 만드는 건 저들이다. 지금도 킴 얘기에서 빌리와 레오니 이야기까지 해 가면서 우리를 욕하고 싶어 한다. 문제는 욕해야 할 일이냐는 거다. 누군가와 나쁘게 지내는 것도 아닌데!

어쨌든 최대한 우리가 신경을 쓰지 않는 수밖에 없다. (그러니까 킴이 교실까지 찾아오지 않았으면 좋겠다.) 게다가 요즘엔 주하가 자꾸 도망치듯 아이들을 피했다. 오늘 점심시간만 해도 자기 혼자 보건실에 가겠다고 하는 걸 내가 끈질기게 따라붙은 것이었다. 킴을 피하는 건지, 나를 피하는 건지, 시끄러운 애들을 피하는 건지 알 수 없어서 답답했다.

자꾸 거리를 두는 것 같은 주하가 이번에는 화장실에 간다는 말만 남기고 사라졌다. 청소 시간이 끝날 때까지 주하는 돌아오지 않았다. 수업이 완전히 끝난 뒤에도 비슷했다. 자습 시간에 고개를 파묻고 자거나 기숙사로 먼저 사라져 버리거나.

말도 안 된다. 갑자기 우리 사이가 멀어져야 할 이유가 없잖아!

"어쩌나. 엄마 잃은 새끼 곰 같네."

자습 시간이 끝나자마자 또 킴이 찾아와서 놀렸다.

"새끼 곰 본 적이나 있고?"

"관용구 같은 거지, 크흠."

"왜 왔어. 또."

"너한테 관심 있어서 온다니까 왜 자꾸 물어? 그렇게 자꾸 듣고 싶어?"

"왜 왔냐는 건 비꼬는 거야. 오지 말지 왜 왔냐."

"아, 서운하네. 빨간 머리하고만 친하게 지내고."

"너 때문에 주하가 자꾸 사라지잖아."

"그럼 같이 우리 기숙사에 가 볼래?"

킴이 계속 약 올리며 들이댔다. 정말 그러고 싶기도 했다. 하지만 내가 킴을 따라서 기숙사에 나타난다면 더 오해할지도 모른다. 애초에 주하가 왜 거리를 두려고 하는지, 거리를 두려는 게 내 오해는 아닌지 아무것도 모른다.

중력을 거슬러서

너를 찾으러 가는 꿈

진짜로 단번에 알아볼 수 있을지는 모르겠지만, 그래도 근처에 있
겠지, 우리는 사다리를 타고 오르내리는 별, 별의 사다리, 별의 내리막
길, 별의 미끄럼틀, 빛나는 건 언제나 다른 곳에 위치한다, 여기가 아
닌 저기, 저기가 아닌 거기, 거기에서도 너는 푸른 달의 낮인 척 빛나
고, 반짝반짝, 작은 별, 반짝반짝, 두 개의 별, 세 개의 별, 네 개의 별,

꿈에서 깨워 주는 사람이 있는 경우에

우리는

포기할 수 있다

유령이 되지 않겠다고만 약속해, 다시 올라갈 수 있으니까, 다시
거슬러 갈 수 있으니까, 투명해지지만 않으면 빛은 어떻게든 나타나
니까,

보이니까

너의 빨강

너의 붉음

너의 화력

나의 환호

나의 적도

나의 태양

코스모스 연구소

반 아이들에게 물어보고 싶었다. 교내에서 불법 거래가 있다는 소문을 못 들었는지. 그렇다면 주하에게 직접 묻지 않고도 주하의 상황을 알 수 있을 텐데, 처음으로 친구가 없는 게 아쉬웠다. 분명 얼마 전까지만 해도 자기 관리자 얘기를 꺼내며 연구소에 데려가겠다던 주하였다. 도저히 이해가 되지 않는다. 나와 거리를 두고, 자꾸 혼자 교실에서 사라지고. 주하는 갑자기 내가 없는 세계로 날아가 버릴 것처럼 행동한다.

그 와중에 엄마와 고모에게서 차례대로 연락이 왔다. 내가 학교생활에 잘 적응하고 있는지 확인한 건 고모 쪽이었다. 고모는 엄마가 갑자기 입원하면서 내가 고모 집에서 며칠 지내야 했던 때를 추억하듯 말했다.

– 그때도 참 똑똑했지. 어린이 노래를 그렇게 잔뜩 외워 가지고!

"고모."

– 그러니까 네가 1구역 통합고등학교에 진학할 만했다는 거지. 넌 어려서부터 싹수가 보였어. 똑똑했다고, 아주. 그래서 너희 엄마가 퇴원했을 때……!

고모는 거기서 뚝 말을 끊었다. 잘못된 단어가 튀어나온 뒤에야 주워 담을 수 없다는 것을 안 것처럼 말이다. 고모마저 그때 일을 의식하고 있었구나 알 수 있었다. 그때 우리는 아기를 구하지 못했고, 엄마를 구할 수 있었다. 그거면 다 된 거라고 생각했는데, 아무리 짧은 생을 살다가도 죽음은 남은 사람들에게 어떤 자국을 남기는구나 싶었다.

– 그래서 학교생활은 괜찮은 거야? 애들이 괴롭힌다거나 그런 거 말이야.

"응. 괜찮아. 어차피 우리 반은 특별 전형으로 1구역 밖에서 온 애들로 이뤄져 있거든"

– 교실에서 나가면 1구역 애들이 괴롭히기라도 하는 거니?

"아냐. 그것도 아니야. 생각보다 애들은 음……."

다정하다는 말을 할 수는 없었다. 분명 다정한 것은 아니었으니까. 그렇다고 예의가 있다고 표현하기에는 격이 없었다. 서로 다른 그룹에 속해 있는 건 맞지만, 위아래가 나뉘어 있는 정도는 아니라고 느꼈기 때문이다. 그래서 고모에게 말을 하다 말고 단어를 고르는 데서 말문이 막혔다.

95

- 애들, 생각보다 괜찮니?

"응. 맞아."

- 친한 친구는 있고?

"응? 아, 응."

순간 빨간 긴 머리가 내 앞에서 촤르륵 떨어지는 것 같았다. 물결처럼 구불거리는 머리카락이 흔들리고, 그대로 주하도 물결처럼 흘러서 어디론가 사라지는 게 아닐까 겁이 났다. 환상 같은 붉은 이미지들이 눈앞을 스쳐지나갔다. 약에 중독된 사람처럼 느껴지기까지 했다.

- 어떤 친구야?

"평범해. 평범한데…… 애들 눈에는 띌 만한 외모지."

- ……괴롭힘당하는 친구랑 놀아 주고 있는 거야?

"아냐, 그런 거! 분명 그냥 친구야."

순간 고모의 말에 욱해서 고개를 저으며 큰 소리로 아니라고 외쳤다. 수화기 너머에서 내 모습은 볼 수도 없을 고모와의 대화에서 나는 나의 본심을 들킨 것 같아 부끄러웠다. 나는 주하랑 왜 친해졌더라? 나는 왜 주하랑 어울리려고 하는 걸까? 내가 정말 착한 친구이고 싶어서? 정말로, 정말로 그런 마음은 아니었다. 단 한 번도 그런 마음으로 주하의 이름을 부른 적은 없다.

그래서 주하가 갑자기 나와 거리를 두는 게 이해가 되지 않았다. C.O.S.니 M.O.S.니 하는 것도 다 상관없었다. 정말이었다.

"같은 말을 반복하는 건 아닌 걸 맞다고 믿기 위해서라던데."

언젠가 점심시간에 주하가 잔반통에 음식을 버리러 간 사이 빌리가 했던 말이었다. 내가 주하에게서 눈을 떼지 못하자 빌리가 핀잔을 주며 고모와 비슷한 걸 물었다. 정말로 주하의 어디가 좋은 거냐고. 왜 친구가 되고 싶었냐고. 그때도 나는 무언가 잘못된 대답에 아니야, 아니야 고개를 저었다. 나는 내 마음에 불안을 가지고 있는지도 모르겠다. 확신이 없는 마음으로 친구를 사귀겠다니. 볼이 뜨거워지는 것이 느껴졌다. 고모에게는 얼렁뚱땅 대충 대답을 하다 급하게 전화를 끊었다.

"뭐든 상관없으니까 잘 지내 봐. 엄마 때문에 1구역에 온 거라는 말도 그만하고. 이미 네가 선택해서 왔잖니."

고모가 전화를 끊기 전에 했던 말을 곱씹었다. 내가 엄마 탓을 하고 있었나? 그럴지도 모르지. 이런 이야기는 주하와 해야 하는데, 주하는 오늘도 어디서 혼자 시간을 보내고 있는 걸까. 혹시 기숙사에 있을지도 모른다는 생각이 들었다. 오늘 아침 자습 시간이 끝나고 난 뒤에도 킴이 교실에 와서 나를 놀렸다. 주하의 빈자리도 덤으로 함께 놀림을 당했는데, 진짜 기숙사 구관에 가 볼 생각이 없냐고 물어봤었다. 그때는 주하가 오해할지도 모른다는 생각이 먼저 들어서 칼같이 거절했는데, 생각해 보니 뭘 '오해'한다는 건지 모르겠다. 킴에게 진짜 기숙사에 따라가도 되겠냐고 물어보려고 B빈 교실로 향했다.

쉬는 시간이 끝나기 1분 전이었다. 그때도 주하는 교실에 돌아오지 않았다.

기숙사에 갔더니 주하의 방에는 불이 꺼져 있었다. 킴은 자기 방에 가 있을 테니 좋은 시간 보내라며 또 괴상한 표정으로 나를 놀렸다. 나는 닫힌 문 앞에서 1분 정도 서성였다. 문을 두드렸을 때 기척이 없으면 어떻게 해야 하지, 만약 무슨 일이 있는 거면 어떡하지, 아무 일도 없고 방도 비어 있으면 어떡하지? 생각해야 할 경우의 수가 너무 많았다. 그리고 모두 내가 답을 모르는 것들이었다.

문을 두드렸을 때 주하가 문을 열어 주기를 바라며 문 앞에 바로 섰다. 그리고 목을 가다듬었다. 그때 뒤에서 불쑥 킴이 나타나 주하의 방문을 쾅쾅 두드렸다. 그러고는 나에게 메롱 하고 다시 자기 방으로 사라졌다. 깜짝 놀란 가슴을 진정시키는 사이, 방에서 나와야 할 주하가 나오지 않았다. 고요함만이 기숙사를 메웠다. 구관에는 주하, 킴, 그리고 열 명이 채 안 되는 아이들이 있었고, 주하와 킴이 있는 층에는 두 사람이 다여서 기숙사는 더 고요하게 느껴졌다.

그때 손안의 메신저 알람이 울렸다. 레오니였다.

[레오니: 오늘은 둘 다 교실에 없는 거야?]

[하루: 주하가 교실에 없어서 구관 기숙사에 왔어……. 그런데 기숙사 방에도 없는 것 같아.]

[레오니: 내가 빌리랑 그쪽으로 갈게.]

왠지 느낌이 좋지 않았다. 나에게 말도 없이 사라지는 거야 그럴 수 있다지만 온 학교를 뒤지고도 찾지 못했다는 것이. 그리고 학교에 없다면 분명 있어야 할 기숙사 방에서 어떤 기척도 들리지 않는다는 것이 이상했다. 문을 무턱대고 열고 들어가도 되는 걸까. 한참 고민이 되었을 무렵 빌리와 레오니가 나타났다.

"왜 문 앞에서 서성이고만 있어? 당장에라도 들어가 봐야지."

빌리가 나를 답답하다는 표정으로 쳐다보며 말했다.

"그게, 좀 무서워서."

"뭐가 무서워?"

"만약에 여기에도 없으면 주하는 어디 있는 걸까 하고."

"너네 싸웠어?"

"그런 것도 아니라서 더 답답해."

"일단 문부터 열어 보자."

레오니가 나를 제치고 문 앞에 다가서며 말했다.

"그래. 있는지 없는지도 모르고 걱정하면 뭐 하냐?"

빌리가 문을 벌컥 열었다. 방 안에는 1구역의 밝은 햇살이 쏟아져 들어오고 있었다. 하늘색 캔버스에 하얀 솜을 찢어 붙여 넣은 듯한 창가의 풍경이 너무나 예뻐서 기이하게 느껴질 지경이었다. 침대 위 이불은 잘 개어져 있었고, 책상 앞 의자는 조금 삐딱하게 옆으로 나와 있었다. 주하는 없었다. 실망하고 돌아서려는데 오른편의 화장실이 신경 쓰였다. 빌리는 주하의 침대에 누워 있었고, 레오니는 나를 쳐다보고 있었다.

나는 무언가에 홀린 듯 화장실 문을 벌컥 열었다. 그 안에는 주하가 쓰러져 있었다. 그 어느 때보다도 붉고 긴 머리카락이 바닥을 가득 채우고 있어서 순간 바닥에 피를 쏟은 것처럼 보이기까지 했다.

"야! 뭐야! 주하야!"

"주하는 그러니까, 어."

"구급차. 구급차를 불러야지."

빌리는 계속 소리를 질러 댔고, 레오니는 구급차를 부르려고 했다. 나는 순간 주하가 태양의 아이라는 것을 모르는 친구들을 데리고 위기 상황을 어떻게 해결해야 할지 혼란스러웠다. 담임 선생님을 불러야 하나? 기숙사 사감 선생님? 아니면 지금도 주하를 지켜보고 있는 연구소 사람이 있을까? 후자는 아니다. 만약 주하를 지켜보고 있었다면 주하가 쓰러진 것을 진즉에 알아채고 움직였을 것이다. 담임 선생님보다는 사감 선생님이 나을 것 같았다. 구관의 아이들은 특수한 경우로 1인실을 사용하고 있으니 어쩌면 구관 사감 선생님은 주하가 C.O.S.라는 것도 알고 있을지 모른다는 생각이었다.

"사감 선생님 좀 불러줘."

"구급차를 불러야지."

"사감 선생님이 먼저 아셔야 할 것 같아서 그래."

"뭐?"

"일단 날 믿고 그렇게 해 줘."

빌리와 레오니는 서로를 쳐다보며 혼란스러워하더니 이내 방에서 뛰어나갔다. 시끄러운 소리에 킴이 주하의 방을 들여다보았다.

"무슨 일이야?"

"주하가 이상해. 화장실에 쓰러져 있어."

"사감 선생님 불러올게."

"지금 빌리랑 레오니가 부르러 갔어."

"응급처치를 해야 하는 건 아니고?"

킴이 함께 주하를 들어 방 안으로 옮겨 주었다. 그리고 이마나 손을 만지며 주하의 몸에 열이 있는지 확인했다.

"열은 없어. 오히려 너무 온기가 없다고 해야 하나."

"응. 차가워. 얼굴도 평소보다 더 하얗게 질렸잖아."

"걱정하지 말고. 선생님 불렀다며. 그럼 기다려 보자."

곧 빌리와 레오니가 올라오는 소리가 들렸다. 뒤따라 달려오는 사감 선생님은 누군가와 통화를 하고 있었다. 연구소 사람일까, 정부 사람일까. 이대로 누군지도 모를 어른들 손에 주하를 맡겨도 되는 걸까. 두려웠다. 나 없이 살아온 시간이 더 긴 주하에게 이런 염려는 쓸모없을지도 모르지만, 어느새 빌리와 레오니, 킴까지 걱정스러운 얼굴로 주하를 둘러싸고 서 있었다. 나는 넋이 나간 것처럼 멍하니 앉아 있었다.

"아니, 응급조치라도 해야 하는 거 아니에요?"

빌리가 외쳤다.

"일단 호흡이나 맥박은 정상이니까 똑바로 눕혀 놓자. 그냥 실신한 걸 수도 있어."

선생님이 답했다. 레오니가 고개를 끄덕이며 주하의 고개를 똑바로 놔 주었다.

얼마 지나지 않아 알 수 없는 하얀 옷을 입은 사람들이 들이닥쳤다. 그대로 들것에 주하를 싣고 빠르게 밖으로 나갔다. 구관 건물 옥상에는 비상 헬기가 있었다. Lab-COSMOS라고 쓰여 있는 것을 봐서는 연구소에서 나온 응급 의료 헬기인 것 같았다. 나도 따라가고 싶다고 말하고 싶었지만, 누구에게 말해야 할지도 모르겠고 일단 사감 선생님이 우리를 막아셨다.

"어서 내려가. 여긴 내가 알아서 처리할게."

우리는 갑자기 진이 빠져서 터덜터덜 주하의 방으로 내려왔다.

"그런데 얘는 왜 여기 있냐?"

빌리가 킴을 쳐다보며 물었다.

"우리가 우당탕거리는 소리에 나왔나 봐. 너희가 선생님 부르러 간 사이에 방에 들어와서 주하를 같이 옮겨 줬어."

"쟤 너한테 관심 있는 거 아니었어?"

"나?"

정말로 주하가 아니라 나한테 관심이 있는 거라고?

"그래. 쟤 하여튼 마음에 안 들어. 꿍꿍이가 있는 것 같잖아."

"사람 면전에 대고 그런 소리 하는 캐릭터는 또 처음이네."

킴이 살짝 비웃으며 빌리에게 대꾸했다.

"마음에 안 드는 걸 마음에 안 든다고 하지. 내가 말도 없이 너한테 툴툴대면 뭐, 그건 좋냐?"

빌리와 킴이 으르렁거리는 통에 머리가 더 지끈거리며 아파 왔다.

"일단 우리 각자 방으로 돌아가자."

"너 수업 안 들어가?"

레오니가 고개를 끄덕이며 빌리의 말에 동조했다.

"모르겠어. 아, 담임 선생님한테 말을 해야 할까?"

"그것도 사감 선생님이 알아서 하지 않을까?"

"나 그럼 그냥 방에 돌아가서 쉴래."

"하루, 많이 놀랐구나."

"응? 아, 응. 그런 것 같아."

순간 엄마가 실려 가던 모습이 떠올랐던 것 같다. 고모의 전화와 주하의 실신, 그리고 엄마의 옛 모습이 뒤섞이면서 속이 울렁거렸다. 누군가가 아파서 쓰러져 있는 걸 발견하는 건 절대 익숙해지지 않을 아픈 장면이었다.

"……그런데 왜 안 물어봐?"

내 질문에 빌리와 레오니가 무슨 말이냐는 듯한 표정을 지었다. 킴은 그냥 가만히 서서 우리를 바라볼 뿐이었다.

"궁금하지 않아? 왜 갑자기 주하가 쓰러졌는지. 그리고 내가 왜 구급차가 아닌 사감 선생님을 불러야 한다고 했는지."

그때 킴이 끼어들며 말했다.

　"걔 빨간 머리에 무슨 힘이 있다며. 불법 거래한다는 소문도 있던 데?"

　아, 이미 알고 있구나.

　"폭주한 거 아니야? 걔가 진짜로 그런 특별한 힘이 있다면 폭주할 수도 있잖아. 그래서 미쳐 버린다든가 쓰러진다든가."

　킴이 하는 말에 소름이 돋았다. 모두 그런 식으로 주하를 바라보고 있는 거야? 미쳐 버릴 수 있는 돌연변이 같은 것이라고. 괴물이나 마녀나 초능력자라고. 글쎄, 후자는 맞을 수도 있다. 하지만 그걸 어떻게 받아들이고 있냐가 중요하다. 정말 다들 킴처럼 생각하고 있는 걸까?

　빌리가 무서운 표정을 지으며 대답했다.

　"설명해 줄 수 있으면 벌써 해 줬겠지. 하루든 주하든."

　"뭘 설명해?"

　불이 붙은 듯 킴이 빌리에게 달려들었다.

　"주하가 왜 아픈지가 중요한 거 아니야? 그리고 일어날 수 있는지. 아픈 사람을 두고 말을 만들 게 아니라 나을 수 있기를 염려해 줘야 하지 않냐고."

　모두가 그런 생각으로 우리를 바라보고 있다면 다행이지만, 1구역 아이들이 우리를 그렇게 다정하게 바라봐 줄 리 없다. 빌리도 진심으로 하는 이야기인지 의심해야 할지도 모른다. 사냥감. 우리는 사냥감이 되기 좋은 표적이고, 빨간 머리는 특히 그렇다.

"누가 뭐래냐? 그런데 궁금한 건 사실이잖아. 주하, 쟤 정체가 뭔지."

킴에게 다가서려는 빌리를 막아선 건 레오니였다.

"그만하고 이제 돌아가자. 주인도 없는 방에서 이러고 있는 거 실례야."

며칠 뒤 수업이 끝나고 신관 기숙사로 가는 길이었다. 교실 건물에서 기숙사 건물로 이어지는 잔디밭 길 왼쪽으로 공터가 하나 있었는데, 하얀 차량이 서 있었다. 어디선가 본 듯했는데, 자세히 보니 차량에 Lab-COSMOS라는 이름이 빨간색으로 쓰여 있었다. 주하와 관련된 새로운 일이 일어난 걸까, 주하가 학교에 돌아온 걸까! 순간 얼어붙었다가 조금 설레서 들뜬 걸음으로 차에 가까이 다가갔다. 그러자 내가 올 줄 알았다는 듯이 차량 문이 열렸다.

차에서 주하가 내리기를 기대하고 있었는데, 차에서는 연구복인지 직원복인지 알 수 없는 옷을 입은 사람 하나가 내렸다. 그 사람의 상반신을 훑어보았지만, 이름이 적힌 배지나 목걸이 같은 건 없었다.

그런데 그 사람이 나에게로 걸어왔다.

"네가 하루지?"

"네?"

어리둥절한 표정으로 넋을 놓고 있었는데, 갑자기 뒤에서 킴이 목을 조르듯 매달려 왔다.

"누구?"

"몰라."

"너는 킴이고."

"에? 뭐야, 이 사람."

그때야 알 수 있었다. 내 이름과 킴의 이름을 알고 있다는 건 학생 정보가 어느 정도 있다는 거고, 내 주변 혹은 주하의 주변인들을 안다는 뜻이었으니까 '노범'이라는 사람이 아닐까 싶었다. 주하를 전담하고 있는 연구소의 C.O.S. 관리자 말이다.

"주하랑 관련된 일인데, 하루는 나랑 차에서 얘기 좀 할까?"

그러자 킴이 내 손목을 잡고 놔주지 않았다.

"뭐야 뭐야. 가족도 아니고 부모도 아니고 선생님도 아니고! 누구신데, 학교에서 학생을 이렇게 함부로 데려가요?"

그때 담임 선생님이 다가와서 킴에게 붙잡힌 나를 구해 줬는데 킴은 선생님에게 잡혀가면서도 고래고래 소리 질렀다.

"왜! 뭔데! 왜 맨날 너네 둘이서만 비밀인 건데!"

그사이 우리는 차에 올랐다. 차에 오르니 운전석에 까만 옷을 입은 사람이 있었다. 운전사인지 보디가드인지 알 수 없는 모습이었다.

"어, 나는 주하 담당 관리자 노범이라고 한다."

내가 차에 오르고 문이 닫히자마자 노범은 자기소개를 했다. 사람을 대하는 게 서투른 사람인 것처럼 느껴졌다.

"알아요. 주하가 말한 적 있어요."

"주하가 내 얘기를 했다고?"

"네. 꽤 다정하고 사람에게 능숙한 어른일 줄 알았어요."

"응?"

"아니에요. 주하는요?"

노범은 몇 초간 나를 가만히 쳐다보고 있다가 앞좌석의 사람에게 차를 출발하라고 시켰다. 앞좌석 사람은 노범과는 다른 옷을 입고 있었다. 사복 차림에 가까웠지만, 역시 깔끔하고 좋은 원단의 옷처럼 보였다. 1구역이 아니면 입지 못할 것 같은 옷처럼 보여서 새삼스럽게 내가 1구역에 있다는 게 와닿았다. 좋은 것들로 둘러싸인 세상에서 아이들은 무엇을 꿈꿀까 생각해 봤다. 하지만 다시 주하 생각에 좋은 것이 좋은 것일 수만은 없지 하는 냉소적인 마음도 들었다.

"주하를 보러 갈 거야."

"저도 연구소에 들어갈 수 있나요?"

"내 권한으로 들여보내 줘야지. 주하에게 좋은 것이라면 뭐든 상관없어."

"주하가 많이 안 좋아요?"

"과부하인 것 같아, 아무래도. 연구소에서 제일 무리했으니까."

뭐가 과부하인 건지, 왜 과부하에 걸린 건지는 묻지 않았다. 어떤 말이 나올지 실은 겁이 났다. 어떤 말도 내가 듣고 싶은 말과는 다를 것 같아서, 주하가 또 실험 대상이 되었다든가 하는 이유일 것 같아서. 어쩌면 이번에 주하가 쓰러진 이유는 주하가 나를 피했던 이유와 같을 수도 있겠다는 생각이 들었다.

5분에서 10분 정도 이동했을까. 금세 차가 멈췄고, 차 문이 열리자 노범이 내리라는 손짓을 했다. 이렇게 가까운 데에 연구소가 있을 줄은 몰랐다. 애초에 주하와 같은 C.O.S.가 다닐 수 있는 학교가 몇이나 되겠냐마는 아마도 우리 학교는 거리 때문에 선택된 듯했다.

차에서 내려서 보니 연구소는 하나의 단지와 같았다. 연구소 건물이 하나가 있는 게 아니라 몇 개 동으로 이뤄져 있어서 노범의 안내 없이는 방향을 찾을 수도 없었다. 나는 그저 노범의 뒤를 따라가며 여기에서 이뤄지는 연구들을 상상해 보려고 했다. 하지만 내 머리로 상상할 수 있는 것은 없었고, 다만 이렇게 큰 곳에서 얼마나 많은 C.O.S.들이 시간을 보내고 있을지 궁금해졌다. 아주 어린 아이들부터 우리 나이 또래 아이들까지 있겠지. 주하의 말에 따르면 어른이 되어 능력이 발현되는 사람들은 M.O.S.로 부르고, C.O.S.는 전부 아이들이라고 했다. 이제야 능력이 소멸되는 아이가 발견되었을 뿐이라고 하니, 이들의 실험은 겨우 한 단계를 밟은 셈이다.

"주하는 병실에 있어."

노범을 따라 들어선 연구소는 무슨 일을 하는 곳인지 알 수 없었다. 다만 모든 벽이 새하얘서 눈이 부실 정도였다. 게다가 지나다니는 사람들도 하얀 가운을 입고 있었다. 그마저도 겨우 두 명의 연구원이 우리를 지나쳤을 뿐이라서 굉장히 비밀스러운 곳처럼 느껴졌다. 하얀 벽과 하얀 가구들, 하얀 옷과 하얀 신발의 사람들······. 그래서 사람들의 까만 머리카락이 더 도드라져 보였다. 이런 곳에서 빨간 머리 아이들이 실험을 받거나 치료를 받는 장면을 상상해 보았다. 왠지 모르게 오싹해서 팔에 소름이 돋았다.

"네?"

그런데 병실이라니? 그럼 여기는 병원인 건가?

"주하, 그동안 연구 대상으로 계속 학교랑 연구소를 왔다 갔다 했어."

"그래서 잘 안 보였구나."

"그렇게 느꼈니?"

"네. 저랑 거리를 두려고 하는 건 줄 알았어요."

"지쳐서 그랬을 거야. 물론 거리를 두려고 한 것도 맞을지도 모르지. 자신이 이렇게 생체 실험의 대상으로 살아간다는 걸 다시 자각했을 테니까 말이야."

"주하가 한 말인가요?"

"정확히는······ 주하가 상담 선생님에게 한 말이지."

노범이 어떤 문 앞에 멈춰 서며 말을 멈췄다. 그러고는 안에 들어가기 전에 소독 과정을 거쳐야 한다고 했다. 주하의 상태가 심각한 걸까? 나는 노범이 하는 행동을 그대로 따라 하며 소독을 마쳤다. 노범이 다시 말했디.

"나라도 그렇게 느꼈을 것 같거든. 자유로운 학교생활, 다정한 친구와 새로운 친구들, 외출. 그런 좋은 것들이 있었잖니?"

"좋은 것들?"

"응. 좋은 것들. 너는 주하에게 좋은 것들을 주고 있어. 너도 자각해야 한다."

노범이 문에 달린 보안장치에 지문을 찍고 비밀번호를 누르니 문이 열렸다. 방 안으로 들어서자 커다란 유리벽이 보였고, 그 너머로 베드 두 개가 보였다. 한쪽에는 또래로 보이는 여자애가 앉아서 책을 보고 있었고, 한쪽에는 누군가가 깊이 잠들어 있었다. 빨간 머리카락이 보였다. 주하인가 싶어 유리벽에 찰싹 달라붙었는데, 주하보다 짧은 머리카락에 자세히 보니 얼굴이 다른 사람이었다.

"주하인 줄 알았니?"

"네."

"주하는 지금 회복실에서 럭스를 충전하고 있어."

"그럼……. 그럼, 주하는 정말로 럭스를 만들어 내는 능력이 있는 거예요?"

"주하에게서 듣지 않았나?"

"주하가 C.O.S.라는 걸 말해 주긴 했어요. 하지만 자세히는……."

"일단 저 방에 있는 빨간 머리도 C.O.S.라는 걸 알겠어?"

"그럼 모든 C.O.S.는 빨간 머리예요?"

"꼭 그런 건 아닌데, 1세대 아이들에게선 그런 특징이 발견되었지."

"그건 생물학적으로 그럴 수 있는 일인가요?"

"그렇지 않기 때문에 이 연구소가 세워졌단다. 아이들이 태어났을 당시에도 나라에서는 아무것도 모르고 있었지. 우연히 한 산부인과에서 발견한 정보였을 뿐이야. 한 아기에서 출발했어. 출생 등록을 위해 실시한 전신 검사에서 특이한 생체 정보가 나온 거야."

"특이한?"

노범이 유리벽을 똑똑 두드렸다. 그러자 책을 읽고 있던 아이가 유리벽 쪽을 바라보며 고개를 끄덕였다.

"괜찮아요."

안과 연결된 스피커에서 소리가 들려왔다. 노범이 유리벽 한쪽 구석에 있는 작은 문의 비밀번호를 누르며 말했다.

"응. 특이한."

문이 열리자 새까만 머리카락의 아이가 서서 노범과 나를 맞았다. 노범이 말을 이어 갔다.

"구역 바깥에서 태어난 아기였는데, 1구역 아이들보다 럭스 수치가 높았거든. 유전 정보도 너무 우수해서 실험실에서 만들어진 아이인 줄 알았지."

방 안쪽에 있던 까만 머리카락의 아이가 나를 쳐다보며 물었다.

"쟤는 누구예요? 주하는 괜찮아요?"

까만 머리카락의 아이는 나를 경계하는 태세도 없었다. 노범이 나를 소개하듯 손짓하며 말했다.

"어차피 학교에 가면 알게 될 텐데, 주하랑 통합고등학교에 다니고 있는 학생이야. 이름은······."

"하루라고 해."

내가 먼저 손을 내밀었다. 까만 머리카락의 아이가 나를 이리저리 훑어보더니 노범을 쳐다봤다. 허락을 받는 듯한 눈치였다. 노범이 고개를 끄덕이자 내 손을 잡고 악수를 했다.

"나는 청아야."

"주하 친구야?"

"친구? 하하. 그치. 여태까지는 태양의 아이들의 가장 친한 친구였고, 지금은······ 아니야. 나는 어느 날 뿔이 솟은 악마 같은 거야."

청아라는 아이가 양쪽 검지를 세워 머리 옆에 붙이며 말했다.

"악마라고, 악마."

"청아야."

노범이 그런 청아의 행동을 말리듯 고개를 가로저었다. 청아는 다시 자기 침대로 가서 납작한 기계를 집어 들더니 노범을 보지도 않고 말했다.

"주하가 깨면 알려 주세요. 친구는 학교에 가서 만들어도 충분해요."

노범은 청아 옆에 누워 있는 짧은 빨간 머리 아이에게 다가갔다. 아이와 연결된 호스와 장치들을 손보더니 청아에게 작은 목소리로 뭐라 뭐라 말하는 듯했다. 청아의 얼굴이 순간 굳는 것 같았다. 하지만 다시 장난스러운 표정을 지으면서 말했다.

"글쎄요. 잘 모르겠는데요!"

노범은 나를 데리고 나오면서 주하에게 데려다주겠다고 했다. 지금쯤이면 주하도 럭스 충전이 끝나서 회복실에서 눈을 떴을 거라는 말도 덧붙였다. 노범은 긴 복도를 향해 걸으면서 말했다.

"저 복도 끝 문을 열 때마다 다른 세계에 가는 느낌을 받는단다."

"왜요?"

"태양의 아이들이 있는 곳이거든."

"청아는……."

"청아도 태양의 아이였어. 그런데 얼마 전 청아에게서 럭스 생산 능력이 사라지고, 빨간 머리도 까만 머리로 변했단다."

"그게 가능한 일이에요?"

"그렇지 않기 때문에 모두가 당황했지. 하지만 M.O.S.가 있다는 가설이 나오면서 함께 논의되었던 예측 가능한 문제였어."

"이상해요. 말도 안 되고."

"그렇지. 이렇게 연구를 한다고 뭔가 답을 찾을 수 있을지도 미지수야."

"그런데도 왜 이런 연구를 해요?"

노범이 뒤돌아 나를 보며 연한 웃음을 지었다.

"청아는 C.O.S.로서의 능력을 잃어 가고 있어서, 동갑내기 C.O.S.인 주하와 몇몇 아이들의 럭스를 받아 보기로 했단다. 일시적인 변화일 수도 있고, 회복 가능할지도 모르니까 말이야. 하지만 아이들의 럭스를 다 빨아들이듯 청아는 엄청난 양의 럭스를 먹고 그냥 까만 머리의 1등급 인간이 되었어."

"그럼…… 주하는……."

"응. 주하도 회복 기간이 필요했는데, 계속 학교에 나가려고 고집을 부리더라고. 결국 이 사달이 났지만. 괜찮아. 지금은 연구소 병원에서 주하의 상태를 원래대로 돌려놓았으니까."

"돌려놓았다니. 이상하네요, 그 표현."

"연구소에서는 청아가 C.O.S.로서의 능력을 완전히 잃었는지, 더 이상 C.O.S.로 살아갈 수 없는지 확인해야 했어. 어쩔 수 없었단다."

"어쩔 수 없는 게 아니에요."

"……연구소에서는 M.O.S.를 찾고 있으니 또 다른 해답을 찾을 수 있지 않겠니?"

"아뇨. 그건 해답이 아니라 다른 방법 하나에 지나지 않아요. 또 다른 문제를 찾는 것일 뿐이라고요."

우리는 어느새 긴 복도의 끝에 다 와서 서로를 바라보고 섰다. 먼저 복도 벽에 등을 기댄 건 노범이었다.

"모르지 않아. 하지만 멈출 수도 없잖니."

"할 수 없다는 말 진짜 많이 하네요."

노범이 벽에서 등을 떼며 복도 끝 문을 열었다. 곧장 다른 문이 하나 더 있었다. 이번에는 노범이 손가락을 쫙 펴 손 전체를 문에 달린 작은 화면에 찍었다. 노범의 지문과 장문 그리고 혈선을 인식하는 소리가 들렸다. 그리고 뒤이어 음성인식을 위한 예문이 화면에 떴다.

☞ 아침 7시 47분, 파란 하늘 아래 새가 나는 것을 보았습니다. ☜

노범은 "아침 7시."까지 발음하고 말을 멈췄다. 그리고 음성인식 화면 창을 껐다. [Access Cancle] 노범이 확인을 누르자 [Loading] 화면이 떴고, 지문을 찍으니 인식 시스템이 꺼졌다.

"언제 이런 세상이 되었나 싶어."

"이런 일을 하는 사람이 할 말은 아닌 것 같아요."

"이런 일이라니?"

"인간을 가지고 생체 실험을 하고 있는 거잖아요."

"너 화났구나?"

어른들은 왜 그렇게 빨리 눈치채는 걸까. 내가 어떤 감정을 가지고 있는지 금세 눈치채고 굳이 확인하듯 묻는다. 내가 서툰 걸까 생각해 봤지만, 그건 좀 아닌 것 같다. 아이들은 내 속을 알기 어렵다고들 말하니까. 어른이 되면 신기한 능력이 생기는 거라고 생각해 버리는 게 낫다. 노범도 그런 어른이라고 생각하기로 했다. 하긴 주하나 청아 같은 애들을 매일 돌보고 실험 대상으로 관찰하고 있으면 10대 아이들의 표정쯤이야 우습게 읽힐지도 모르겠다.

내가 흔들리는 건지

세상이 돌고 있는 건지

아니야

지구가 돌기를 멈춘 건 아닌지

(그러다 날아가 버리는 건 아닌지)

숨을 들이마시고

붉은 꿈을 내뱉고

심장 박동이 거칠게 뛰고

온몸에 피가 돌 때

달리기하듯 세포의 발이 느껴질 때

소녀의 몸이 완성되어 가고

회복하는 말들

회복하는 붉은 말들

괴물의 날개를 만지고 돌아왔어

더 이상 진행되지 않는 진화를

축복이라고 부르기로 했어

푸른 이름을 가지고

까만 머리카락을 흩날리며

나는 여왕이 될 거야

붉은 말은 체스를 둘 때나 필요하겠지

내 몸에 피가 모자랄 때나 말이야

너무 예뻐서 해가 지는 행성이라

착각할 만한

붉은 말들

머리칼을 흩날리며

아름다운 괴물을 위해

나는 사람이 될 거야

2부 주하

능력과 초능력

"어떻게 여기까지 왔어?"

"노범이 데리러 왔어. 학교로."

내가 노범을 올려다봤을 때, 노범은 나에게만 보여 주는 우스꽝스러운 표정을 지었다. '뭐, 이것쯤이야.' 하는 표정이었다. 이런 다정함 때문에 나는 내 몸과 내 일을, 연구소의 일을 마냥 싫어하고 미워할 수가 없다. 어쩌면 이런 식으로 나를 길들여 온 걸지도 모르지만 어쨌든 나는 아주 잘 길들인 집 고양이 같은 존재다.

그래서 청아에게 문제가 생겼을 때(별로 문제라고 생각하고 싶지 않았지만, 연구소에서는 다 그렇게 부르니까.) 내가 가장 먼저 소환될 것이라는 건 쉽게 예측할 수 있었다. 그리고 역시나, 청아의 이상 변화 메시지를 받은 그날 새벽, 나는 노범을 따라 연구소로 돌아가야 했다. 하루에게는 말하고 싶었지만, 실은 어떤 말부터 해야 할지 알 수 없었다. 이런 응급 상황에 대해서는 모두가 처음이었고, 나도 앞으로 어떻게 될지 모를 일이었다.

노범이 방에서 나갔고, 회복실에는 나와 하루만 남았다. 잠시 정적이 흘렀다. 먼저 입을 연 건 하루였다.

"학교에서는 뭐 어떤 얘기가 오가고 있는지 모르겠어. 내가 도통 친한 애가 없잖아."

"응. 그치."

"네가 인정하니까 왠지 좀 열 받는다?"

"하하. 들었어. 네가 내 기숙사 방에 와서 쓰러져 있던 나를 발견한 거라고."

"응. 도통 보여야 말이지."

"고마워. 그동안 연구소에 오갔는데 그걸 숨기는 게 버거웠던 것 같아."

"당연하지. 실험까지 했다며."

"노범이 어디까지 얘기한 거냐?"

"그냥 청아라는 애가 있고, 걔 때문에 네가 실험 대상이 됐다는 거. 그리고 무리했는지 과부하였다고. 너가 그래서 쓰러진 거라는 듯이 말했어. 그게 다야."

"다 말했네."

또 얼마간의 정적이 흘렀다. 나랑 제일 친한 사람이라고 생각하는데도 단둘이 남으면 나는 자꾸 말을 잃었다. 내가 숨기는 게 많아서

일까 생각해 보기도 했다. 나 스스로 생각하게 된 건 아니고, 상담 선생님이 나에게 말해 준 것이었다. 그 애 앞에서 부끄러운 이유가 있니? 부끄러운 행동을 한 적이 있어? 아니요. 아무것도 없었어요. 아무것도 보여 주지 않은 건 아니니? 아무것도 안 보여 줘요? 응. 사람 관계에서 아무것도 보여 주지 않는 건 모든 걸 숨기는 것과 같아. 그러면 사람이 부끄러워질 수 있지.

"그동안 청아와 관련해서, 그리고 나에 대해서 연구소에서 이런저런 이야기가 오갔어. 어른들은 말해 주지 않았지만 난 금세 알 수 있었거든."

"응."

하루는 아무렇지 않게 대답을 한다. 나는 정말 큰 용기를 내서 말하는 건데, 하루는 너무 아무렇지 않게 이야기를 들으며 "응." 대답한다.

"너한테 다 말할 수 없었던 건 나도 확실히 아는 게 없었기 때문이야."

"……뭔가 알아야 하나? 그냥 네가 요즘 연구소에 실험하러? 실험받으러? 무슨 표현이 더 정확한 건지 모르겠지만, 아무튼 연구소에 다니고 있다고. 그래서 피곤하다고 말해 줬으면 내가 너를 좀 더 잘 이해할 수 있었을 것 같은 거지. 그뿐이야. 뭔가를 더 얘기해 줄 필요는 없었어."

회복실 안을 천천히 둘러보면서 이것저것 만지는 하루의 뒷모습이 유난히 크게 느껴졌다. 분명 나보다 키가 작지 않았나? 며칠 사이에 키가 더 컸나?

상담 선생님의 말씀이 맞았다. 뭔가를 더 할 필요는 없었지만, 아무것도 하지 않는 건 숨기는 일이었다는 걸. 나는 하루에게 연구소행을 알리고 싶지 않았다. 그게 옳지 않은 일을 하는 것처럼 부끄러웠나? 그렇게 부끄러울 일은 아니었다. 아니면 뭐였을까. 억울했을까? 싫었을까? 나에게 그런 감정이 있었다면 차라리 말해 주지 그랬냐고 대답할 하루를, 하루의 마음을 이제 알겠다.

연구소에서 나에게 얼마나 많은 관심을 가지고 있는지는 이미 알고 있다. 청아가 능력을 잃었으니 이젠 내가 잃을 것인가, 언제쯤, 어떻게 잃을 것인가가 더 구미가 당기는 실험 주제가 될 것이다. 이런 곳에 오래 갇혀 있다 보면 제6의, 7의 감각이 발달하는 모양이다. 실험 대상이 실험실의 분위기를 읽을 수 있는 것과 같겠지. 그런 의미에서 나는 끝없는 쥐잡기 놀이의 유일한 술래가 된 기분이다. 반대로 유일한 깍두기가 되는 날도 있다. 놀이의 모든 룰과 엔딩을 알고 있는 최약체. 뭐 그런 식으로 풀이할 수 있을 것이다.

학교에 돌아가면 어떻게 아무렇지 않은 척해야 할까? 또다시 아이들의 이목을 끌고 싶지 않았다. 빨리 머리카락이 제자리로 돌아와야 한다고만 생각했는데, 진짜 중요한 건 내 표정일 것 같다.

"괜찮아?"

하루가 새삼 내 상태를 살피며 물었다. 내 베드 가까이에 다가온 하루를 보니 심장이 쿵쿵 뛰었다. 거짓말을 하다 들킨 아이처럼 겁이 났다.

"응. 네 말처럼 뭐라도 얘기했어야 했어. 미안."

"아냐. 꼭 그래야 하는 건 아니었지. 나한테 말해야 할 의무 같은 건 없잖아."

그렇게 말하는 하루의 표정이 외로워 보였다.

아니야. 너한테는 말할 수 있어. 너한테는 말하고 싶었어. 그런데 어떻게 말해야 하는지, 말해도 되는 건지 판단할 수 없어서 그랬어. 그것도 갑작스러운 실험 때문이라고 말하면 이해해 줄래?

나는 뱉지 못할 말을 입안에서 굴리면서 하루를 쳐다봤다. 내가 줄어든 건지 하루가 그사이 키가 큰 건지 정말로 하루의 모습이 다르게 보였다.

"그래서 청아라는 애는 괜찮은 거야?"

"아."

"내가 물어도 되는 건가?"

하루는 다시 딴청을 피우듯 창문 없는 회복실의 벽을 두리번거렸다.

"물어도 되지. 노범이 널 여기에 데려왔을 땐 어떤 정보가 빠져나가도 감당하려는 거 아니었을까?"

하루가 나를 똑바로 보고 얕게 고개를 끄덕였다.

"청아는 나랑 비슷한 시기에 발견된 C.O.S.야. 내 또래 태양의 아이 중에는 제일 뛰어났고……."

고개를 들어 하루를 보니 하루가 눈을 반짝이며 내 이야기를 듣고 있었다. 내가 해 줄 수 있는 이야기는 전부 해도 될 것처럼, 눈이 반짝거리고 있었다.

"청아는 빨간 머리 중에서 제일 밝은 빨간 머리였지."

"아까 보니까 그냥 A반 애들처럼 새까만 머리카락을 가지고 있던데?"

"응. 그러게……. 그런데 원래는 가장 밝은 빨간 머리를 가지고 있던 애였어. 거기서 제일 좋은 럭스가 나오고 있다는 듯이 반짝거렸거든."

"음……. 되게 마법 소녀물 같은 이야기다."

듣고 보니 그랬다. 하루의 말처럼 청아는 마법 소녀처럼 느껴지는 친구였다. 어나더 레벨. 애들이 흔히 썼던 표현을 빌려 오자면 청아는 '어나더 레벨'이었다. 그런 청아가 제일 먼저 능력을 잃게 되었다는 것도 꽤 마법 소녀물 같은, 만화 같은 이야기였다.

청아는 제일 먼저 능력을 잃었지만, 거기서 이야기가 끝나는 게 아니다. 청아는 제일 먼저 1등급 아이로 완벽하게 변신한 것이다. 어쩌면 청아는 모든 능력을 체화한 것인지도 모른다. 청아의 능력 소멸 사건으로부터 C.O.S.에 대한 연구는 새로운 국면을 맞이했다. 단순히 연구 계획에 차질이 생겼다거나 연구 주제가 바뀌는 정도의 문제가 아니었다.

청아의 능력 상실은 연구소 모두에게 영향을 주었다. 제일 먼저는 관리자들이나 연구원들에게 혼란을 가져왔지만, 종국에는 나와 같은 C.O.S. 아이들의 마음을 흔들어 놨다. 우리는 연구실에서 마주칠 때마다 서로가 주워들은 정보를 주고받으며 각자 스토리라인을 꿰어 나갔다. 그러니까 청아의 능력 소멸(연구원들은 '능력 상실'이라고 부르기도 했다. 나도 '소멸'이 맞는지 '상실'이 맞는지는 알 수 없어서 두 가지 말을 다 섞어서 쓴다.)은 C.O.S.의 2차 성징과 관련이 있다는 게 우리 사이의 정설이 되었다.

그리고 새로운 연구의 시작에는 청아가 있어도 결국에는 수많은 어린 C.O.S.들에게 새로운 연구 과제가 생길 것이라는 암시도……. 연구의 중심에는 내가 있게 될 것이라는 예감이 들었다. 청아가 럭스 생산 능력이나 재생 능력을 완전히 잃었다는 결과가 나오면 청아는 오히려 자유로워질지도 모른다. 완전히 능력을 잃고 1등급 아이가 되면 평범하게 살 수도 있을 것이다. 그 뒤에 이어질 연구들은 모두 남은 C.O.S.들이 감당해야 할 새로운 몫이었다.

학교에 돌아왔더니 빌리와 레오니가 제일 먼저 우리 반을 찾았다. 교실 뒷문에 달린 창문을 통해 우리 반 앞을 지나는 킴의 얼굴을 본 것도 같았다. 하지만 하루를 보러 들어오거나 하지는 않았다.

"야! 진짜 놀랐다. 어떻게 된 거냐?"

빌리가 호들갑을 떨며 물었다. 저 바보. 여기서 어떻게 C.O.S. 얘기를 하라는 거야. 나도 참 바보다. 아이들에게 설명할 변명거리를 만들어 두는 것을 깜빡했다. 레오니가 빌리의 소맷자락을 잡아당겼다. 레오니는 아무 말을 하지 않고도 빌리의 행동을 통제할 수 있는 것처럼 보였다. 아무것도 묻지 마. 주하가 곤란해하잖아. 그렇게 말하는 레오니의 목소리를 상상했다.

그때 하루가 끼어들어 빌리에게 대답했다.

"감기 몸살이었는지 특별히 문제된 건 없었대. 종합검사를 하느라 좀 시간이 걸렸던 모양이야."

"그래도 사람이 쓰러지기까지 했었는데 말이야. 정신을 잃었었잖아."

"그러게. 하여튼 빨간 머리가 별종이야."

능청스럽게 반응하는 하루가 재미있었다. 빌리가 내 얼굴 가까이 다가와서 작은 목소리로 말했다.

"그런데 너 없는 동안 우리 반에서 무슨 이야기가 돌더라고."

"무슨 이야기?"

"자세한 건 점심시간에 얘기하자."

그리고 빌리는 레오니의 손목을 잡고 우리 교실에서 나갔다.

다행이랄지 우리 반 아이들은 처음처럼 나에게 관심을 갖거나 적대심을 내보이거나 하지 않았다. 그냥 하루의 말처럼 내가 몸이 안 좋아서 병원에 며칠 있다 온 것이라고 믿는 눈치였다. 내가 없는 동안 아이들이 하루에게 이것저것 곤란한 질문을 하진 않았을지 신경 쓰였다. 하지만 하루는 내가 병원에 다녀온 게 정말 별일 아닌 듯 행동했다. 덕분에 마음이 편해졌다.

역시 가장 신경 쓰이는 것은 내 몸이었다. 내 몸에서 그 많은 럭스를 뽑아 가고도 청아는 빨간 머리로 돌아오지 않았고, 피부는 나날이 창백해져 갔다. 며칠 동안 실험 베드에 누워 있었는지 기억나지 않는다. 연구소에서는 회복실에서 지내는 게 좋지 않겠냐고 했지만, 나는 학교생활을 이어 가기 위해서 매일 기숙사로 돌아왔다. 그게 몸에 무리를 준 것 같았다.

럭스는 언제든지 다른 친구들을 통해 채울 수 있고, 나도 럭스 생산 능력이 떨어진 건 아니어서 며칠 쉬면 나을 일이었다. 그런데 무엇이 문제였는지 화장실에서 세수를 하는데, 천장이 핑 돌며 그대로 기억을 잃었다. 눈을 떴을 땐 연구소였다. 연구소 특유의 소리가 귀를 울렸다. 작고 큰 기계들이 돌아가는 전자파 소리만 외롭고 공허하게 돌고 있었다. 이게 어떻게 된 일인지 생각해 내려고 머리를 굴리는 사이 노범이 들어와서 하루와 친구들 얘기를 해 줬다. 곧 하루에게 연구소를 보여 줘도 될 것 같다는 말도 덧붙였다. 오히려 내가 그래도 되는 건지 의구심이 들었다. 노범이 괜찮다는데, 왜 내가…….

하루가 나에게 어떤 의미인지 생각해 봐야 한다던 상담 선생님 말이 자꾸 머릿속을 뛰어다녔다.

점심시간에는 빌리와 레오니가 먹을 걸 사서 운동장에 나가는 게 어떻겠냐고 물어봤다. 나는 빌리랑 먼저 운동장 한쪽에 자리를 잡기로 하고, 하루와 레오니가 매점에서 먹을 걸 사 오기로 했다.

빌리가 야구 훈련장 앞 스탠드에 자리를 잡자고 했다. 빌리는 수요일엔 야구 연습이 없어서 흙먼지가 날리지 않을 거라고 했다.

"하루는 아무것도 모르는 거야?"

빌리가 느닷없이 물어왔다.

"뭘 몰라?"

"네가 왜 아픈지, 왜 쓰러졌는지."

"아니. 다 아는 것 같은데."

잠시 정적이 흘렀다. 빌리는 나를 똑바로 쳐다보면서 실실 웃었다.

"왜, 뭔데."

"그냥. 너랑 하루 사이가 뭔가 싶어서."

"뭐긴 뭐야. 친구……."

"친구라고 인정할 수 있겠어? 너 솔직히 아무도 친구로 생각하지 않잖아."

"그게……."

"그냥 이제는 좀 인정했으면 좋겠다."

"인정하는 거랑 안 하는 거랑 뭐가 다른데?"

"나랑 레오니 사이만큼 다르겠지?"

"너네가 친구라서?"

"응."

빌리가 자리에서 일어나서 매점 쪽을 바라봤다. 레오니와 하루가 오는지 지켜보는 것 같았다.

"하루는 아무것도 모를 것 같아서 말하는 건데."

빌리가 비밀을 이야기하듯 낮은 톤으로 말을 이어 갔다.

"너 학교에 안 나오는 동안 또 소문이 돌았어. 네가 럭스 불법 거래를 하는 뭐, 그런 애라고. 뭐라고 부르더라. 럭스를 생산하거나 보유

할 수 있는 능력이 있어서 해커? 뭐 그런 식으로 말하던데. 네가 그거라는 거야. 럭스 해커인지 뭔지.”

“뭐…… 아주 틀린 건 아닌 것 같은데.”

빌리는 내 말에도 당황하지 않았다. 오히려 다 알고 있다는 듯이, 혹은 더 알지 않아도 된다는 듯이 말을 이어갔다.

“어쨌든 그게 진짜인지는 모르겠고. 네 소문이 다시 안 좋게 돌고 있다는 게 중요하니까 말하는 거야. 그런데 이 소문이 도는지 하루는 모르는 것 같단 말이지. 걔는 너 아니면 친한 애도 없잖아. 그래서 애들이 네 욕을 하는지 자기 욕을 하는지도 모른다고.”

“그래서?”

“그러니까 너네는 좀 더 얘기를 터놓고 할 필요가 있어. 서로 눈치나 볼 게 아니라 진짜 친구로서 진짜 대화를 해야 한다고.”

“그 말이 하고 싶었던 거야?”

“응.”

“그래서 우리 사이가 뭐냐고 물었구나.”

그때 빌리가 매점 쪽을 향해 손을 흔들었다. 그리고 이쪽으로 오라는 듯 손짓을 하며 말했다.

“응. 친구니까 친구로서 인정 좀 해. 너희 둘 다.”

하루와 레오니가 가까이 다가오자 빌리는 더 이상 이야기를 하지 않았다.

내가 학교로 돌아온 이후로 하루는 연구소와 병원 학교 기숙사를 모두 따라다녔다. 마치 보호자처럼 나랑 세트로 움직였고, 노범은 그걸 긍정적으로 평가했다. 노범은 연구소 사람이기 때문에, 무엇보다도 우리와 같은 C.O.S.가 아니라 어른이었기 때문에 하루를 환대하는 것이 이해되지 않았다. 다른 C.O.S.의 존재나 다른 연구에 대한 정보가 노출되는 건 걱정되지 않는 걸까? 어쨌든 항상 정보를 기밀로 부치는 것을 우선으로 하는 곳에서 낯선 아이를 받아들이는 건 역시 이상했다.

오늘은 청아가 우리 학교로 편입하게 될 것이라는 이야기를 들었다. 기분이 이상했다. '편입'이라는 건 정식으로 그 학교에서 청아를 받아 줬다는 이야기였기 때문이었다.

나는 여전히 빨간 머리에, 출신 구역에 상관없이 C.O.S.라는 사실을 숨기며 산다. 그런데 내가 통합고등학교 F반에 들어가기 위해 연구소에서 썼던 힘은 필요 없이, 청아는 자기 힘으로 A반에 들어갈 수 있는 1등급 아이가 된 것이다. 나와 청아의 관계는 뭐라고 설명해야 할까. 더 이상 같을 수 없고, 앞으로는 더 간격이 벌어질 사이처럼 느껴졌다. 그렇다고 우리 사이가 어색해질 필요는 없었지만, 청아가 먼저 말을 아끼기 시작했다. 하루의 반응을 봐도 나 혼자 느끼는 거리감은 아닌 듯했다.

"청아랑은 안 친해?"

오늘의 실험을 마치고 회복실에서 깨어났을 때 하루가 물었다.

"그런 건 아닌데. 그래 보이지?"

"응. 너희 말도 거의 안 하고."

"예전에는 제일 얘기를 많이 나누는 사이였는데."

"청아는 어느 구역 출신이야?"

"내가 알기로는 6구역 출신. 더 바깥이라는 얘기도 들은 적 있는데, 6구역 이하 구역에서 태양의 아이가 발견된다는 것도 신기한 일 같아서."

"어차피 유전자 변이의 문제라거나 돌연변이의 문제라면 환경은 더 나빠도 가능한 거 아니야?"

"오히려 환경이 나빠서 그럴 수도 있지."

"그렇다면 더 먼 곳에서 왔을 수도 있지."

"어쨌든 청아는 능력이 워낙 남달라서 연구소에서 자랐으니까."

"그럼 가족과 떨어져 지냈다는 거야?"

나는 회복실 문 쪽을 쳐다봤다. 밖에는 아무도 없는 것 같았지만, 혹시나 노범이나 다른 연구원이 밖에서 대기를 하고 있을 수도 있었다. 내 이야기를 하는 건 어렵지 않았지만, 청아에 대한 정보는 어디까지 말해도 되는지 감이 잡히지 않았다.

"응. 가족이 있는지 없는지도 모르겠어. 청아는 한 번도 가족 얘기를 한 적이 없거든. 아주 어릴 때 국가에 발견돼서 곧장 연구소로 넘어왔기 때문이 아닐까 추측할 뿐인데……."

"청아도 사연이 많네."

"그런가?"

잠시 침묵이 흘렀다. 곧 알람이 울렸다. 회복실에서 나와도 좋다는 알람이었고, 노범을 보고 기숙사로 돌아갈 시간이라는 뜻이었다. 나보다 하루가 먼저 몸을 일으켰다.

"옷 갈아입고 나와. 내가 노범을 찾아볼게."

하루가 나를 신경 써 주는 이유가 단순히 내가 쓰러졌었기 때문인지, 건강에 대한 걱정 때문인지 알 수 없었다. 빌리가 했던 말이 떠올랐다. 더 친구처럼 굴었으면 좋겠다던 그 말이.

그 후로 나도 모르게 노력해 오고 있었다. 일단 하루가 묻는 것에는 최선을 다해서 대답하고 있었다. 연구소에 관한 것이든 아니든. 가족에 대해 좀 더 얘기하게 된 것도 이번 일 때문이었다.

회복실에서 나가자 노범과 하루가 대화를 하고 있었다.

"그럼 주하를 잘 부탁한다."

"부탁할 건 아니고요."

"학교생활은 우리가 100프로 알 수 없으니까 하루 너한테 부탁하는 거야."

"알겠어요. 그냥 상태가 어떤지만 잘 살피면 되죠?"

"응. 아, 주하 나왔구나."

노범이 하루의 등을 쓰다듬으며 나를 부탁하는 장면을 보았다. 내 상태가 특별히 나쁜 것도 아닌데, 노범이 나를 신경 써 주는 건 자기가 담당자이기 때문이겠지. 아마 그런 의미에서 하루의 연구소 출입도 허락해 준 것일지도 모르겠다는 데 생각이 미쳤다. 내 옆에 자신

대신 둘 좋은 조수를 두려는 셈이다. 나쁜 의도는 아니었고, 나에게도 나쁠 것은 아니었지만, 이상하게 내 존재가 연구소에 어떤 의미인지 신경 쓰였다. 그냥 좋은 실험 데이터를 뽑아내는 실험용 쥐에 지나지 않겠지. 그렇게 생각하면서 지냈는데, 이럴 땐 꼭 노범도 연구소도 가족처럼 느껴져서 혼란스럽다. 좋은 의미로 해석하는 게 나쁠 건 없지만, 나에게 좋을 것도 아닌가? 그렇다면 하루의 관심과 지지도 좋게만 해석해서는 안 될까? 나는 자꾸 홀로 벽을 세우게 됐다. 환대를 환대로 받아들이는 하루처럼 행동하는 건 어려웠다.

"오늘은 별다른 건 없었나요?"

노범에게 실험에 대해 물었다.

"응. 네 몸은 정상이야."

"청아는요?"

"청아는 더 이상 변화를 보이지 않는다. 럭스를 생산해 내거나 몸을 회복하는 능력은 완전히 없어. 럭스를 더 주입할 필요도 없더구나. 걘 이제 타인의 럭스를 먹지 않아. 마치 100프로 충전된 배터리를 늘 지니고 있는 것처럼."

"신기하네요."

하루가 먼저 대답했다.

우리는 연구소를 나섰다. 연구원들이 타는 셔틀버스를 같이 타기로 했다. 학교로 돌아갈 때나 언구소 차량이 보이면 애들 사이에서 또 어떤 소문이 돌지 모른다는 하루의 의견 때문이었다. 하루도 어디선가 내 소문을 들은 듯했다. 빌리가 말해 줬을까? 아니다. 빌리는 더 이상 말하지 않았을 것이다.

버스로는 학교에서 15분 거리에 떨어져 있는 주택가가 제일 먼저 멈추는 정류장이었으므로 우리는 기숙사로 돌아가기 위해서는 길을 조금 돌아 걸어가야 했다. 그 길을 걸으면서 1구역의 정화된 공기와 계절 소음을 만끽할 수 있었다. 적어도 하루는 그래 보였다. 나는 실험이 끝나면 괜히 이런저런 생각이 많아져서 주변 풍경에는 별로 집중하지 못했다.

버스에서 내리고 걷기 시작한 지 얼마 되지 않았을 때 하루가 말했다.

"너는 가족들이 보고 싶지 않아?"

"갑자기?"

"응. 문득. 너는 청아처럼 연구소에서만 지낸 건 아니잖아."

"그치."

"5구역에서 가족들과 살면서 정기적으로 1구역 연구소에 와서 검사를 받거나 했다고 했지?"

"응."

"그럼 가족들과 보낸 시간이 길 테니까 가족이 보고 싶을 수도 있을 것 같아서."

"하루는 가족이 보고 싶어?"

내가 되물었을 때 하루는 별다른 반응을 보이지 않았다. 다시 조용히 길을 걸으면서 풀벌레 소리를 들었다. 멀지 않은 곳에 있는 진한 핑크색 간판이 눈에 띄었다.

"저긴 뭐지?"

"아, 저거 무슨 슬러시 가게였던 거 같아."

하루가 대답했다.

"슬러시 먹을래?"

"좋아."

"우유도 들어갔을까?"

"어?"

"아, 우유는 익숙하지 않아서 말이야."

"아! 그냥 과일주스나 탄산음료로 만드는 것 같았는데. 저기 체인점이거든. 1구역에서 가장 흔하게 볼 수 있는 가게라고, 아! 저번에 빌리, 레오니랑 외출했을 때 많이 보여서 애들한테 물었더니 알려 줬었는데. 너 기억 안 나?"

그날은 마치 여름날의 꿈 같았지. 오늘도, 수업이 끝나고 연구소에 다녀온 여러 날도 꿈처럼 떠오르는 날이 있을까. 핑크색 간판이 점점 커지며 가까워져 왔다.

"어? 어. 그랬었나?"

"응. 아무튼 우유가 들어가는 음료도 있을지 모르지만 아마 일반적인 탄산 슬러시가 인기 메뉴일 거야."

"어쨌든 가 보자."

핑크색 간판 아래 유리창이 열려 있었고, 세 칸짜리 작은 슬러시 기계가 돌아가고 있었다. 문을 열고 들어가자 가게 안에도 크고 작은 슬러시 기계들이 여러 대 돌아가고 있었다. 기계 색깔도 슬러시 색깔도 알록달록해서 게임 화면처럼 보였다. 손님은 학생들이 전부였다. 우리 학교 교복을 입은 학생은 없었고, 우리보다 더 어려 보이는 아이들이 대부분이었다.

내가 고른 건 할머니가 갈아 주시던 수박주스처럼 빨간 슬러시였다. 무슨 맛인지는 알 수 없었고, 그냥 색만 보고 고른 음료였다.

"빨간 머리라고 빨간 슬러시 고른 거야?"

하루가 웃으면서 슬러시를 뽑았다. 그리고 자기는 바로 옆에 있는 초록색 슬러시를 뽑았다.

"이건 무슨 맛일까?"

하루가 처음으로 우리 나이대 학생으로 보였다. 주변 어린 학생들이 전부 우리를 쳐다보고(정확히는 빨간 머리인 나를 쳐다보는 것이었겠지만) 있었다. 하지만 그 시선도 불편하게 느껴지지 않았다.

"글쎄. 빨간 것도 무슨 맛일지 예상이 안 되는데?"

"네가 선택한 거야. 랜덤 주스로 하자고 한 건 네 의견이었다고."

"응. 나는 수박 맛을 상상하는데, 넌?"

"나는 파인애플."

"진짜 수박이나 파인애플 먹어 본 적 있어?"

"진짜 수박? 진짜 파인애플?"

"응. 공장에서 나온 상품 말고, 농경지에서 자연 생산된."

"아, 오리지널?"

"응."

"그럴 리가 있냐."

"난 3구역 정도면 그런 거 먹을 수 있나 해서."

"아니!"

하루가 웃으면서 가게 문을 열고 나섰다. 하루 뒤로 여름 오후의 밝은 노란 빛이 쏟아져 들어왔다.

"나도 파인애플은 주스로 먹어 본 게 다야!"

나도 웃으면서 가게 문을 잡고 밖으로 나왔다. 그리고 빨간 슬러시를 한 입 빨아 먹었다. 입 안에 퍼지는 솜사탕 맛이 왠지 재밌었다.

"이건 솜사탕 맛이네."

"내건 포도 맛 풍선껌 맛."

"포도 맛이라는 거야, 풍선껌 맛이라는 거야? 푸흐흐."

"포도 맛이 나는 풍선껌 맛이라는 거지."

우리는 아무 일도 일어나지 않은 평범한 아이들의 오후처럼, 한 손에는 슬러시를 들고, 팔이 짧은 교복 사이로 스치는 바람을 느끼며 학교로 돌아갔다.

할아버지가 이 풍경을 보시면 뭐라고 하셨을까. 꽃과 나비 영상을 보며 잔잔하게 웃으시던 할아버지 모습이 떠올랐다. 할아버지가 가장 좋아하시던 시간의 장면이었다.

날개가 돋은 뒤로
어느 것이 더 나을지 고민하며
호흡하는 호기심

아이에게 가장 멋있는 일은 훔쳐보기

눈을 질끈 감으면 악몽이 사라질 줄 알았는데
악몽에서 깨면 알게 된다

악몽은 세상에서 가장 긴 이야기를 쓸 수 있다

정작 내가 좋아하는 것들이 등장하는 꿈은
뚝뚝 끊어지고

해가 질 때는
흔들의자가 있었으면 좋겠어

거기 앉아서

주인이 있는 따뜻하고 깨끗한 집을

주인이 없는 몸을

상상해 보고 싶어

그러다 빨간 주스를 보면

수박을 떠올리고

집을 떠올리고

언제든 과거의 장면으로 돌아갈 수 있도록

(지옥에는 도착하지 않을 거라는 믿음으로)

나는 소원을 꿰고 싶어

알알이 모아서 꿰면

소원이 이뤄지는 팔찌를

여름 꿈 속에서

朱夏

눈에 띄지 않는 법을 배워야 했다. 그것은 불가능을 배워야 한다는 것과 같았다. 꽃이 꺾이지 않으려면 예쁘지 않으면 된다고 했던 할머니 말이 떠올랐다. 그런 말을 들은 날엔 할아버지가 귀신같이 알아챘다. 그리고 풀이 짓밟히지 않는 유일한 방법은 꽃을 피우는 것뿐이라고 말씀하셨다. 할아버지는 나의 빨강을 이해하는 유일한 사람이었다. 매일 저녁 식사 후, 내 머리카락을 빗어 주던 손길. 가짜가 아닌 것은 잊히지 않는다.

할머니가 나를 싫어하거나 미워한 것은 아니었다. 평범한 부모들처럼 염려가 많았을 뿐이고, 염려 또한 가짜가 아니었기에 그녀의 목소리도 잊히지 않는다. 그녀의 목소리, 주름, 손 크기, 그리고 숨에서 나던 냄새까지 잊지 않았다. 지금도 바로 떠올릴 수 있다.

부모는 날 만들고, 실패한 창조자로서 조용히 살아간다. 확실히 나를 자랑스러워하는 사람들은 아니다. 그러니까 나 말고 다른 아이를 가졌어도 좋았을 텐데, 생각한 적이 있다. 하지만 언제나 혼자 생각하는 데에서 그쳤다. 그들은 또 다른 실패작을 낳을까 봐 두려웠을 것이다. 아무리 그들이라도 유전자 가위를 쓸 용기는 없었을 테니까. 내가 그들을 자랑스럽게 여길 수 있는 유일한 부분이기도 했다. 덕분에 나 또한 자연인으로 등록될 수 있었지만, 빨간 머리는 누구에게도 계산되지 않은 유전 정보였다.

그리고 그게 정말 유전자에도 들어 있지 않은 정보라는 것이 밝혀졌다.

"주하야, 너는 붉은 꽃이다."

"꽃. 꽃이 뭔지 아니?"

내가 기억하는 할아버지의 첫 번째 목소리다. 그는 내가 아직 글자를 읽지 못한다는 것을 알면서도 내 손바닥에 손가락 글씨를 썼다. '꽃'이라든가 '朱夏' 같은 글자였다. 그는 동북아시아어 분야에서 꽤 유명한 학자였다. 그는 죽기 몇 달 전까지도 이곳저곳으로 초청 강의를 다녔다. 할아버지가 반복하는 그 동작이 내 이름을 쓰는 것이라는 건 나중에야 알게 되었다. 내가 이름으로 불리지만 이름을 쓸 필요는 없는 세대라는 것도 그때 알았다.

그가 손으로 쓰는 글자들은 춤을 추기도 하고, 말을 하기도 하고, 음을 뱉기도 했다. 아주 어릴 때(그래서 그게 꿈이었을 수도 있고, 상상이었을 수도 있지만) 할아버지 방에서 숨바꼭질을 하다가 탁자에 부딪힌 적이 있다. 탁자가 넘어지며 글자들이 흩날렸다. 글자들 사이에서 비명이 들렸다.

할아버지는 방 가득 꽃의 춤을 틀어 두곤 했다. 잔잔한 바람이 불어 흔들리는 꽃이나 벌레들이 날아드는 꽃의 얼굴이 나오는 영상이었다. 보이지 않는 바람을 '잔잔하다'고 부르는 할아버지의 말들이 기이했다. 하지만 내가 모르는 단어들이 뱉어져도 할아버지의 얼굴을 보면, 그런 말들은 절대 가짜가 아니고, 무서운 것이 아니라는 확신이 들었다. '벌레'가 '날아드는' '꽃'의 '얼굴'. 나는 제대로 된 단어를 배우기 전에 추측하고 느끼는 것을 먼저 배웠다. 할아버지는 그것을 '체화'라고 했다. 할아버지는 내가 체화에 뛰어나다고 했다. 그게 무척 자랑스럽다고 했다.

할아버지가 틀어 두는 영상에는 가끔 음악이 섞여 있기도 했다. 너른 꽃밭이 펼쳐져 있고, 클래식이 연주되었다. 그런 영상을 띄워 놓고 그는 모든 장면이 새롭다는 듯이 눈을 반짝였다. 그럴 땐 할아버지가 꼭 외계인 같이 느껴졌다. 나는 당연하다는 듯이 '꽃'이라는 단어를 제일 먼저 발음했다. 그런 시간은 나와 할아버지 사이의 비밀이었고, 나머지 가족들에겐 기밀이었다.

"왜 1구역 학교에 진학했냐고?"

푸하하. 그건 하루답지 않은 질문이라 웃음이 나왔다. 너무 당연하지 않아? 되물으려다 하루가 던진 질문을 스스로에게 물어보았다.

"몇 가지 이유가 있는 것 같네."

그러나 그 몇 가지 이유에 대해서 설명해 줄 수는 없었다. 너무 많은 내 이야기를 해야 했다. 내가 나한테 다시 물어보면서 나는 잠시 멈춘다. 첫 번째는 누구나 그렇듯 부모의 권유였고, 두 번째는 솔직히 나도 궁금했기 때문이다. 1구역의 사람들은 어떻게 사는지, 거기에는 C.O.S.도 M.O.S.도 있는지, 있다면 어떤 식으로 살아가고 있는지 궁금했기 때문이다. 그리고 꽃밭. 나는 꽃밭을 떠올렸다.

할아버지는 죽기 1년여 전부터 꽃밭에서 뒹굴다 죽고 싶다는 말을 했다. 나와 있을 때만이 아니라 온 가족이 둘러앉은 식탁에서도 말하는 통에 할아버지는 정신 나간 노인 취급을 받았다. 하지만 나머지 가족 중 그 누구도 해결책을 찾진 않았다. 이 집에서 특이한 인물이 더는 나와서는 안 된다는 생각이었다. 빨간 머리 소녀 하나만으로도 벅찬 집에서 미친 학자 노인이 나온다면 이곳에서의 삶도 시원치 않을 것이라는 두려움. 정작 할아버지는 진심으로 말한 게 아니었을 것이다. 어떤…… 비유에 가까운 말이 아니었을까 생각한다.

나는 할아버지 방에 영상이 꺼지지 않도록 밤마다 집 안 시스템에 럭스를 소모했다.

꽃밭에서 뒹굴다 죽기 위해서는 할아버지를 1구역으로 밀입해야 한다. 식물 관리국의 데이터를 해킹해 꽃들이 자라는 온실을 찾아야 한다. 운이 좋으면 야생 꽃밭을 찾을 수 있을지도 모른다. 나는 꿈에서 그를 꽃밭에 들여보내기 위해 수많은 법을 어겼다.

할아버지는 한때 대학에서 교수로 일하며 한문 데이터베이스와 보존 식물 데이터베이스 구축에도 참여했다. 하지만 세상은 더 이상 그의 머리를 필요로 하지 않는다. 그의 지식과 언어, 그리고 그의 욕구는 쓸모없는 것이 되었다. 2구역에서 3구역, 3구역에서 4구역……. 우리는 1구역에서 점점 멀어졌다. 4구역에서 5구역으로 넘어올 때에는 고작 두 달이 걸렸다. 그사이에 아빠는 어린 아들을 잃었고, 할머니는 다정함을 잃었다. 대신 엄마는 아빠를 얻었고, 할아버지는 나를 얻게 되었다.

그가 죽었을 때 눈물이 나지 않았다. 내 몸은 정상이 아니기 때문에 슬픔에는 반드시 눈물이 필요하다는 것을 모르는 걸까. 눈물이 나지 않는 몸에 대해, 무슨 일인지 전혀 이해할 수 없었다. 자꾸 그의 방에 들어갔다. 할아버지의 플레이어에 저장된 영상들을 보며 앉아 있었다. 방이 바람 소리로 가득했다. 바람 소리에 취해 방의 이곳저곳을 서성거리다, 미소 짓고 있는 내 얼굴의 근육이 느껴졌다. 나는 그날 처음 울었던 것 같다. 외계인처럼 울었던 것 같다.

외계인의 자식의 자식. 외계인이 사랑한 붉은 꽃. 어쩌면 C.O.S.는 외계인이 가지고 있는 유전병의 하나일지도 모른다. 나의 빨강은 할아버지에게서 유전된 것일지도 모른다. 이건 외계인의 피가 섞여서 생긴 초능력이고, 아주 특별하고 좋은 것이라고, 적어도 그 방 안에서는 마음대로 생각해도 됐다. 하지만 아직 쏟지 못한 울음이 몸에 가득했기 때문에 누군가에게 말하는 것은 조금 더 미루기로 했다.

할아버지를 꽃밭에서 뒹굴게 할 수는 없었지만, 할아버지의 장례는 수목장으로 치렀다. 내가 머리카락을 팔아서 모은 돈을 아버지에게 건네며 부탁한 것이었다. 나는 지금 학교에 오기 전부터 암거래를 했다. 내 머리카락이 쓸모 있는 것이어서 다행이라고 생각했던 것 같다. 누가 억지로 빼앗아가지만 않는다면 순순히 내어 줄 생각이었다. 물론 C.O.S. 관리소에서는 더 이상 그런 행동을 하지 말라고 주의를 주었다. 하지만 그들이 부모에게는 말하지 않았기에 불량한 암거래는 계속될 수 있었다.

장례식 이후 할아버지는 딱 한 번 나를 찾아왔다. 한 번도 본 적 없는 꽃밭에 둘이 마주 앉아 할머니가 만들어 준 모과 샌드위치를 먹었다. 할아버지가 만족스럽다고, 나를 자랑스럽게 생각한다고 말하지 않았지만, 표정이 좋았기 때문에 기분 좋게 꿈에서 깨어날 수 있었다.

"하나 말하자면,"

하루가 흠칫 놀라며 내 쪽을 쳐다보았다.

"꽃밭을 보고 싶었어."

"꽃밭?"

"응. 한 번도 본 적 없는 꽃들이 싱싱하게 가득 피어 있는 꽃밭."

"……이유는 안 물어볼게."

"할아버지가 보고 싶어 하셨거든."

"……"

외울 것도 기억해야 할 것도 없다. 노력해서 가지고 있는 것들이 아니다. 몸에 자연스럽게 남아 있는 기억과 흔적들. 무대 위에 오른 가수가 자연스럽게 뱉는 멜로디와 같은 것. 넘치도록 받았던 사랑에 관한 것이다.

"빌리나 레오니한테 물어볼까? 그런 꽃밭이 있는 곳이 있는지."

"어?"

"걔네, 1구역에 대해서는 빠삭하잖아. 그런 꽃밭 한두 군데쯤은 있지 않을까?"

"하지만."

"할아버지는 이미 하늘에서 보고 계실걸. 네가 보길 바라시겠지."

하루는 따뜻한 말도 기적 같은 말도 툭툭 던진다. 하나도 소중하지 않은 것을 건네듯이, 소중한 것을 말한다.

할아버지의 손짓이 떠올랐다. 너는 붉은 꽃이다. 꽃. 꽃이 뭔지 아니? 자, 네 이름은 이렇게 쓰는 거야. 할아버지가 플레이어로 매일 보던 꽃밭. 생기가 느껴지는 꽃들과 바람. 1구역의 환경이라면 그런 꽃밭이 있지 않을까 해서. 맞아. 그래서 나 여기에 왔나 보다. 관리자가 1구역에 가 보겠냐고 했을 때 한 치의 망설임도 없이 그러겠다고 했던 것 할아버지가 바랐기 때문인가 보다.

"응. 찾아볼래."

괜히 민망해져서 천천히 고개를 돌렸더니 하루가 무척이나 싱그러운 미소를 짓고 있었다. 그런 웃음이 꽃 같다고 생각했다.

"이런 여름에도 꽃밭이 있을까. 아주 넓은 들판 같은 꽃밭."

"있을지 없을지는 모르지만 찾아볼 필요는 있지. 그것 때문에 여기까지 왔다며."

"여름."

"응. 여름. 네 이름 속에 있는 그 여름."

"여름 꽃밭에 있는 것들을 찾으러 가야지. 우린 겨우 열일곱이니까."

"겨우?"

"너 가끔 착각하는 거 같은데. 우리 아직 애야."

"……그거 내가 했던 말 아니야?"

"그러니까 돌려줄게. 정신 차려."

그날 기숙사에 들어와서 할아버지가 늘 틀어 놨던 꽃밭과 숲의 영상을 방 안 가득 틀어 놨다. 아주 오랜만에 깊이 잠들 수 있었다. 할아버지는 찾아오지 않았지만, 그래서 다행이라고 생각했다. 나는 아직도 눈물이 나오지 않기 때문에 할아버지를 웃으며 맞아 줄 수 없다.

하루는 곧장 빌리와 레오니에게 이것저것 물었다. 꽃이 많은 공원이나 유적지 같은 곳이 있는지, 자유롭게 갈 수 있는 곳인지. 그리고 인터넷으로 사진을 찾아보기도 했다. 하루 곁에서 1구역 사진들을 보면서 새삼스럽게 느낀 것은 여긴 정말 다른 곳이라는 사실이었다. 우리(하루나 나처럼 3구역 이하의 지역에서 온 아이들을 우리라고 부르자면)가 상상도 못 한 것들이 더 있을 것 같았다. 여기에선 어떤 일이든 마법처럼 일어나고 이뤄질 것 같았다.

사랑에 관해서도 그럴 수 있을지, 우정에 관해서도 그럴 수 있을지…… 할아버지에게 묻고 싶었다. 하지만 할아버지는 더 이상 나에게 대답을 해 주지 않는다. 나는 할아버지가 나에게 알려 주고 싶었던 특별한 것들이 있었으리라 믿는다. 내가 외계인인 채로도 가능한 것들이 많이 있다는 걸 알려 주고 싶었을까. 요즘 나는 내가 할 수 있는 일이 많다고 느낀다.

처음에 하루가 나에게 말을 걸어왔을 때에도 이런 관계는 예상하지 못했다. 그 뒤로 일어난 일들은 정말로 마법 같았다. 좋아서가 아니라 예상도 못 했던, 불가능하다고 생각했던 일들이 차례차례 자연스러워졌기 때문이다. 처음에는 우리 반 애들이 쑥덕거리지 않았고, 개중에는 직접 말을 거는 애들이 생겼다. 교실로 찾아와서 기웃거리던 애들도 이제는 익숙해졌다는 듯이 스쳐 지나갔다. 점심시간에 급식실에서 조용히 밥을 먹게 됐고, 내 맞은편에는 A반의 빌리와 레오니가 앉아서 밥을 먹는다.

그 후로는 럭스를 요구하는 선배들도 없었다. 사실 나는 그런 거래가 싫지는 않았다. 나도 내 능력을 시험해 보고 싶었고, 덤으로 금전적인 이득을 취할 수 있으니까. 하지만 역시 옳지 않은 일인 걸까. 하루는 싫어했다.

하루가 싫어하는 일이라면 하고 싶지 않다. (무척 낯설고 이상한 감정이다.) 그리고 실제로 그보다 더 재밌는 일들이 생겨났다. 얼마 전 내 담당 관리자 노범에게서 온 메일에도 내가 학교생활을 잘하는 것 같아 안심이 된다는 내용이 적혀 있었다. 곧 청아가 전학을 올 것이라는 내용도 적혀 있었지만, 지금 나에게는 남을 신경 쓸 여유가 전혀 없다. 나에게는 새로운 세계가 열리는 참이었다.

레오니는 가족 행사가 있어서 함께하지 못하게 되었지만, 빌리가 국립공원을 안내해 주기로 했다. 우리끼리도 갈 수 있다고 했지만, 빌리는 고개를 가로저었다. 이 학교의 교복을 입고 무리 지어 돌아다닐 때랑 사복을 입고 우리 둘이 움직일 때랑은 전혀 다를 거라고 했다. 그러니까 주사약에 절어 있는 언니들이나 구걸하는 사람들이 개 떼처럼 달려들어 우리를 뜯어먹을 거라고 했다. 하루는 조금 긴장한 얼굴로 고개를 끄덕였다.

"특히 너. 빨간 머리."

"어?"

"너는 가끔 보면 자의식이 너무 없어. 빨간 머리가 얼마나 위험한지 잊었어?"

"아."

"그리고 너네 그 찌질하게 입고 다니는 거, 그거 진짜 위험하다고."

급식실에서 밥을 먹으면서 얘기를 하고 있을 때 건너편 테이블의 킴과 눈이 마주쳤다. 킴은 나와 함께 기숙사 구관을 사용하는 아이다. 자기는 절대 혼자 지내야 하기 때문에 구관으로 오게 되었다나. 물론 나도 기숙사 방을 혼자 사용하고 있다. 그건 학교 측의 배려였다. 내가 입학하기 전부터 그들은 내가 어떤 취급을 받을지 알고 있었던 것이다.

킴은 나를 보며 웃었다. 약간은 비웃는 듯한 인상을 받았지만, 기분 탓이라 여겼다.

그날 밤, 하루가 짐을 한가득 짊어지고 내 방으로 왔다.

"이게 다 뭐야?"

"내일 놀러 갈 거랑. 그리고 오늘내일 여기서 자려고 가져온 거. 칫솔이랑 이것저것."

"여기서 자려고?"

"응. 안 돼?"

"안 되는 건 아닌데. 그냥 갑자기 그러니까."

"나 좀 서운한 거 있거든, 주하."

"어?"

"흐음……."

"나 뭐 잘못한 거 있어?"

"잘못이라면 잘못이고, 아니라면 아닌데."

"그게 뭐야. 그냥 말해 줘."

"우리 요즘 도통 둘이서 대화하는 시간이 없잖아. 도서관에도 안 가고, 보건실도……."

"아."

"쉬는 시간에 자리에 없을 때도 많고 말이야. 다른 친구라도 생겼어?"

"그런 건 아닌데. 미안."

"혹시 럭스 거래를 하거나······ 그러니까 곤란한 일을 겪고 있는 건 아니고?"

"응. 아니야. 무슨 일 있으면 너한테 말하기로 했잖아."

금세 하루의 표정이 풀어지며 웃음을 푸흐흐 뱉었다. 순간 긴장해 있던 마음이 풀어지면서 나도 웃음이 나왔다. 그때 빌리에게서 전화가 왔다.

- 아 얘들아 미안. 내일 같이 못 가게 됐다. 갑자기 일이 잡혔어.

"가족 약속? 어쩔 수 없지."

하루가 한숨을 푸우 뱉었다.

- 내가 아버지 말에는 찍소리도 못 하거든. 진짜 미안!

"괜찮아."

- 내일 최대한 다른 길로 들르지 말고, 내가 알려 준 대로 움직여. 둘이 다녀올 수 있지?

"괜찮다니까. 우리 여기보다 험한 동네에서 살다 왔다는 거 몰라?"

- 진짜 위험한 게 뭔지 모르니까 하는 소리지. 아무튼. 내가 가는 방법이랑 지도는 보내 놓을게. 아마 너네가 여태까지 봤던 꽃밭은 아무것도 아닐 거다. 그럼 끊어.

하루와 저녁을 대충 만들어 먹기 위해 기숙사 부엌으로 갔을 때 킴이 방에서 나왔다. 킴은 머리카락 색을 자주 바꿨다. 오늘 보니 검은 뿌리 위에 금발, 그리고 머리카락 끝은 주황색에 가까운 빨간색이다. 그러니까 내 머리색과 비슷한 색. 일부러 그러는 건지 정말로 스타일을 자주 바꾸는 게 좋을 뿐인지는 모르겠다.

"그 빨간 머리는 어떻게 된 거야?"

하루가 킴에게 물었다. 그러자 킴이 하루에게 얼굴을 들이밀며 대답했다.

"네가 하도 빨간 머리랑 붙어 다니길래 관심 좀 끌어 보려고."

"뭐래."

하루는 관심이 없다는 듯이 총총 뛰어 레인지 앞에 섰다. 하루는 처음 나에게 관심을 보였을 때처럼 누구에게나 쉽게 말을 걸고, 쉽게 차단했다. 필요한 경우가 아니면 굳이 말을 늘어놓지 않는다는 점이 편했다. 그때 킴이 하루 곁으로 다가갔다.

"너는 왜 재랑 친한 거야?"

"같은 반이라서."

"단지 그 이유?"

"왜. 친하게 지내면 안 돼?"

"나도 친하게 지내자."

"넌 B반이잖아."

킴은 애들 사이에서 또라이로 불리는 B반 애다. 본명은 크리스틴. 하지만 누구도 저 애를 크리스틴이라고 부르지 않는다. 어렸을 때부터 킴이라고 불렸다 그랬나, 무슨 사건이 있어서 킴이라고 부른다고 했나 그랬던 것 같다. 이것도 빌리가 알려 준 것이다.

금발 아래 검은 머리 뿌리가 눈에 띄었다. B반이라는 점은 그러니까 또라이 역시 1-2구역 출신의 검은 머리 아이였을 것이라는 추측이 가능했다. 하지만 눈썹까지 밝은 금색으로 탈색한 모습은 역시 심상치 않다. 물론 금발 정도야 레오니 같은 스타일리시한 아이들 사이에서 꽤 인기 있는 짓인 듯했지만, 킴은 그 무리에 끼지도 않고 늘 혼자 어슬렁거릴 뿐이다. 까만 눈동자를 바라보다 눈이 마주쳐 눈길을 피했다. 오른팔 가득 까만 배경의 그림들이 보였다.

"너는……."

"응?"

"너는 원래 검은 머리인 거지?"

용기 내서 물은 말이었는데, 킴은 코웃음을 쳤다.

"어. 그게 왜?"

"아니. 그냥."

그때 하루가 돌아서 나를 쳐다봤고, 기가 죽은 나를 데리고 방으로 돌아왔다.

"쟤는 원래 저렇게 까칠해? 너한테만 그러는 거 같기도 하고."

"글쎄."

"이 기숙사에 너랑 쟤 둘뿐이잖아. 괜찮은 거야? 평소에 너 괴롭히지는 않고?"

"너 엄마 같아."

"웩. 아무리 그냥 하는 말이라도 그건 진짜 싫다."

하루는 전자레인지에 대충 돌린 음식을 뜨면서 구시렁거렸다. 어느 날 갑자기 내 인생에 끼어든 이 친구가 무척 귀엽다. 내일은 함께 꽃밭을 볼 것이고, 앞으로는 또 무엇을 하게 될지 기대가 돼서 갑자기 두근거렸다. 하루가 밥을 먹다 말고 냉장고를 열어 보더니 소리쳤다.

"야! 너 진짜 아무것도 안 먹고 사는 건 아니지?"

그러니까 하루는 이런 식이다.

꽃밭을 보러 간다. 꽃밭이라고 해야 할지 정원이라고 해야 할지 공원이라고 하는 게 맞을지는 모르겠다. 빌리의 말에 따르면 거기는 일반인들에게 오픈된 국립공원인데, 우리 학교 학생증을 보여 주면 들어갈 수 있다고 했다. 원래 꽃이나 허브는 국가에서 관리하는 식물원이나 농장에서만 볼 수 있는데, 거긴 1구역에서도 유일하게 오픈된 식물원인 셈이다.

오늘 우리가 가는 건 할아버지를 만나기 위함이고, 내가 1구역에 온 이유를 찾으러 가는 것이라고. 그러니까 우리답게 가면 된다고 했다. 역시 빌리가 시간이 될 때 같이 가는 게 나았을까. 조금 불안해졌다. 사실 하루도 지금 무서울지 모른다. 하루도 뭐든 쉽게 하는 친구는 아니니까. 지금도 나를 위해 노력해 주고 있는 것인지도 모른다.

우리가 꽃밭을 보게 된다면? 그 다음에는? 그 다음에는 어디에 가고, 무엇을 해야 할지 모른다. 할아버지에게 무슨 말을 해야 할지도 모르겠다. 듣고 있을지 보고 있을지 모르겠지만, 할아버지에게 하고 싶었던 말들을 떠올릴 수 있을 것 같다.

나는 할아버지의 언어를 좋아했다. 내가 알아들을 수는 없었지만, 학생이나 어른들 곁에서 불러 주던 다른 언어들이나 세계어를 발음하는 소리나 나에게만 유독 부드럽고 따뜻했던 억양까지. 나는 할아버지를, 할아버지의 언어를 너무 좋아했다. 그래서 할아버지 방에서 모르는 언어들을 흉내 내서 쓰고, 얇고 바스락거리는 종이를 만졌다. 할아버지는 내가 종이를 아무리 구겨놔도 뭐라고 하지 않았고, 그러는 사이 나는 럭스가 자꾸 남아도는 몸이 되었다. 대신 머리카락은 어떻게 해도 붉은색에서 더 붉은색이 될 뿐이었다.

할아버지는 연세가 들수록 바깥에 나갈 수 있는 시간이 줄었다. 나이 때문도 있었지만, 우리가 점점 더 낮은 등급의 지역으로 이사를 했기 때문이다. 할아버지는 어느새 방에서 거의 나가지 않게 되었고, 방에는 늘 영상이 틀어져 있었다. 프로젝터의 열기가 방에 차서 환기를 해야 할 정도였다. 할아버지는 그 방이 따뜻해서 좋다고 했다. 나는 아무도 모르게 할아버지의 방을 내내 밝혀 두었다. 그건 내가 가장 잘할 수 있고, 좋아하는 일이 되었다.

그런 럭스를, 이 학교에 온 뒤로는 암거래로 팔 뿐이다. 그마저도 공부나 외모에 미쳐 있는 아이들에게 내어 주는 것이다. 햇빛이 가장 잘 드는 도시에서 아이들은 햇살을 먹고 미쳐 가는 것일까.

아버지는 할아버지를 더 잘 모시지 못한 것을 후회하는 듯했다.

하지만 아버지가 할 수 있는 일은 없었다고 생각한다. 아버지는 세상에서 제일 흔한 육체 노동자였고, 그중에서도 누구나 할 수 있는 청소 일을 했다. 어머니는 보육 교사였지만, 몸이 너무 약해 쉬는 날이 더 많았다. 나를 낳은 뒤로 점점 더 쇠약해져 가는 엄마를 보며 아빠는 무슨 생각을 했을까. 나는 엄마의 힘과 빛까지 뺏어 만들어진 존재가 아닐까. 그런 내 존재가 무서워서 집을 나가 버린 게 아닐까. 그런 생각을 한 적도 있다.

버스 안에서 사람들이 우리를 쳐다보는 게 느껴졌다. 정확히는 빨간 내 머리카락을 보는 것이겠지. 나는 아무리 익숙해지려고 해도 모든 곳이 낯선 곳이 된다. 나의 존재로부터 모두가 거리를 두기 때문에. 실은 그 거리감이 무척 익숙해지고 있었다. 그런데 하루는 무엇 때문인지 그런 거리감이 없었다.

여름 꽃에는 뭐가 있더라. 꽃에 대해 생각하기로 한다. 하루는 무슨 생각을 할까. 그저 나를 위해 따라 나서 줬을 뿐일 테니까, 아무런 기대도 없을까.

"주하, 무슨 생각해?"

"여름 꽃에는 뭐가 있었나 하고. 하루는?"

"외국어를 잘하고 싶다."

"어?"

"그런 생각을 하고 있었어."

"갑자기 왜?"

"1구역에 오니까 외국인이 많은 것 같아. 저번에 빌리랑 레오니랑 외출했을 때도 느낀 건데, 세계어 말고 되게 많은 언어가 들리거든."

"우리 할아버지는 동북아시아어 전문가였어."

"와. 그게 뭐야! 엄청나네."

"할아버지는 더 예쁜 지구의 곳곳을 가 보셨겠지?"

"그래도 여긴 못 가 보셨을 거야."

하루가 창밖을 가리켰다. 엄청난 크기의 정원이 보였다. 그래, 꽃밭이 아니라 정원이다. 할아버지가 원래 나에게 지어 주려던 이름, 정원. 그리고 나는 기억해 냈다. 하나 둘 셋 넷…… 할아버지가 읊어 줬던 이름들, 손바닥에 적어 주셨던 꽃의 이름들.

"손 내밀어 봐."

"응?"

하루가 손을 내밀었다. 그 손바닥에 '朱夏'라는 글씨를 써 본다.

"주하. 내 이름이야."

하루가 멈칫했다가 웃었다.

"붉은 여름이라는 뜻이래."

"응. 나 그 이름 좋아해."

토우는 봄에만 올 것 같이 가늘고 부드럽고 다정하게

새싹이 꿈틀거리듯이
배앓이를 하기 좋은 때

하지만 흙비를 맞기 전부터 뱃속이 간지러웠어 너를 만난 뒤로는
내내 꿈틀거렸어 벌레가 기어가는 듯한 기분 나쁜 모양새 같은 게 아
니야 나는 나비를 자꾸 만났어

요즘에는 마음속에서도
너의 손을 잡을 줄 알고
점점
내 손목이 마음에 든다

손이 손을 잡으면 따뜻해진다
너무 당연한 걸 뒤늦게 아는 나이

말을 걸 수 있는 사이가 되었다는 건

너를 중심으로

내 우주가 한 바퀴 돌았다는 뜻

나와 있었던 일은 진부했고

너와 있었던 일들은 전부 처음이야

나는 너와 영원히 푸른 들판에 누워

영원히 붉고 노랗고 푸르게 빛나는 정원에 누워

콧노래를 흥얼거리는 장면을 상상했다

가장 먼저 잊힐 수 있는 목소리를 연구하자

가장 멀리 가는 노래를 불러볼 테니까

손을 잡고

두 개의 우주

5구역으로부터

"그래서? 그럼 걔는 어떻게 다 아는 거야?"

"뭐가?"

"하루! A반에 전학 온 애랑도 인사하고, 아는 사이 같다며!"

아이들은 참 이상하다. 까만 머리의 청아가 전학 온 뒤로 청아가 먼저 하루에게 아는 체를 했더니, 이제는 하루랑 청아가 서로 아는 사이냐고 무슨 관계냐고 난리다. 그게 난리 날 일인가 싶고, 나 때와는 또다른 분위기라서 거슬린다. 분명 '빨간 머리'와 친하게 지낼 때는 하루를 '빨간 머리'와 같은 취급을 하며 이상하게 보더니 이제는 '까만 머리' 청아와 같은 선망의 대상이 되었다. 이건 전부 1등급 아이 청아의 등장 때문이다. 청아도 청아다. 언제부터 하루랑 인사하고 지낸 거지? 그냥 일부러 내 심기를 건드리려고 그러는 거라면 더 이상한 일이다.

하지만…… 역시 제일 이상한 건 매일같이 울렁거리는 내 마음이다.

나를 염려해 매일같이 연구소를 드나들던 하루는 어느 샌가 나보다 노범이나 청아와 더 많이 대화한다. 분명 하루는 학교에서 활발한 편이 아니었는데, 우리 연구소에만 오면 적극적으로 변했다. 우리 연구소? 우리라니? 언제부터 우리가 됐지? 아무튼.

요즘 하루와 나는 체육 시간을 이용해 보건실에 간다. 실험이 잦아진 만큼 몸에 무리가 가고 있기 때문이라는 구실이었지만, 실제로는 우리 둘이 떠드는 시간이다. 연구소에서는 학교에 얘기해 나를 체육 수업은 기본적으로 빠질 수 있게 해 주었고, 다른 수업도 내가 힘들면 듣지 않아도 되게 해 주었다. 연구소의 배려가 고맙다기보다는 부담스러웠다. 나는 다시 교실에서 눈에 띄는 아이가 된 셈이기 때문이다. 게다가 하루의 입장이 더 난처할지도 모른다는 게 마음에 걸렸다. 하루는 나랑 친하다는 이유로(친하게 지낸다는 이유로?) 나와 같이 수업에서 빠지기도 하기 때문이다. (체육 선생님이나 담임 선생님은 나에게 문제가 생기는 걸 극도로 두려워하는 것 같았다.)

물론 우리는 함께할 시간이 생길수록 서로에 대해 알아갈 수 있어 좋다. 진짜 친구를 사귄다는 감각. 나는 C.O.S.에 관련된 이야기 외에도 많은 이야기를 할 친구가 생겼다는 걸 실감할 수 있는 보건실이 좋았다. 작은 목소리로 이야기해도 모든 게 들리는 작고 하얀 교실. 나란한 베드에 누워 있어도 분명 병실이나 실험실과는 다른 기분을 느낄 수 있었다.

둘만의 공간……. 나는 부담스러움도 부끄러움도 차치하고, 그저 즐기려고 노력했다. 둘만의 시간을. 그게 친구가 되는 방법이라고 생각했다. 그런데 하루는 요즘 청아 얘기를 부쩍 많이 한다. 그러니까 예를 들면 이런 식이다.

"청아가 오늘도 연구소에 가냐고 묻던데?"

"아까 3교시 끝나고 왔었는데, 기숙사에 들어온다더라."

"주하는 청아랑 따로 안 만나?"

그러니까 굳이 내가 알지 않아도 되는 이야기들을 자꾸 늘어놓는다. 질투라고 하기에는 애매하고, 그냥 나는 친구 사이에 다른 친구 이야기가 끼어드는 게 불편했다. 더군다나 이제 더 이상 C.O.S.가 아니게 된 청아의 이야기라는 게 더 불편했다.

"너는 청아랑 친해지고 싶은 거야?"

결국 나는 불쑥 묻고 말았다.

"뭐?"

하루가 갑자기 웃음을 터뜨리더니 붉어진 내 얼굴을 보고는 웃음을 그치고 대답했다.

"그게 뭐야."

"아니. 부쩍 청아 얘기를 많이 하는 것 같아서."

"청아가 우리 반에 자주 놀러 오긴 하잖아. 새로운 친구가 생긴 것뿐이야."

"청아가 친구야? 빌리나 레오니처럼?"

"글쎄. 걔네랑은 조금 다른데."

"그럼 나랑은 비슷해?"

하루가 다시 말을 멈췄다. 그리고 다시 입을 열었는데, 장난기 어린 표정이었다.

"내가 너랑만 친했으면 좋겠어? 그런 거야?"

전혀 생각 못 했던 말을 들어서인지 또 얼굴이 화끈거렸다. 목 바로 아래 가슴 위쪽이 따끔거리기도 했다. 실험이 길어지면서 다시 시작된 연구소의 상담이 떠올랐다. 상담실의 새로운 선생님은 이전에 계셨던 선생님이 남기고 간 방대한 자료를 다 읽느라 힘들다고 투정을 부렸고, 나는 요즘 가슴이 자주 따끔거린다는 말을 했다. 그때 선생님이 물어보신 건 하루와의 관계였다. 연구소에 드나들 수 있을 만큼 하루가 신뢰를 받는 이유가 뭐냐고 묻는 줄 알았는데, 선생님은 나에게 하루가 어떤 의미냐고 물어보셨다.

"친구 사이에 의미라는 게 있어요?"

"그럼 친구마다 그런 게 다 다르지."

"선생님은 그럼 친구마다 다 다른 의미를 설명할 수 있어요?"

"음...... 할 수 있을 것 같은데?"

"예를 들면요?"

선생님은 나를 보며 남아 있던 반 컵의 물을 벌컥벌컥 마시고는 입꼬리를 위쪽으로 올리며 웃었다. "어디, 해 볼까?" 하는 말과 함께 친구들의 이름을 하나씩 꺼냈다.

"미나는 가족 이야기나 아픔에 대해 이야기할 수 있는 친구야. 오영이는 같이 놀면 너무 신나고, 술친구로 놀면 진짜 최고 좋아! 진은 다른 나라에서 태어난 내 쌍둥이 같아. 커스틴은 급할 때 돈을 빌릴 수 있을 정도로 막역하다고 해야 할까? 아주 어릴 때부터 친구거든. 재고 따질 게 없어."

그런 식이었던 걸로 기억한다. 선생님은 그렇게 열 명 정도의 사람을 설명했다. 나는 순간 넋이 나간 표정을 짓고 말았다. 그 많은 사람과 '친구'라 부를 수 있는 관계를 유지하고, 이렇게 타인에게 구구절절 설명할 수 있다고? 나의 관계를 돌아볼 수밖에 없었다. 선생님은 단번에 내 표정의 의미를 알아챈 듯 말을 걸었다.

"너는 태양의 아이들로……."

"그것도 맞는데요. 내가 너무 비관적으로 살아온 건 아닐까, 해요."

"비관적으로?"

선생님은 다시 상담사의 표정을 지으며 노트패드에 글자를 적어나갔다.

"네. '부정적으로'라는 말보다 더 센 단어가 필요해요."

"……하루는 너에게 '긍정적'이니?"

"하루는."

나는 어떤 말로 그 애를 설명할 수 있을까. 생각보다 시간이 많이 필요하지는 않았다.

"하루는 긍정적이에요. 항상 긍정적인 영향만 줄 수는 없겠지만, 그건 누구나 그런 거죠? 사람이라는 건, 인간관계라는 건 그럴 수 있잖아요. 그러니까 긍정적인 게 훨씬 많은 친구예요."

"그래서 신뢰를 얻고 있는 것 같아?"

"맞아요. 나한테 좋은 영향을 주고 있으니까 연구소에서 그 아이를 배제할 이유가 없어요. 배척이 맞나요?"

"뭐."

선생님이 '풋' 소리를 내며 웃었다. 자신의 친구들을 설명하기에 앞서 웃었던 웃음과는 또 달랐다.

"응. 어떤 말인지 알겠어, 주하야."

"네."

"하루가 너에게 좋은 영향을 주고 있는 건 분명하지. 누가 봐도 그럴 거야. 그래서 내 의견이 관리자들에게도 받아들여진 거고."

"선생님 의견이요?"

"응."

"선생님이 하루의 연구소 출입을 허락했어요?"

"풋. 허가해 달라고 요청했지. 정확히 말하자면."

"왜요?"

"네 의지에 반해서라도 반드시 와야 하는 곳이라면 오고 싶게 만들어야 한다고 생각했어. 그리고 너의 능력을 최대로 활용하고 싶다면 네가 가장 편안해야 한다고도 조언했지."

"그건 맞아요."

"응?"

"집처럼 편안해야 하죠. 물론 여긴 1구역이고……. 영원히 집 같을 수는 없겠지만."

오늘은 오전에 수업 대신 자율 학습 활동이 있는 날이어서 늦잠을 자려고 했다. 원래 계획은 그랬다. 그런데 갑자기 컴퓨터에서 들리는 영상 통화 벨소리 때문에 오히려 평소보다 더 일찍 깼다.

전화를 건 사람은 5구역에 사는 사촌이었다. 잠에서 덜 깬 눈으로 카메라를 확인하고 전화를 받았다. 화면 속의 얼굴은 웃고 있었지만, 어색한 표정이었다.

- 주하야.

"응. 무슨 일 있어, 언니?"

전화를 건 쪽에는 사촌 둘이 있었다. 나보다 여섯 살쯤 나이가 많은 이봄 언니와 나랑 동갑인 가을이었다. 봄 언니와 가을이의 이름도 할아버지가 지어 줘서 우리 셋의 이름을 나열하면 봄-여름-가을이 되었다. 나는 형제가 없는 데다 할머니 집을 주변으로 아빠 형제들이 모여 살았기 때문에 봄 언니, 가을이와 세 자매처럼 자랐다.

두 사람은 오랜만에 보는 내가 반가워 웃는 듯했지만, 어딘가 어두운 분위기였다. 말하기 어려운 일이 벌어진 거라고 생각하니 가슴 어딘가에서 쿵 소리가 나는 것 같았다. 맥박도 빨라지고 숨도 가빠지는 것 같았다. 나는 최대한 아무렇지 않은 척하면서 언니와 가을이의 이름을 불렀다.

"봄, 가을, 무슨 일이야."

- 잘 지내고 있었어?

"응. 나는 괜찮지."

- 안 괜찮은 모양이네.

내가 굳이 '괜찮다'는 표현을 쓰면 안 괜찮다는 의미로 알겠다던 언니의 말이 떠올랐다. 내내 연구소를 오가며 자랐는데도 내가 1구역 통합고등학교에 진학하게 되었다고 했을 때 언니는 이상할 정도로 나를 염려했다. 나를 돌봐 줄 사람 없이 혼자 사는 게 걱정이 되는 거라고 생각했지만, 학기가 막 시작되었을 때 교실 분위기를 생각하면 언니의 걱정은 좀 더 구체적인 것이었다고 생각한다.

"하하……. 요즘 연구소에 가는 날이 많아졌거든."

- 정말 괜찮은 거 맞아?

가을이가 끼어들 듯 물어봤다.

"응. 정말 괜찮아. 몸에 무리가 가는 것 같으면 그냥 편하게 쉬라고 수업도 빼 주고 말이야. 학교에서도 나는 뭐 거의 방목 중이라서."

둘은 거의 동시에 깊은 숨을 내쉬었다. 안도의 한숨과 함께 걱정의 한숨이라는 걸 알 수 있었다.

"무슨 일인데."

이제는 내가 불안한 이 분위기를 버틸 수가 없었다.

- 1구역에는 다른 구역 뉴스는 안 들어가지?

"글쎄. 그럴걸. 애초에 나는 뉴스를 안 보니까 말이야."

- 주하야. 요즘 5구역 분위기가 진짜 이상해.

가을이는 불안한 듯 손톱을 깨물고 있었다.

"왜? 무슨 일인데? 할머니 댁에 무슨 일 있어?"

- 아니, 아니. 할머니랑 다른 가족들한테 일이 있는 건 아니니까 괜찮아. 걱정하지 마.

언니가 차분히 얘기하는 동안에도 가을이는 손톱을 깨물고 있었다.

- 6구역이랑 붙어 있는 경계 지역의 일이야.

"언니가 거길 가 봤어?"

- 요즘 이봄 언니가 저소득가정 학생 지원을 나가고 있거든.

"응."

가을이의 말에 이어 언니가 말하기 시작했다.

- 경계 지역에서는 장사하는 아이들을 많이 볼 수 있는데⋯⋯. 교육에는 신경을 쓰지 못하는 집이 많기도 하고. 그래서 아이들이 학습 센터에 하루 이틀 나오지 않는 건 그럴 수 있다 했거든? 그런데 요즘 학습 센터에 나오지 않는 아이들이 점점 많아져서 아이들을 찾으러 직접 길거리로 나갔다 왔어.

"그런데?"

- 그런데 그 애들을 관리하는 것처럼 보이는 사람들이 있었어.

아이들을 관리하는 사람?

"그게 무슨 말이야? 관리하는 사람? 언니처럼 아이들을 돌보는 사람이 있다는 거야?"

봄 언니가 이마를 짚으면서 고개를 숙였다. 가을이가 이어서 말했다.

– 아니. 걔네를 이용해서 장사하는 사람들이 있다는 거야.

"이용해?"

– 그중에 꼭 너처럼 빨간 머리의 아이들이 있었대!

"뭐……?"

– 응. 빨간 머리도 있었고, 노란 머리도 있었는데.

노란 머리의 아이는 본 적이 없다. 1구역에 와서 빌리와 레오니를 보기 전까지는 까만 머리나 갈색 머리 아이들이 전부였고, 제멋대로 머리를 염색하는 자연의 아이들은 5구역에서도 보지 못했다. 그러니까 언니가 말하는 노란 머리도 어쩌면 나처럼 타고난 것일지 모른다.

– 정확히는 금발에 가까웠는데. 아무리 봐도 염색한 머리 같진 않았어.

봄 언니가 고개를 숙인 채로 말했다. 머리가 아픈 것처럼 보였다. 어쩌면 절망한 것처럼 보이기까지 했다.

– 그런 색으로 머리를 물들이는 애들이, 굳이 그럴 애들이 어딨겠어.

가을이가 이봄 언니의 말에 덧붙여 말했다.

– 아이들은 나이가 많아 봤자 중등학생 정도였고. 꼭 어릴 때 주하를 보는 것 같았어. 그건 진짜 걔네 머리였어.

"그런데 그게 문제가 될 건 없어, 언니. 언니가 충격 받은 이유가 C.O.S.로 보이는 애들이 많이 보여서야?"

– 럭스 거래를 하는 것 같았이.

봄 언니가 흐느끼듯 길게 뱉어 버린 다음 말은 앞으로의 날들이 아주 복잡해질 것 같은 예고편처럼 들렸다.

"우리 구역에서 럭스 거래가?"

5구역의 양쪽 경계 지역을 보면 알 수 있었다. 4구역과 이어지는 경계 지역에서도 6구역과 이어지는 경계 지역에서도 암거래는 일상이었지만, 럭스 거래는 찾을 수 없었다. 거기에서 이뤄지는 거래는 평범한 화폐로 이뤄졌고, 그마저도 어려운 사람들은 물건을 직접 거래했다. 곡물 거래가 대표적인 암거래의 품목이었고 때때로 약물이 거래되기도 했지만, 럭스 성분이 들어간 약물의 거래는 드물었다. 애초에 그 지역에서 구할 수 있는 물건이 아니었기 때문이다.

– 그러니까 그 애들 머리카락이 늘 짧았고.

유리컵이 깨지는 소리가 들리는 것 같았다.

– 그 애들을 호위하듯 혹은 감시하듯 뒤에 서 있는 애들은 섹터로 보였어.

섹터는 내가 고등학교에 진학하기 1년 전쯤 5구역에 나타난 갱단의 이름이었다. 그들이 6구역에서 자리싸움을 하다 5구역까지 왔다는 이야기도 있었고, 반대로 4구역에서 퇴출당해서 5구역에 자리를 잡았다는 이야기도 있는 비밀스러운 조직이었다.

– 네가 할 수 있는 건 없겠지만. 혹시 연구소 쪽에서 들은 게 있다거나 하진 않았나 해서.

"……노범에게 물어볼게. 언니, 말해 줘서 고마워."

여전히 고개를 푹 숙인 채로 이봄 언니가 고개를 얕게 끄덕였다.

그리고 가을이가 할머니와 가족들의 근황을 전해 주었는데, 솔직히 그 이야기는 잘 들리지 않았다. 나는 어영부영 통화를 마치면서 오늘 바로 다시 연락하기로 약속했다. 곧장 노범에게 영상 통화를 걸었다. 메신저로 연락할 수도 있었지만, 이런 이야기가 연구소에 들어가지 않은 상태라면 이거야 말로 '기밀'일 수 있겠다는 생각이 들었다.

노범의 개인 번호로 영상 통화를 거는 순간, 이마저도 연구소가 도청하거나 추적할 수 있지 않을까 겁이 났다. 어떤 이야기든 직접 만나서 이야기하는 게 가장 좋을 듯했다.

나는 일단 샤워를 하고, 마음을 가라앉히기로 했다. 하지만 내가 시원한 물을 틀어도 갑자기 뜨거운 물을 뒤집어쓰게 될 것처럼 두려워져서 교복을 급하게 입었다. 10분 뒤면 자율 학습 시간이 시작될 것이었다.

교실에 도착하자마자 자율 학습 시간 시작 벨이 울렸다. 자리에 하루가 없었다. 오늘은 하루도 나오지 않기로 마음먹은 건가? 나는 다시 불안감이 치솟아서 다리를 덜덜 떨었다.

덜덜 떠는 다리를 의식하면서 가방을 책상에서 내려놓고 있었는데, 갑자기 교실이 조용해지면서 쑥덕거리는 소리가 들렸다. 감독 선생님이 들어온 줄 알았는데, 고개를 들어 보니 앞문 쪽에 청아가 서 있었다. 또 하루를 보러 온 건가 했는데, 웬걸 교실에는 하루가 없는데도 그대로 쭉 들어와 나에게로 가까워졌다.

청아는 내 책상 앞에 서너니 따라 나오리는 손짓을 했다. 학교에서는 나랑 아는 척하고 싶지 않았던 거 아니었나? 그게 아니더라도,

아는 척하면 안 되는 거 아닌가? 뭐 어쨌든 청아가 불러서 복도로 따라 나갔더니 그대로 1층까지 내려갔다. 따라가기를 멈추고 어딜 가냐고 물어보려다가 교실에 들어서던 청아의 표정이 좋지 않았던 게 떠올랐다. 혹시 연구실이나 C.O.S. 중 하나에게 무슨 일이 생긴 건가?

그때 주머니에서 메시지 알림이 울렸다. 청아가 앞서 걷던 것을 멈추고 다가왔다.

"너 핸드폰 있어?"

"핸드폰 아니고 메신저."

"일단 보건실에서 얘기하자. 메신저는 웬만하면 꺼 두고. 연구소 일이야."

그러고는 청아는 보건실로 먼저 들어갔다. 메신저까지 꺼 두라고? 일단 메신저를 꺼내 확인하니 빌리와 레오니와 하루가 있는 단체 대화방의 알림이었다. 메신저를 끄고 보건실로 들어갔다.

보건실에는 누가 미리 자리를 마련해 둔 것처럼 보건 선생님이나 학생은 없고, 오히려 연구소의 상담 선생님이 와 있었다. 상담 선생님, 청아, 그리고 나, 연구소의 세 사람이 앉아 있으니 학교가 학교처럼 느껴지지 않았다. 조금 숨이 막혀 오는 느낌마저 들었다.

"무슨 일이에요? 선생님이 어떻게 여기에……."

선생님 등 뒤로 작은 노트패드가 켜져 있었는데, 하얀 바탕에 붉은 선이 들어간 걸로 봐선 연구소의 물건이었다. 그리고 화면 속에는 노범이 있었다.

- 10대를 전면에 내세운 갱들의 횡포는 꼭 5구역에서만 일어나는 일은 아니고……. 이미 오래전부터 경계 구역 갱들에게서 보이던 간사한 짓이었는데, 이번에는 그 규모와 범법성의 정도가 지나치다고 보고 있어. 상부 의원회에서도 중앙 군경을 파견할 생각이라는데.

그러니까 내가 노범에게 물어보려던 일은 이미 연구소 전체가 아는 이야기였던 것이다. 이봄 언니가 본 것은 잔인한 현실이었다.

"연구소는요?"

- …….

"연구소도 무슨 의견이 있는 거죠?"

- 연구원들을 파견해서 진짜 C.O.S.들이 있는지 확인해 달라는 의원회 요청이다.

"사실상 명령이지 어떻게 요청이야."

청아가 양팔을 꼰 채로 비꼬듯이 말했다. 노범이 이야기를 계속하는 동안 상담 선생님은 나를 쳐다보기만 했다. 내 표정을 관찰하면서 내가 괜찮은지 살피는 것 같았다.

"나한테 떨어진 명령도 있나요?"

나도 생각하고 뱉은 말은 아니었다. 방에 있던 모두가 조금 놀란 표정이었다. 노범까지.

거기서 들었던 말들이 다 거짓이기를 바랐다. 특별히 내가 애정을 가시고 있는 곳이라서기 이니라 이대로 세계의 파멸이 올 일이 벌어질 것만 같아서 두려웠다. 모든 일은 점점 커지기만 할 뿐이라는 걸이 학교에서 배웠다. 그러니까 아침 일찍 이봄 언니와 가을이에게서 들었던 말은 사실이 되었다. 단순히 관찰력이 좋은 언니의 안 좋은 예감이 아니었다.

노범뿐만이 아니라 연구소 전체가 아는 일이고, 내가 놀랄 것을 대비해 상담 선생님이 와 있었다. 청아는 연구소 소속 사람이었기 때문에 알고 있어야 할 얘기라고 판단해 나를 데리고 보건실로 왔던 것이다. 사실 그것도 기분이 좋지는 않았다. 5구역과 관련된 일이어서 나에게 상의하고 싶다면서 청아에게 먼저 알리고, 청아를 통해 보건실로 오게 하다니. 핸드폰은 없어도 메신저는 있으니 나에게 먼저, 직접 연락해 줄 방법은 분명 있었다.

하루아침 사이에 벌어진 일이었다. 사촌 이봄 언니와 가을이의 전화, 노범과 상담 선생님, 청아의 비밀 담화까지 전부 5구역의 그 일에 대해 이야기했다. 내가 궁금한 건 현장에 가서 직접 눈으로 보기 전까지는 알 수 없을 것이다. 그러니 내 감정에 솔직하기로 했다. 내 머리가 궁금해하는 것보다는 내 마음이 화나는 이유를 찾아보기로. 나는 교실로 올라가지 않고 그대로 건물을 나와 교정을 향해 걸었다.

하루는 오늘 같은 날 어디 가고, 곁에 있어 주지 않는 걸까? 메시지를 보내 보려다가 메신저를 꺼 두었던 게 생각이 나서 메신저를 켜 봤다.

메신저가 켜지자마자 연속적으로 알림이 울렸다.

띠링띠링띠링띠링띠링띠링띠링! 소리로는 더 알릴 수 없다는 듯이 메신저 스피커에서 나오는 소리는 버벅거렸다. 진동도 미친 듯이

176

울렸다. 그러다 멈춘 알람 끝에 마지막으로 온 메시지가 창에 떴다.

[레오니: 진짜 얘 어디 갔어.]

나는 메시지를 다 읽는 건 포기하고 단체 대화방에 답을 보냈다.

[주하: 집안일 때문에 선생님 만나고 옴.]

금세 메시지를 읽은 표시가 떴다.

[빌리: 지금 당장 네 방으로 올 것. 삼총사 기다리는 중.]

방학을 앞두고 있었다. 통합고등학교에 진학하고 모두가 처음 맞는 여름방학이었다. 그러니까 다들 어느 정도는 들뜬 마음으로 있었을 것이다. 방학 계획이 있든 없든 1구역에서 보낼 여름방학이 적어도 F반 아이인 나와 하루에게는 특별했을 것이다. 그런데 방학을 열흘 정도 앞두고 이런 일이 벌어진 것이다. 5구역에서 일어나고 있는 일들은 정말 C.O.S.와 관련 있는 걸까? 노범의 말투에서 느낄 수 있었던 것은 5구역만의 일은 아니라는 것이었고, 그러니까 지금은 잠시 5구역의 경계 구역에서 일어난 단발의 사건일 수도 있다는…… 하지만 생각하면 할수록 단발의 사건으로는 나 같은 것까지 필요로 할 것인지 의아하다.

"야, 너 진짜 어디 갔었냐? 메신저는 왜 안 봐?"

방에 들어서자마자 빌리가 화를 내며 다가왔다. 레오니와 하루도 꽤 지지한 표정이었다. 어두운 표정이었다고 하는 게 맞을까? 나는 아이들이 5구역의 일을 알고 있는 것은 아닌가 하는 날카로운 예감을 마주했다. 학교에서 내 이름이 거론되는 건 한두 번 있던 일이 아니고, 내 욕을 하는 일은 더더욱 그랬다. 그러니까 애들이 내 욕을 한다고 해서 이렇게 수업 시간까지 어기고 내 방에 우르르 몰려올 일은 아니라는 것이다.

"레오니네 아빠한테서 들은 게 있어서 그래. 5구역과 관련된 일이야."

하루가 내 책상 앞에 앉아서 말했다. 레오니와 빌리는 소파에 앉아 있었다. 나는 소파와 마주 보고 바닥에 쪼그리고 앉았는데, 졸지에 부모님의 훈계를 듣는 학생이 된 느낌이었다.

"레오니 아빠가 군대에 계신다더라."

"응."

"너, 뭐야? 5구역이랑 관련된 일이라니까?"

"응. 알아. 무슨 얘기하려고 하는 건지."

"······무슨 일 있는 거야? 가족이 무슨 일을 당한 건 아니지?"

하루와 빌리가 동시에 몸을 앞으로 쭈욱 빼내고 묻는 게 웃겨서 웃음이 나왔다. 하지만 웃을 분위기는 아닌 것 같아서 웃음을 슬쩍 삼키고 말았다. 어디서부터 얘기해야 할까?

"어디서부터 이야기해야 할까?"

"지금 어디 다녀오는 건지부터?"

하루가 대답했다. 그리고 뒤이어 빌리가 대답했다.

"언제 알게 됐는지도!"

"이상한 소식을 들은 건 오늘 아침 자율 학습 시간 전에 사촌들이랑 영상 통화를 하면서. 정확하게 사실이라는 걸 알게 된 건 방금 전, 연, 어, 보건실에서 선생님한테."

"선생님한테?"

순간 '연구실 사람들에게서'라고 대답하려다가 서둘러 고쳐 대답했다. C.O.S.–M.O.S. 연구에 관한 것은 하루만 알고 있는 것이었다. 빌리나 레오니에게 숨겨야 할 일이라고 생각한 것은 아니다. 그냥 어디서부터 어떻게 설명해야 할지 판단이 되지 않아서였다. 하지만 황급히 말을 주워 담고 나니 꼭 가슴에 뭔가가 얹힌 것 같아서 기분이 좋지 않았다. 언제부터였지? 이 아이들을 이렇게 신뢰하게 된 게? 나는 연구소의 C.O.S.들과도 이렇게 가까운 거리를 유지해 본 적이 없다. 그래서 이들의 거리감이 너무나 낯설었다. 아까 메신저에 떠 있던 [삼총사] 같은 단어. 나는 그런 단어를 어디서 써 본 적도 본 적도 없었다.

"응. 선생님이 5구역 소식을 전해 주셨어. 아무래도……."

더 이상 어떻게 설명해야 할지 모르겠어서 말을 버벅거리고 있는데 하루가 말을 이어 갔다.

"아무래도 걱정이 되셨겠지. 집에서 연락이 온 모양이구나. 그럼 선생님도 알고 있는 거고. 너 놀라지 말라고 선생님이 직접 전해 주셨나 보네."

"아, 응."

"레오니가 들은 이야기나 전해 주자. 이미 우리보다 더 많이 아는지도 모르겠다, 빌리."

빌리는 계속 흥분한 상태였고, 레오니는 별다른 말이 없었다. 하지만 레오니도 꽤 흥분해 있다는 것을 알 수 있었다. 레오니의 유리

헬멧 안에 습기가 차는 걸 보았기 때문이다. 레오니가 평소보다 숨을 거칠게 쉬고 있는 게 느껴졌다. 나는 내 몸의 열기가 그제야 느껴졌다. 빨간 머리카락이 마구마구 자랄 것 같다는 이상한 '충동'이나 '환상'에 가까운 감각도 할 수 있었다.

"레오니, 네가 직접 설명해 줄래?"

빌리가 고개를 돌려 레오니를 봤다. 레오니는 고개를 세게 끄덕이고는 말을 시작했다.

"곧 의원회에서 군경을 파견할 거래. 다른 지역에서도 그런 일들이 있는 모양인데, 지금 가장 상황이 안 좋은 건 5구역인 듯해. 아빠가 아침에 영상 통화 하는 걸 우연히 엿보았어. 당장 3일 내로 모든 결정이 이뤄질 것 같아. 나도 오늘 아침까지는 몰랐는데, 테러 대응팀에 있는 것 같아."

"너희 아빠도 5구역으로 가신대?"

"그건 모르겠어……."

"그렇구나."

"그런데…… 이상한 말을 들었어. 난 그게 뭘 의미하는지 모르겠어서 무서웠고, 빨리 주하한테 알려 줘야 한다고 생각한 거야."

빌리가 레오니의 손을 잡고, 나를 쳐다보며 말했다.

"그래서 학교에 오자마자 너희 반으로 갔는데, 하루만 있었어."

"하루도 네가 들으면 알 수도 있을 거라고 하더라. 그런데 네가 교실에 나타나질 않으니까……."

"더 불안했지."

하루가 대답했다.

"그래서 무작정 네 방까지 오게 된 거야."

이상한 말, 무서운 것, 내게 알려 줘야 하는 것. 어떤 표현인지는 몰라도 그게 '태양의 아이들'을 가리키는 말일 것이라는 추측에 가슴이 쿵쾅거렸다.

"그래서 무슨 말을 들은 건데?"

"'쥐새끼들'은 어떻게 처리할 건지 더 윗선에서 명령이 내려와야 한다고 했어. 무슨 연구소의 협조가 있어야 한다고 했고. '미치광이'라는 단어도 들었어. '미친놈들은 그에 맞는 방식으로 다루면 된다.' 그런데 '미친놈들'이라는 게 말이야. 테러를 일으킨 사람들을 지칭하는 단어는 아닌 것 같아."

"응. 아니지."

나도 모르게 튀어나온 말이었다.

"흐음."

하루가 알 수 없는 소리를 내며 한숨을 쉬었다. 그리고 한동안 그 누구도 말을 꺼내지 않았다. 내가 더 설명하지 않아도 말하기 어려운 무언가가 있다는 걸 아는 것처럼. 그게 친구라서 가능한 것이라면 나는 너무 오랫동안 혼자 있기만을 바랐던 것 같다.

"그래서 어떻게 해야 해?"

정적을 깨고 질문한 건 빌리였다.

"당장 네가 할 수 있는 것도 없지 않아? 넌 겨우 고등학생인데."

"그런데 집에서 연락 왔으니까 선생님이 부르신 거 아니야?"

레오니가 걱정스러운 표정으로 뒤이어 물었다.

"고민 중이야. 내가 거기에 가서 할 수 있는 일이 있을지 나도 의심스러워서 말이야."

하루는 더 이상 아무것도 묻지 않았다. 내가 결정해야 할 일이 무엇인지 알고 있는 것처럼.

그때, 문이 확 열리고 또 머리 색깔을 바꾼 킴이 나타났다.

"단체로 어디로 사라졌나 했더니 우리 기숙사에 와 있네."

"네가 웬일이야?"

"A반 날라리들, 선생님이 너네 어딨는지 찾는데."

"헉!"

빌리와 레오니는 동시에 소파에서 일어나 문밖으로 나갔다. 빌리와 레오니는 킴을 지나쳐 부랴부랴 나가면서도 내게 "괜찮을 거야." "괜찮다고 연락 줘!" 외쳤다. 킴이 언짢은 표정으로 다가왔다.

"너네 또 무슨 작당 모의야?"

"그런 거 아니야."

하루가 차갑게 대답했다. 우리는 나름 심각한 상황에 놓여 있다. 그러나 서로의 상황을 정확하게 알고 있는 것도 아니었다. 나는 하루가 어디까지 유추하고 있는지 모르고, 하루는 내가 어디서 누구에게 무슨 이야기를 듣고 왔는지 모른다. 우리 사이에도 어색한 기류가 흐르고 있었다.

킴이 갑자기 고개를 푹 숙였다. 자세히 보니 몸이 부들부들 떨리고 있었다.

"……도대체 나랑 너네랑 뭐가 그렇게 달라?"

"뭐?"

"왜 항상 너희끼리 몰려다니는 건데? A반과 F반, 어울리지도 않을 것 같은 애들이."

하루도 나도 당황해서 서로 쳐다보았다. 순간 나도 모르게 속에 있던 말이 튀어나왔다.

"……갑자기 뭐라는 거야."

절대 비꼬려는 건 아니었다. 하지만 그 순간 킴이 폭발했다.

"네가 별종이라는 걸 알아도 A반 애들이 계속 놀아 줄까? 옆에 있는."

하루를 가리켰다.

"쟤도. 빨간 머리 너랑 어울려 줄 것 같고? 언제까지 네 방패가 되어 줄 것 같아?"

하루는 더 이상 참을 수 없다는 듯이 자리를 박차고 일어나 킴에게 맞서서 말했다.

"킴, 네가 아무리 괴짜로 소문이 났다지만, 지금 이 상황은 진짜 이해 안 된다? 왜 갑자기 화내?"

그리고 킴의 입에서 나온 말은 나를 자리에서 벌떡 일어나게 만들었다.

"너는 알잖아. 쟤 정체가 뭔지."

붉은 해가 지고 나면

노란 달이 뜹니다

달 뒷면에는 토끼가, 그림자가, 유령이, 외계인이

살고 있을지도

살고

있을지도

모른다고 합니다

어른이 되지 않아서 다행이라고 생각합니다

어른이 되지 않아서 수많은 불행이 보입니다

콧노래 하나까지 감시당할 것 같아요

여기서 어디까지 떨어져야

우리는 가짜가 아니게 되나요

여기가 아닌 곳까지 이어지는 계단이 있습니다

있습니까?

한 방울의 노래까지

계단의 한 칸이 됩니다

우주 밖으로 나갈 수도 있습니다

경계에서 경계로

우리는 지역에서 지역으로

폭죽이 됩니다

저 멀리의 조명이 될 정도의 빛으로

아이들

며칠간 연구소에서는 아무 연락도 없었다. 당장이라도 차출되어 5구역에 투입될 줄 알았는데, 그것도 아니었다. 빌리와 레오니가 단체 대화방에서 염려하는 일이 점점 늘었을 뿐이었다. 하루도 평소와 같았다. 다른 애들과 적당히 어울리면서 나에게는 한없이 다정한 친구. 청아도 특별히 우리 교실에 찾아오지 않았다. 무엇보다도 그날 그렇게 화를 내고 사라졌던 킴은 우리를 보면 찬바람을 일으키며 사라졌다. 더 이상 얘기하고 싶지 않다는 듯한 몸짓이 쌀쌀맞게 느껴졌다. 그 아이와는 특별히 친했던 적도 없고, 서로 가까워지려고 한 쪽도 없었기 때문에 이런 냉전 상태가 어색할 이유도 없었다. 하지만 그 애가 했던 말이 남아서 내내 마음을 불편하게 만들었다.

하지만 지금은 친구를 사귀고 달래고…… 할 여유는 없다. 그저 5구역의 사람들이 안전하길 바라고 있다. 매일 아침 이봄 언니, 가을이와 영상 통화를 한다. 가족들은 어떻게 지내고 있는지, 봄 언니가 경계 지역에서 또 새로운 걸 목격하진 않았는지 이야기를 전해 듣는다. 나는 보건실에서 있었던 일을 전해 주었고, 그 뒤로는 더 이상 연구소에서 소식이 없어 딱히 할 수 있는 말이 없었다. 레오니가 집에서 들었다는 아빠 이야기는 전하지 않았다. 어느 것도 정확한 것이 없는 정보였기 때문이었다. 물론 내가 추측하고 있는 것은 무시무시한 것이었지만, 공포감을 조성할 필요도 없다고 생각했다.

언어철학 수업이 끝나고 난 뒤 점심시간이 시작되었다. 빌리와 레오니가 있는 단체 대화방에 오늘은 점심을 먹지 않는 대신 기숙사에서 한숨 자고 오겠다고 메시지를 남겼다. 내가 교실에서 나서자 하루가 따라나섰다.

"괜찮아?"

"응? 아. 그냥 무력감이 커서."

"할 수 있는 게 없으니까. 그런데 너무 당연하잖아? 무슨 일이든 결정되기까지 시간이 걸리는 거니까."

"내가 어려서 나한테만 안 알려 주는 거라면?"

"누가?"

"어른들이. 아무리 태양의 아이들이니 뭐니 해도 연구소 소속의 실험체일 뿐이고, 어린애일 뿐이니까."

"그런 생각이야?"

"응. 그렇지 않고선……. 레오니 아빠도 그랬다잖아. 3일 안에 결정

지어야 한다고."

"그건 예상이지. 추측이고. 레오니가 들은 게 틀렸을 수도 있고."

"그런가?"

다리에서 힘이 쭉 빠지는 느낌이 들었다.

그러고 보면 나는 5구역에서 테러나 전쟁이 벌어져 할머니와 가족들이 어려움에 처하는 것을 걱정하기보단 어린 C.O.S.들이 섹터에게 이용당하고 있을지도 모른다는 걱정을 더 많이 한다. 그러니까 매일 아침 사촌들에게 걸려 오는 영상 통화도 '이봄 언니가 어제는 어떤 장면을 보고 왔는지'를 듣기 위해 계속하는 것이다.

"사촌들은 뭐래? 가족들은 잘 계시고?"

"오히려 가족들을 걱정해 주는 건 너구나."

"응?"

"나는 거기에 어떤 애들이 어떻게 방치되어 있을지 걱정돼. 경계 지역의 가난한 동네에서 말이야. 그 아이들이 어떤 상황에 처해 있을지."

"난 너를 걱정하는 건데?"

걸음을 멈추고 옆을 돌아보니 하루가 앞을 보며 천천히 걸어 나가고 있었다. 너무 아무렇지 않다는 듯이 뱉은 하루의 말에 나는 '나를 걱정해 본 적이 있나?' 생각했다.

"있잖아. 내가 생각해 봤는데."

하루가 걸음을 멈추고 뒤를 돌아보며 말했다.

"만약에 내가 5구역에 같이 가 보고 싶다고 말하면 데려가 줄래?"

"뭐?"

"너 5구역에 가 봐야 하는 거 아닌지 고민하는 중 아니야?"

"내가?"

"응."

내가 그런 고민을 하고 있다고? 나는 그냥 연구소의 연락을 기다리는 게 아니라 5구역에 갈 인원에 대한 소집 연락을 기다리는 거라고? 하루는 내 마음속에 들어와 본 것도 아닌데 항상 나보다 더 나를 잘 안다.

"만약 그렇다면……"

"연락, 기다리지만 말고 네가 먼저 노범에게 연락해 봐."

"……지금 같이 방에 가서 노범한테 전화해 볼까?"

기숙사 건물에 도착해서는 더 이상 대화를 하지 않았다. 하루는 내 방에 들어서자마자 자연스럽게 소파에 앉아 몸을 늘어뜨렸고, 나는 컴퓨터를 켜서 노범에게 전화를 걸었다. 노범은 한 번에 전화를 받지 않아서 메시지를 남기고 우리는 각자 소파와 바닥 카펫에 드러누웠다.

아침에 열어 놓고 간 창문으로 뜨거운 열기가 들어오고 있었고, 에어컨에서 나오는 차가운 바람이 그 열기를 순식간에 식혀 주고 있었다. 두 온도가 만나는 지점에 딱 우리가 누워 있는 모양인지 열기와 냉기가 반복해서 몸에 내려앉았다. 잠깐이지만 최근 들어 가장 여유로운 시간이라고 생각했다. 내가 걱정하고 있는 건 태양의 아이들이고, 내가 고민하고 있는 건 5구역에 갈 수 있냐 아니냐의 문제였다. 하루가 나타나 단번에 내 머릿속을 정리해 주었다. 뜨거운 열기 속에서 녹아내리는지도 모르고 있었던 나를 차가운 바람으로 깨워 주듯이.

"너는 진짜 이성적이라고 해야 할까, 나를 잘 이해하고 있으니 감성적이라고 해야 할까."

"그냥 공감 능력이 좋은 거 아닐까?"

"맞네."

"머리가 좋다고 해도 되고."

"어. 그래. 지금 C.O.S. 앞에서 머리 좋다는 얘기를 꺼내는 거지?"

"그럼. 럭스를 생산해 내면 뭐 하냐, 학교 공부에는 도통 관심이 없는데. 그냥 그걸로는 1등급 아이들이 뭐야, 나도 따라가기 어려울걸?"

장난스럽게 웃는 소리가 들렸다. 누워서 작은 목소리로 대화를 나누는 동안 점점 바깥소리가 커졌다. 점심을 먹은 아이들이 운동장과 체육관으로 흩어져 뛰어노는 듯했다. 나는 몸을 일으켜 창문을 닫고, 에어컨 바람을 약으로 낮췄다.

"좀 전까지 창문 열고 에어컨 틀고 있었다? 완전 에너지 낭비."

"가끔은 그런 것도 생각 안 하고 누워 있을 수 있어야 해. 그렇지 않으면 사람이 먼저 방전되더라."

"너는 그런 말을 어떻게 할 수 있는 거야? 나보다 더 나은 구역에서 살아온 애가 할 수 있는 말이 아닌 것 같아."

"그러게. 왜 나는 이런 캐릭터지?"

그때 노범에게서 연락이 왔다. 컴퓨터 화면에 한번에 들어오도록 하루와 나란히 책상 앞에 앉았다.

"어? 하루도 있었구나?"

노범은 조금 정신이 없어 보였다.

"안 그래도 주하한테 연락하려고 했는데, 부재중 메시지 보고 바로 연락한다."

"연구소에서 무슨 결정이 났나요?"

하루가 물었다.

"……하루도 알고 있니? 주하가 말했어?"

"아니에요. 학교 친구를 통해 5구역에 심상치 않은 일이 벌어졌다는 걸 알게 됐어요. 그리고 내가 5구역에 가는 걸 고민하고 있다는 걸 하루가 눈치챘고요. 저는 5구역에 가고 싶어요. 그 아이들을 직접 봐야겠어요. 우리 가족들도 만날 수 있었으면 좋겠고요."

"……."

노범이 아무 말도 하지 않았다. 우리도 아무 말도 하지 않고, 노범의 대답을 기다렸다. 상부에서 기존의 C.O.S.는 밖으로 내보내지 말라고 한 걸까? 5구역에 벌써 엄청난 일이 벌어졌고, 군대까지 투입된 걸까? 더 이상 5구역에 진입할 수 없게 된 건가? 순간 여러 가지 생각이 머릿속을 스치면서 진작에 노범에게 연락을 했었어야 했다는, 어설픈 후회가 지나갔다.

"그래서…… 아니, 그러니까 주하는 지금 집에 가 보고 싶다는 거구나. 5구역에?"

"네."

하루가 끼어들며 대답했다.

"저도요."

"우리가 할 수 있는 일은 없을까요? 거기에 내 가족이 있으니까 가 본다는 그런 이유로도 5구역에 진입하는 게 어려울까요? 아니면……! 벌써 거기에 무슨 일이 생긴 거예요?"

"주하야. 진정해."

노범은 인자하고 차분한 표정으로 나를 쳐다봤다. 그래, 더 엄청난 일이 있었으면 노범이 말해 줬겠지. 그게 아니라면 봄 언니나 가을이를 통해서 무언가를 알 수 있었을 거고, 레오니를 통해서라도 알게 됐을 거다. 노범은 어른이니까, 연구소 사람이니까 더 생각해야 할 것이 많았던 것뿐이다. 그런 생각으로 마음을 다독였다.

불안이 겉으로 드러났는지, 하루가 허벅지를 토닥토닥 다독여 주었다. 이럴 때마다 나를 이해하는 사람은 하루뿐이라는 정확하지 않은 예감이 들었다. 같은 C.O.S.도 아니고, 오랫동안 알고 지낸 고향 친구나 가족도 아닌데, 나를 이해할 수 있다고? 의심만큼이나 믿음이 커졌다.

"일단 오늘 내가 주하한테 연락하려고 했던 건……."

노범이 말했다.

"5구역에 연구원들과 군경이 파견될 예정이라는 소식을 전해 주기 위해서였어."

"군경이요? 연구원도?"

하루가 다급하게 되물었다.

"다른 구역의 경계 지역도 늘 불안하긴 마찬가진데, 이번에는 중앙 군경에서 나서기로 결정한 걸 봐선 5구역의 경계 지역 상황이 좋지는 않은 듯해. 갱단의 횡포가 지나치다는 판단에는 '아이들'이 위험할 수 있다는 제보가 너무 많았기 때문이지."

"봄 언니, 가을이한테서 들었어요."

"응. 바로 그런 케이스들. 군경 타워에서 수집되는 범법 행위, 폭동, 테러 등의 데이터가 도출한 결과가 있는 듯하고⋯⋯. 등록되지 않은 C.O.S.들을 찾기 위해 우리 연구소에서 파견한 사람들이 있는데, 대부분이 4-5-6구역에 몰려 있다는 점도 이상해. 그만큼 시스템에 등록되지 않은 미성년자 인구가 많다는 거거든."

"그래서요?"

노범의 이야기를 들을수록 마음이 조급해졌다. 나는 한시라도 빨리 그곳에 가고 싶다. 거기서 어떤 일들이 벌어지고 있는지 직접 눈으로 봐야 했고, 할 수만 있다면 C.O.S.들을 구해 내고 싶었다. 내가 영웅이나 구원자 같은 존재가 될 수는 없겠지만, 나도 그런 걸 바라는 건 아니다. 그저 같은 C.O.S.로서 그들의 고통에 공감할 수 있으니 그들이 더 걱정될 뿐이다. 암담한 현실에서 빠져나오면 그들이 스스로 선택할 수 있는 길을 볼 수 있지 않을까? 그 길에 내가 있을 수 있다면⋯⋯. 너무 큰 꿈일까? 나를 이해하는 하루처럼. 빌리와 레오니, 노범처럼⋯⋯. 누군가가 있다면⋯⋯.

"우리 연구소에서도 인원이 투입되기로 했으니까 일단은 연구원 조를 짜고 있어. 군인 둘에 연구원 하나, 그리고……."

노범이 말을 쉽게 잇지 못했다.

"그리고요?"

"관리자들끼리 상급 C.O.S.들을 포함해서 파견해야 하냐 아니냐로 계속 싸우고 있어."

"노범은 어떤 의견이에요?"

"……원하는 C.O.S.가 있다면 보내야 하겠지만, 강제로 작전에 투입하는 건 반대야. 물론 반대로 가고 싶다는 C.O.S.를 막을 수도 없지."

"나는 가고 싶어요. 가고 싶다는 의견만이라도 연구소에 전할 수 없을까요?"

"저도 같이 갈 생각이에요."

"하루는 가도 할 수 있는 게 없을 텐데."

"나는 연구소에 허락받아야 하는 것도 아니고, 상관없어요. 나는 그냥 주하 담당자한테 미리 말해 두는 거죠. 주하가 간다면 나도 가겠다고요."

노범이 한숨을 쉬었다. 그러나 이내 웃으며 알았다며 전화를 끊었다.

그날 저녁, 다시 노범에게서 연락이 왔다. 나처럼 가겠다는 C.O.S.들이 몇 더 있어서 연구소 팀을 만들어 5구역에 투입될 예정이라고 했다.

"반평생을 너희와 보내고 있는데, 아직도 너희를 모르겠다.

C.O.S.들이 있을지도 모른다는 말에 선뜻 5구역에 가 보고 싶다는 C.O.S.들이 이렇게 많을지 몰랐거든."

나 말고도? 다들 5구역 출신도 아닌데 그런 마음이 들었다는 건가? 그렇다면 역시 출신 구역의 문제나 가족의 문제는 아니다. 태양의 아이들이라는 말만 들어도 움직이는 무언가가 있다는 건 우리 안에 똑같은 코드가 있어서는 아닐까, 외계인처럼. 그런 상상을 하면 웃음이 나왔다. 차라리 외계인이라고 판명이 나면 간단할 문제 같다.

"주하 너 말고도 꽤 여러 명의 C.O.S.들이 가고 싶다고 자원했어. 관리자들이 담당 C.O.S.들에게 연락을 돌렸다가 모두 당황해서 회의실로 모여서…… 푸흐흐. 다들 어떻게 된 일인가 어리둥절하던 중이야. 어쨌든 너희는 학기가 끝나는 다음 주부터 팀별로 투입될 거야. 하루가 같이 가는 건 연구소에 따로 보고하지 않을 테니까 네 친구는 네가 잘 챙겨야 해."

하루는 방학을 맞이해 3구역 집에 갈 생각이 없었다고 했다. 기숙사에만 있는 것도 심심하고, 그냥 나를 따라 연구소나 오갈 생각이었다고 했다. 더군다나 더운 계절에는 약해서 기숙사의 빵빵한 에어컨 바람을 쐬면서 늘어져 있는 게 제일 좋을 거라고, 같은 방 친구들이 모두 집에 가기 때문에 혼자 방을 쓸 수 있는 것도 좋다고 했었다. 5구역에 일이 생기기 전까지 하루의 방학은 혼자 쓸 수 있는 시원한 기숙사 방과 나를 따라 한 번씩 외출하는 일이 전부였던 것이다.

그런데 하루는 얼떨결에 5구역으로 파견이 된다. 파견은 아니지만 '나'라는 존재 때문에 '파견'되는 셈이다.

"물론 내가 너희 팀 연구원으로 믿을 만한 친구를 스카우트해 놨으니까 특별히 걱정할 건 없지만."

그 뒤로 우리는 자연스럽게 몇 가지 절차를 밟았다. 전화를 끊고 나는 메신저로 하루에게 연락했고, 하루는 집에 말하지 않고 떠날 거라고 했다. 여름방학 장소가 기숙사와 학교 주변 마을에서 우리 집과 5구역 마을로 바뀐 것뿐이라고. 하루는 대수롭지 않게 말했다.

오히려 심장이 쿵쾅거리고 울렁거리는 건 나였다. 분명 5구역을 떠난 지 반년이 채 되지 않았는데, 아주 오랜만에 가는 기분이 들었다. 할머니의 음식을 먹을 수 있다는 것도 기대되었고, 할아버지 방도 떠올랐다. 순간 아주 편안한 물속에 있는 듯한 기분이 들었다. 할아버지 방 냄새도 훅 끼쳐 오는 듯했다. 하지만 순식간에 빨간 머리와 노란 머리 아이가 떠오르며 몽글몽글한 추억들이 와장창 깨지는 소리가 들리는 듯했다. 아이들은 집이 있을까, 부모님이나 가족이 있을까? 어쩌다 섹터의 손에 들어갔을까? 자기 능력을 알고 있었던 아이들일까? 갑자기 능력이 발현됐다거나……. 애초에 섹터들은 어떻게 아이들의 능력이나 정체를 알아봤을까?

하루는 다음 날부터 짐을 싸고 있다며 메신저로 방 사진을 찍어 보냈다. 하루가 짐을 싸 들고 내 방으로 오겠다는 걸 말리기까지 해야 했다. 방학이 시작되어도 킴이 기숙사에 남아 있을 거라는 사감 선생님의 말 때문에 킴이 신경 쓰였던 것 같다.

이틀 뒤, 연구소에서 단체 신체검사가 있었다. C.O.S.들에게는 비정기 신체검사라는 통지가 왔었고, 나와 하루가 연구소에 갔을 때는 연구원들도 신체검사를 받고 있었다. 하루는 마지막 검사 날 군인들과 함께 신체검사를 받기로 되어 있었다. 그러나 어디에도 기록이 남으면 안 될 것 같다는 노범의 생각에 따라 하루의 검사는 내 방에서 진행되었다. 그때 노범의 후배 연구원 파비오를 처음 만나게 되었다.

그날 학교에 온 차량은 우리가 5구역으로 타고 갈 정찰 차량이었다. Lab-COSMOS라는 글씨도 쓰여 있지 않은 어두운색 차량. 파비오는 까만 곱슬머리에 초록색 눈을 가지고 있어서 1구역에서는 굉장히 눈에 띄는 외모였다. 두 사람은 작전을 하듯 조심스럽게 구식 기숙사로 올라왔다. 그날은 킴도 보이지 않아서 마치 모두가 합동 작전을 펼치고 있는 것 같았다.

간단한 검사를 몇 가지 하고 나서 나온 하루의 검사 결과는 2등급 10대 소녀에게서 나올 법한 내용이었다. 특별히 주의해야 할 사항은 없었고, 비슷한 시간 내 검사 결과도 나와 노범이 우리에게 결과를 설명해 주었다.

하루는 그날 저녁 나를 방으로 불렀다. 룸메이트들이 방학을 맞이해 모두 집으로 출발했다고 했다. 나는 아예 짐을 챙겨서 신관 기숙사로 향했다.

"너 정말 괜찮겠어?"

내가 방에 들어서면서 하루에게 물었다.

"응?"

고개를 돌려 하루를 보니, 정말 아무 생각도 걱정도 없어 보였다.

"응. 나 왜?"

"아니. 네가 꼭 5구역에 가야 할까 싶어서."

"왜? 내가 가는 게 부담스러워?"

"아니아니! 그런 게 아니라."

장난스러운 하루의 표정에는 긴장감도 없어 보였다.

"긴장도 안 돼?"

"응. 전혀? 전쟁터에 가는 것도 아니고, 뭐, 일종의 시찰 아니야?"

"시찰? 야, 그 단어는 좀 웃기다. 내가 뭐 의원도 아니고."

"그냥 너도 가볍게 생각하라고. 내가 5구역 대표 태양의 아이인데! 내가 5구역 상황이 어떤지 좀 보러 가 주마! 뭐 이런 거."

"전혀. 으, 전혀 아니다."

"그럼 가족 보러 간다고 생각해."

"응. 그래야지."

하루가 가볍게 웃어 보였다.

"우리 할머니 음식이나 기대해!"

나는 실없이 들뜬 표정으로 할머니 음식을 떠올렸다. 덕분에 그날 저녁에는 별다른 걱정 없이 하루의 방에서 떠들다 잠들었다.

아침이 되어서 짐을 문 앞에 챙겨 두고, 연구소 차량을 기다리고 있을 때부터 하루의 표정이 굳기 시작했다. 표정이 '굳었다'기보다는

'없어졌다'가 정확했다. 마치 생각이 하나도 없는 몬스터처럼 멍하니 앉아 있었다.

"너 진짜 괜찮아?"

"어? 어! 어, 그럼그럼."

전혀 괜찮지 않은 하루를 보고 웃음이 나왔다. 그리고 다시 걱정이 올라왔다. 봄 언니와 가을이에게 메시지를 보냈지만, 메신저 알람은 울리지 않았다. 가을이는 학교에 있을 시간이지 했는데, 생각해 보니 가을이도 방학을 했을 때여서 순간 심장이 덜컹 떨어지는 것 같았다.

"집에는 아무 일도 없겠지?"

순간 나도 모르게 입 밖으로 튀어나온 말에 하루가 대답했다.

"응. 그리고 밖에 차 온 것 같아. 이제 직접 가서 볼 수 있으니까 몇 시간만 기다려."

밖에 나가 보니 연구소 차량 외에도 집에 가는 아이들이 탈 트랙 버스와 학부모 차량이 몇 대 보였다. 순간 이상한 기분이 들었다. 저들은 안전한 집으로 갈 것이고, 우리는 어쩌면 위험할지도 모르는 집으로 간다는 생각이었다. 모두 '집'으로 향할 뿐인데, 왜 우리는 이렇게 다른 감상을 가져야 하는지, 마음이 불편했다.

차량 문이 열리자 운전석에는 군인 두 사람이 앉아 있었다. 우리 둘을 반겨 준 건 파비오였다. 하루는 꾸벅 인사를 가볍게 하고 뒷좌석에 올라탔다.

"며칠 전에 신체검사 할 때 봤던 친구네?"

"네. 같이 5구역에 가 보겠다고 해서 노범이 신체검사를 한번 받는 게 좋겠다고 한 거예요."

"으응. 2등급 친구였지."

그때 끼어들 듯 하루가 물었다.

"연구원님은 몇 등급인데요?"

파비오가 잠시 말을 멈췄다가 장난스럽게 대답했다.

"나는 까만 머리 3등급 파비오!"

파비오의 장난스러운 말투에 순식간에 차 안 분위기가 풀렸다. 운전자가 차 문 닫는 버튼을 누르기가 무섭게 파비오가 각자의 이름을 소개했다.

"여기는 우리 팀 C.O.S. 주하, 우리 팀의 주인공이나 다름없어요. 앞에 운전석의 두 분은 중앙 군경에서 나오신 멋진 군인 선생님들. 성함은?"

파비오의 톡톡 튀는 말투에도 군인들은 말을 하지 않았다. 다만 파비오에게 손짓을 하며 작은 목소리로 몇 음절을 뱉고는 운전을 시작했다.

"아, 그냥 알파와 베타로 불러 달라시네. 그럼 운전석이 알파, 조수석이 베타? 아니면 반대로? 아, 편한 대로. 비밀스러운 분들이구나. 나는 Lab-COSMOS 소속 3등 연구원 파비오, 죄다 3이지? 출신 구역도 3구역이야."

"하루랑 같네요."

"오! 우리 같은 고향 출신이야?"

하루는 왜인지 밝지 않은 표정으로 파비오를 가만히 바라보기만 했다. 그렇다고 해서 아주 나쁜 표정도 아니었지만, 평소보다는 쌀쌀맞은 듯한 느낌이 있어서 걱정이 되었다.

"하루는 주하 학교 친구인데, 주하네 집에 놀러 간다고 하고요! 네, 주하는 집이 5구역이고. 음, 5구역 폭동이랑 관련해서 연구소에서 파견하는 인물이기도 합니다. 그럼 자기 소개는 여기까지?"

파비오는 하루의 표정을 신경 쓰지 않는 듯했다. 그리고 맨 뒷좌석으로 가서 짐을 살펴보기 시작했다.

"너희 짐은 제대로 실은 거 맞지? 따로 확인 안 해도 돼? 그냥 무작정 출발하셔서 이제 되돌아갈 수도 없을 것 같지만."

하루의 표정이 신경 쓰여서 대답을 하지 못했더니 파비오가 웃으며 우리 옆으로 와서 털썩 앉았다.

"친구, 그냥 긴장한 거 아니야?"

그제야 하루가 나를 보며 고개를 끄덕였다. 덕분에 파비오와 나는 한바탕 웃을 수 있었다.

"일단 집으로 먼저 가는 거죠?"

앞쪽 군인이 물어 왔다.

"네."

파비오는 그때부터 몇 가지 자료를 봐야 한다며 운전석 바로 뒷자리에서 패드를 들여다봤다.

몇 시간 뒤, 우리는 5구역에 도착했다. 긴장했던 것과 달리 4구역을 지나 5구역에 진입하는 구간에서는 특별한 이벤트가 일어나지 않았다. 정반대에 있을 경계 지역에는 파비오와 군인들이 먼저 가 보기로 했고, 우리는 일단 5구역 종합 터미널에서 내렸다. 가족에게는 따로 연락하지 않고 왔기 때문에 하루와 나는 마을버스를 타고 집에 들어가기로 했다.

나는 집에 도착하면 곧장 할머니의 음식을 먹어야겠다고 생각했다. 메신저를 꺼내 이봄 언니와 가을이에게 메시지를 남겼다. 마을버스를 타기 위해 버스 정류장 번호를 찾고 있는데, 군복을 입은 사람들이 종종 보였다. 하루가 팔을 툭툭 치길래 봤더니 총을 찬 경찰들도 보였다. 군인이나 경찰은 모두 두 명씩 움직이고 있었고, 정복을 입고 무장을 한 상태였다. 내가 알던 5구역의 모습이 아니었다.

"원래도 이렇게 경비가 삼엄한 거야? 살벌하네."

하루가 자기 캐리어 위에 내 짐 가방을 얹으며 말했다.

"아니. 아무래도 일반 지역까지 군경이 들어와 있는 것 같네."

"경계 지역만이 아니라?"

"응. 섹터들을 잡으려고 그러는 걸 수도 있겠지만."

"이렇게 많은 인원이 동원되었다고?"

"그러게."

"거의 전시 상황 아니야?"

하루가 걱정스러운 표정으로 말했다.

"일단 이따가 현장에 가 봐야 알겠지만, 역시 좋은 상황은 아닌가 보다."

버스를 타고 30분 정도 거리였다. 하지만 그 길이 왜 그렇게 멀게 느껴지는지 알 수 없었다. 마지막으로 이 길을 달린 것은 통합고등학교로 진학하기 위해 연구소 차에 올랐을 때니까 반년이 되지 않았다. 그러니 그다지 아득하게 먼 옛날의 일이 아니다. 그럼에도 낯섦이 느껴져서 나는 이곳이 아주 먼 별의 식민지처럼 느껴지기까지 했다.

정확히 3시간 뒤 군 차량이 집으로 오기로 되어 있었다. 집에 도착하자마자 나는 짐을 풀었고, 하루는 우리 가족에게 둘러싸여 질문 폭탄을 맞아야 했다. 내가 집에 처음 데려오는 친구였고, 5구역 아이가 아니었기 때문이었다. 가장 흥분한 건 가을이었다.

"주하 언니가, 주하 언니가 친구를 데려오다니. 우오오오."

괴성까지 내뱉는 가을이가 웃겼다. 나는 그런 가족들이 사랑스러워 보였고, 그 가운데 있는 하루가 평소보다 더 반짝이는 것처럼 보였다.

할머니는 곧 요리를 시작했다. 나는 오랫동안 비워 뒀던 내 방에 들어가서 옛날 기록들을 찾아보았다. 봄 언니가 경계 지역에서 봤다는 아이들은 이제 막 두 자리 숫자를 셀 수 있을 나이부터 중등학생 정도로 보이는 아이들까지 너무나 다양했다. 내가 그 나이 때에 썼던 일기장을 보면 그 아이들을 잘 이해할 수 있지 않을까 하는 마음이었다.

창고 냄새가 날 줄 알았던 내 방에서는 먼지도 날리지 않았고, 냄새도 나지 않았다. 잘 환기된 방에서는 할머니의 냄새와 은은한 빨래 냄새가 나고 있었다. 낮의 기운을 머금고 있는 듯 공기에서 습기가 느껴지지 않았다. 책상 밑에 들어가서 노트를 뒤지고 있는데, 하루가 살짝 지친 표정으로 내 방에 들어왔다.

"나 여기 앉아도 돼?"

고개를 끄덕이자 내가 빼 두었던 책상 의자에 하루가 털썩 주저앉았다.

"완전히 기 빨린 표정이네?"

"너희 가족 이렇게 에너지가 좋은지 몰랐네. 너랑 비슷한 사람들일 거라고 내 멋대로 상상했었나 봐."

"벌받았네. 멋대로 상상해서."

"그러게."

하루가 기분 나빠 보이지는 않았으므로 나는 고개를 돌려 다시 기록들을 뒤졌다. 빨간색 노트들이 연달아 꽂혀 있는 칸으로 손을 뻗었다. 빨간색 노트들은 왼쪽 윗부분에 구멍이 뚫려 있어 철끈으로 묶여 있었다. 할아버지의 솜씨라는 걸 단번에 알 수 있었다. 그제야 나는 내 방에서 보이는 맞은편 방문이 눈에 들어왔다. 할아버지 방이었다. 금세 누가 왔다 갔다 한 듯 문이 자연스럽게 열려 있었다. 왜인지 할머니가 할아버지 방을 닫아 두지 않는 이유를 알 것 같았다.

"저기가 우리 할아버지 방."

손가락으로 맞은편 방을 가리키자 하루가 늘어져 있는 자세 그대로 의자를 돌려 할아버지 방을 쳐다보았다.

"너 갔다 와서 이따 밤이나 내일 아침에 같이 들어가 볼래."

"그래."

"영상도 볼 수 있는 거야?"

"응. 찾아보자."

나는 빨간 노트 묶음을 빠르게 훑었다. 아홉 살, 열 살, 열한 살······. 거의 모든 시간을 연구소와 집에서 보내야 했던 때의 기록이다. 학교에 잘 적응하지 못하고 친구들과 부딪힐 때가 많았다. 할아버지가 아니면 나를 달랠 수 있는 사람이 없었고, 이러다간 큰 사고를 칠지도 모른다는 말을 거의 습관적으로 내뱉는 아버지가 아직 집에 있을 때였다.

"와, 진짜 맛있는 냄새 나."

"우리 할머니 음식 드디어 먹어 보겠네."

"응."

"할머니 음식 먹으면 너 속 진짜 편할 거야."

"응?"

"너 맨날 소화 안 된다고 했었잖아."

"······."

"왜?"

고개를 돌려 말이 없는 하루를 바라보니 얼굴이 조금 붉어진 채로 의자 등받이를 앞뒤로 흔들고 있었다.

"너도 나한테 아주 관심이 없는 건 아니구나 싶어서 조금 감격."

"별."

하루는 의자에서 일어나 할머니가 있는 부엌으로 향했다. 가을이가 하루에게 다가가며 재잘거리는 소리가 들렸다.

파비오가 우리 집 근처 주차장에서 기다리고 있다고 메시지를 보냈다. 할머니, 작은아버지, 작은엄마, 그리고 이봄 언니, 가을이는 오랜만에 기분 좋은 식탁 앞에 둘러앉아 시끄럽게 떠들고 있었다. 서로 자기 말을 하지 못해 안달이 나 있었다. 다들 식사를 다 마쳤는데도 자리를 뜨지 않고 있었다. 나는 파비오의 메시지를 몰래 확인하고 자리에서 일어났다. 가족들에게는 말하지 않기로 했다.

일어나면서 고개를 돌려 하루를 쳐다보았다. 별다른 말을 하지 않아도 내가 뭘 하는지 알 것 같아서 눈짓으로 다녀오겠다고 인사했다. 파비오가 말한 주차장으로 향하며 하루에게 메시지를 남겼다.

[주하: 나 다녀올게. 오늘 밤이 어떻게 될진 모르겠지만 어딘지는 계속 연락할게 재밌는 시간 보내고 있어.]

곧 답이 왔다.

[하루: 응 다녀와.]

다녀오라는 말이 내가 돌아올 수 있다는 말처럼 느껴져서 기분이 좋았다.

주차장에 도착해서 보니 연구소 이름이 붙어 있는 차량이 있었다. 그리고 차 밖에 파비오가 나와 간이 의자를 펴고 앉아 있었다. 심각한 얼굴의 파비오가 군인들은 아직 현장에 있다고 했다.

"또 아이들이 발견되었다는 신고가 있어서 군인들은 구출 작전을 나갔고, 1팀이 출발할 때 함께 왔던 의료진이 아이들을 돌보고 있어."

"이렇게 나와 있어도 돼요?"

"응. 널 데리러 온다고 하고 차를 빌린 거니까."

차창에 붙어 차 안을 들여다봤지만 아무것도 보이지 않았다.

"경계 지역은 어때요? 심각해요?"

파비오가 한숨을 쉬었다.

"일단 너무 어지럽고 정신이 없어. 너도 의자 하나 펴 줄까?"

"차 안에서 얘기하면 되잖아요."

"연구소 차에서 할 얘기는 아닌 것 같고."

"무슨 말이에요?"

"연구소 차량에는 GPS나 녹음 장치가 붙어 있을 테니까."

"……."

"무엇보다도……."

"무엇보다도?"

"차 안의 공기가 너무 답답해. 아까 그곳의 매캐한 냄새가 차 안에다 배어 버린 것 같아. 환취일 수도 있지만."

"매캐한 냄새……."

내가 이봄 언니와 가을이에게서 들었던 풍경과는 또 다른 세계의 모습이다. 매캐한 냄새라는 건 방화? 포탄? 총탄? 레이저일 수도 있다. 무엇이든 상상할 수 있다는 게 문제였다.

"일단 내가 해야 하는 건 태양의 아이들로 보이는 아이들을 파악하는 거였는데, 지금 대피소에 구해 놓은 아이들만 해도 100명이 넘었어.”

“다른 연구원들은요?”

“1팀이랑 제일 먼저 출발했던 의료진에도 연구원이 있고, 1팀 연구원, 2팀 연구원 두 명이 더 있어. 그 다음으로 도착한 게 우리 팀인 모양이야. 우리 뒤에 세 팀 정도 더 올 것 같은데, 인력이 문제가 아니라 가동할 수 있는 기계 개수가 문제일 것 같네.”

“100명 정도라고 했죠? 그중에 태양의 아이들은 몇 명 정도인 것 같아요? 외관상으로 파악할 수 있는 게 있잖아요.”

느릿느릿 말을 겨우 이어 가던 파비오가 멍한 표정으로 담배를 꺼내 물었다.

“나 담배 좀.”

상당히 충격받은 표정의 파비오가 걱정되었다. 동시에 도대체 아이들에게 무슨 일이 벌어지고 있는 건지, 태양의 아이는 몇이나 되는지 궁금해서 참을 수가 없었다.

“내가 여태까지 본 그 어떤 곳보다 아수라장인데.”

“응.”

“후······.”

파비오의 입에서 긴 담배 연기가 뱉어져 나왔다.

“일단 머리색이 눈에 띄는 애들이 있었지. 있었는데, 모두 머리카락이 마구 잘려 있었어. 어떤 아이는 피부색도 이상하게 변해 있었지.”

“럭스가 갑자기 빠져나갔을 때의 증상이네요.”

"응. 그런데 그 애들이 전부가 아닌 것 같았어."

"아직 찾지 못한 애들이 있다는 거예요?"

"빨간 머리 여자애가 그러더라."

파비오는 남은 담배를 연속으로 빨아들였다. 그리고 꽁초를 던지며 남은 말을 겨우 뱉었다.

"그 애들만 따로 모여 있는 창고가 있대."

"거기를 찾아야겠네요."

"네 사촌이 봤다던 빨간 머리랑 노란 머리 아이는 다행히 지금 대피소에 있는 것 같다. 내가 본 아이들이 맞다면."

"다행이라고…… 해야 하는 거예요?"

"그 애들은 이미 연구소에 보고가 되었으니 곧 연구소로 떠나게 될 거야. 남매라더라."

"남매 C.O.S.요?"

"상상이 되니?"

파비오의 초록색 눈이 텅 빈 것처럼 보였다.

"뭐가요?"

"지금 이 세계가. 네가 태어나고 자란 이곳이 어떤 위기를 맞았는지 상상할 수 있어? 아니."

파비오가 일어나서 의자를 접어 들고 차 문을 열었다.

"마주할 수 있겠어?"

내가 흔들리는 건지

세상이 돌고 있는 건지

아니야

행성이 돌기를 멈춘 건 아닌지

날아가 버리는 건 아닌지

내 호흡, 내 감각

읽는 사람으로 서 있는

네 앞에서

갑자기 온몸에

초록색 피가 흐를 것 같은 기분

소녀들

아무도 모험을 시작하라고 한 적은 없다

'날아가 버리는 건 아닌지'

꼭 붙잡고 있어도 날아가 버리는 건 아닌지

그래서 여기

폭탄이 떨어져도

서로 떨어지지 않을 작정으로

소녀들은

완성하지 못한 케이크를 대신해서

슬러시를 마시며

입술을 차갑게 만들었다

나의 행방

1구역으로 돌아가는 길은 더 길고 길었다. 집을 떠나오면서부터 몸이 이상했다. 파비오가 있으니 걱정할 건 없었지만, 몸 구석구석이 아프고 저린 건 처음 겪는 일이라 당황스러웠다. 그래서인지 자꾸 등줄기로 땀이 흘렀다. 구역 간 도로에서는 모래바람이 세게 불고 있었다. 마치 이 세계의 전쟁이 시작될 것이라는 신의 계시처럼 이상한 장막이 둘러쳐진 채로 유난히 많은 모래가 굴러 들어오는 것 같았다. 어릴 때부터 수없이 달려 본 이 길이 유난히 길고 어색하게 느껴지는 건 그 때문인 듯했다.

4구역으로 넘어가는 구역 간 도로에 진입하자마자 하루가 화장실에 가고 싶다고 해서 휴게소에 들렀다. 5구역을 빠져나오자마자 긴장이 풀린 모양이었다. 함께 화장실로 향했을 때 일명 '사이 휴게소'의 화장실은 5구역의 흔한 공중 화장실의 형태를 하고 있었다. 그러니까 성별이 구분되어 있지 않고, 칸막이도 없이 띄엄띄엄 변기통이 놓여 있는 화장실이었다.

하루는 무척 당황한 표정이었다. 너무 급해서 화장실에 가긴 하는데, 평소라면 절대 발도 못 들일 곳처럼 바라보고 서서 4, 5초 정도 머뭇거렸다.

그런 모습을 보고 있으니 웃음이 픗 나왔다.

"너 휴지도 안 가져왔지?"

"어?"

"여긴 휴지를 챙겨 와야 해."

주머니에 챙겨 두었던 휴지를 꺼내 반으로 나눴다. 그제야 하루는 화장실로 뛰어 들어가며, 급하지 않으면 이따가 들어오라는 말을 덧붙였다. 나는 그대로 돌아 나가 누가 화장실에 오지 않는지 살폈다. 하루가 나온 뒤에야 나도 화장실에 갈 수 있었다.

그때 배가 묵직하다는 것을 느낄 수 있었다. 나는 볼일을 보면 편해질 줄 알았는데, 아무 일도 처리하지 못하고 나왔다. 차로 돌아가는데 점점 배가 더 아파 왔다. 다시 화장실로 돌아갔지만, 이번에도 역시 그냥 나와야 했다.

차에 올라서 우리는 의자를 뒤로 젖히고 나란히 누웠다. 앞좌석에는 5구역으로 갈 때 차량을 운전했던 알파·베타와 다른 군인 둘이 있었다. 그들은 휴게소에 도착해서도 움직이는 법이 없었다. 뒷좌석에는 작은 아기 바구니가 둘 실려 있었다. 검사 결과 C.O.S.로 밝혀진 아기들이었다. 우리는 아기들을 무사히 연구소로 옮기는 임무를 맡았고, 앞좌석의 군인들은 우리와 아기들을 보호하는 임무를 맡았다.

창문 너머로 파비오가 매점 쪽에서 걸어오는 게 보였다. 그새 무언가를 잔뜩 사 들고 낑낑거리며 다가오는데, 순간 몸을 일으켜 짐을 받아 주려다 허리의 통증에 움찔거렸다.

"괜찮아? 오늘 몸이 많이 안 좋은 것 같다?"

하루가 상체를 일으키며 물었다.

"응. 이상하네. 배도 아프고, 허리도 아파."

"너 현장에서 힘 잘못 쓴 적 있어?"

"아니. 나는 한 게 없어."

정말 한 게 없었다. 내가 괜히 여기까지 왔나 싶어 무력감이 느껴질 정도였다.

파비오가 차에 오르면서 우리 둘의 대화를 듣고는 왜 그러냐고 물었다.

"그냥 허리가 좀……."

"한 것도 없이 아픈 거야? 잠이 부족한 건 아니고?"

"하지만 나는 태양……."

"그러니까. 너는 태양의 아이인데 왜 그러는 거냐."

나는 그 말이 왠지 서러워서 그대로 다시 자리에 누웠다. 뒤에서 아기가 꿈틀거리는 소리가 들렸다. 작은 이불 속에서 바스스 바스스 소리를 내는 작은 움직임이 느껴졌다.

문득 하루의 세계가 궁금해졌다. 하루는 5구역에도 와 봤고, 이상한 화장실이 있는 휴게소도 가 봤고, 우리 가족도 만나 봤다. 내가 외출한 사이 내 방도 구경했을 것이다. 무엇보다도 나와 함께 연구소를 여러 번 드나들며 내 공간에 충분히 침범할 기회가 있었다. 하지만 나는 하루와 관련된 곳 어디에도 가 본 적이 없다.

　"네 세상이 궁금하다. 네가 살아온 세계 말이야."

　"내가 살아온 세계?"

　"응."

　"뭐, 비슷하지 않을까?"

　"비슷하지 않을 것 같아서."

　"예를 들면?"

　"예를 들면, 화장실에 칸막이가, 세척 시설이 있는 휴게소가 당연한 세계 있잖아."

　"……."

　"그것 말고도 더 많을 텐데 지금은 더 생각할 힘이 없다."

　숨을 쉴 때마다 더운 공기가 느껴졌다. 내 몸에서 나오는 열기였다. 배가 뻐근하고, 허리가 뻐근하고, 가슴이 두근거렸다. 오늘 내가 몸을 쓴 거라곤 아이들이 차에 탈 때 내 긴 빨간 머리를 만질 수 있게 해 주는 게 다였고, 그리고……. 아, 가족 생각을 너무 많이 했나 보다. 5구역에 오기 전까지는 태양의 아이들을 생각했고, 아이들을 만나고 온 뒤에는 아무 말도 하지 않고 나갔다 온 나를 똑같이 반겨 주는 가족들에게 미안함을 느꼈다. 그러니까 가족에 대한 미안함 때문인지 5구역과 아이들에 대한 염려 때문인지 몰라도 나는 몸살이 난 것이다. 마음으로부터 시작된 몸살이 이렇게 거칠고 투박하고 묵직했었나?

칸막이가 없는 휴게소 화장실에서 당황한 하루처럼 나는 내 몸에 당황하고 있다.

"기본 검사 키트를 돌려도 이상은 없어, 주하야. 정말 그냥 몸살일지도 모르겠다."

파비오가 검진 프로그램을 끄면서 말했다.

"응. 별일 아닐 거야, 파비."

파비오와 나는 전쟁터 아닌 전쟁터를 돌아다니는 동안 서로의 이름을 주하와 파비로 편하게 부르기로 했다.

"하지만 태양의 아이가 아프다니 이상하잖아. 열감도 있다며."

"네. 하지만 체온이 오른 걸로 나오진 않는 거잖아요."

"응. 37.0 정도. 그러니까 평소보다 열감이 있긴 한데, 증상으로서 열이라 할 만한 정도는 아니라서."

"신종 바이러스인가?"

"설령 그렇다고 해도 여태까지의 C.O.S. 연구대로라면 넌 멀쩡할 거야."

"응. 걱정하는 건 아니에요."

"애가 걱정하는 것 같아서 말이야."

파비가 하루를 토닥거리며 대답했다.

"나는 평생 꼬리 없는 쥐였어요."

파비는 그게 무슨 말인지 안다는 듯이 별다른 반응을 하지 않았다. 하루는 약간 겁에 질린 것처럼 보였다. 아파도 내가 아파야지 왜 네가 아프냐는 표정 같아서 웃음이 픽 나왔다.

"너 지금 웃을 때야?"

하루가 조금 짜증스러운 말투로 물었다.

"네 표정이 웃기잖아."

그제야 하루도 픽 웃음을 터뜨렸다.

이번 파견에서 발견된 태양의 아이들 중 대부분은 우리와 함께 연구소로 향한다. 1팀과 5팀은 5구역에 남아 더 발견되는 C.O.S.들을 검사하고, 2차로 움직이기로 했다.

우리 앞에 가고 있는 2팀 차량에는 C.O.S. 남매가 타고 있었다. 누나는 나와 같은 빨간 머리였지만, 열 살이 채 안 되는 남동생은 노란 머리였다. 누가 억지로 노란색 크레파스로 칠해 놓은 것처럼 어색했다. 아이의 피부는 피가 흐르지 않을 정도로 무언가에 질린 듯했다. 그러니까 조금 푸르스름한 빛을 띠는 정도의 투명한 피부였다.

우리가 차량에 아이를 싣고 담당 연구원이 연구소에 출발 연락을 할 때쯤에는 거의 초록색에 가까운 푸른 피부가 되어 가고 있었다. C.O.S.에게 '초록'이란 럭스가 생산되는 속도에 쫓아가지 못하고 몸의 기초 에너지가 더 빠르게 빠져나가고 있다는 걸 의미했다.

아주 어렸을 때의 기억인데, 초록색으로 질려 버린 태양의 아이 하나가 응급 구역으로 실려 들어가는 걸 본 적이 있다. 그때 연구원들이 뛰어가는 사이에 의사 하나가 끼어 있었는데, 의사가 뱉은 말이 기억에 남는다. '사망 선고', 정말 사망 선고를 해야 할 정도였는지, 사망 선고를 준비해야 한다는 건지는 알 수 없었지만, 분명히 그 단어를 들었다. 그 후로 나에게 '초록'은 무서운 색이 되었다. 적어도 태양의 아이에게 '초록색'이 나타나면 물기 없이 말라 가는 파충류가 떠올랐다.

사실 내가 할 수 있는 건 없었다. 5구역에 가지 않는 편이 나았을지도 모른다는 생각이 죄책감처럼 몰려왔다.

하루를 가족들 틈에 맡겨 두고 나왔던 날 밤, 파비오가 끌고 온 연구소 차량에서 군 소속 정찰 차량을 기다렸다. 파비는 계속 줄담배를 태웠다. 뭐가 그렇게 불안한 거냐고, 아니면 불만인 거냐고 묻고 싶었지만 파비의 표정이 꽤 심각했다. 차라리 빨리 현장에 가 보고 싶었다. 파비의 불안정한 모습을 보고 있자니 없던 전쟁도 일어날 것처럼 함께 불안해졌다.

파비가 간이 의자를 접어서 차량 좌석 옆에 끼워 넣고 있을 때, 우리를 5구역까지 데려다 줬던 군 차량이 주차장으로 들어왔다. 차에서 내린 건 조수석에 앉아 있던 베타였다.

"연구원님, 지금 가셔야 합니다."

"주하도 같이 가는 거죠?"

"네. 아이들 분류가 반 정도 끝났습니다. 성체 C.O.S.의 럭스가 필요하다는 연구원들의 말이 있었습니다."

성체 C.O.S. 군에서는 나처럼 성숙한 C.O.S.를 그렇게 부르기로 한 모양이었다. 썩 듣기 좋은 표현은 아니었지만, 그렇다고 그보다 나은 표현이 있는 것도 아닌 것 같아서 정말 군인다운 어휘 선택이라고 생각했다.

"다른 C.O.S.들도 있나요?"

내가 물었을 때, 베타가 나를 보며 아무렇지 않게 대답했다.

"1팀 성체는 신체에 무리가 와서 변형이 오기 시작했습니다."

"변형?"

"피부색이 변하는 증상을 보여서 지금은 안정을 취하고 있습니다."

"……다른 C.O.S.도 있나요? 다친 아이들이 얼마나 많이 있죠?"

겁이 나서 물어본 건 아니었다. 다만 내가 어디까지 버틸 수 있을지 궁금했다. 연구소에서 평소에 우리의 럭스를 저장해 두는 기술을 더 연구했으면 어땠을까 하는 단순한 생각이 머릿속을 스쳐 지나갔다. 그리고 진지하게, 청아와 했던 실험에 쓰였던 럭스가 아깝게 느껴지기도 했다.

1팀의 C.O.S.가 누구인지, 내가 아는 아이일지 걱정이 되기도 했다. 하지만 역시 이 폭동 속에서 이유도 모른 채 공포에 착취당하고 있을 더 어린 5구역 아이들이 걱정되었다. 구출한 아이들 중에는 6구역 주민인 아이도 있을 것이다. 아무것도 모르고 그저 돈을 벌기 위해 경계 지역에 왔다가 사건에 휘말렸던 아이가 있다면 6구역으로 다시 돌려보내야 한다. 하지만 그중에 태양의 아이가 있다면 연구소는 어떤 선택을 할까? 애초에 연구원들이 어떤 생각으로 이곳에 왔는지 나는 모른다.

"방금 알파 팀에서 구출한 아이들은 열다섯입니다. 그중에 부상자가 많다는 연락입니다. 섹터들과 근접전이 벌어졌거든요."

"그러니까 지금 구출한 아이들 중에 부상자가 많아서 내가 필요하다는 거죠?"

"네."

파비오가 뭔가 말하려고 했지만, 말을 삼키고는 차에 먼저 올랐다.

현장에 도착했을 때 차 문을 열자 파비오가 말했던 매캐한 냄새가 코를 찔렀다. 분명 마스크를 쓰고 있었는데도 파고드는 날카로운 냄새가 고통스러웠다. 바로 대피소로 들어갔다. 대피소 안에는 공기 청정기가 돌아가고 있었다. 의사 가운을 입은 의료진과 연구원들이 바쁘게 움직이고 있었다. 그 가운데 가벽을 세워 둔 네모난 공간이 있었다.

안으로 들어서자 아이들의 눈이 나를 향해 움직였다. 가벽은 아이들을 분류해 둔 것이었다. 일단 외관상 특이한 특징을 보이는 아이들이 가장 안쪽에 있었다. 그리고 실제로 C.O.S.로 밝혀진 아이들이 그 맞은편에 모여 있었다. 그쪽 가벽에 연구소 스티커가 붙어 있었다.

그리고 나머지 공간에는 응급 치료가 필요한 아이들을 제외하고, 부상이 있는 아이들과 특별한 외상이 없는 아이들이 분류되어 있었다.

"주하가 왔어요."

응급 처치 구역에서 막 빠져나온 연구원이 내 이름을 불렀다.

"안에 다른 C.O.S.가 있나요? 급한 수술이 필요한 거예요?"

겉옷을 벗고 소독 키트를 집어 들었을 때, 뒤따라온 파비가 내 오른쪽 손목을 세게 잡았다.

"에?"

"아무것도 기대하지 마."

작지만 단호한 목소리였다.

내 이름을 불렀던 연구원이 손짓을 했다. 응급 처치 구역으로 분리된 커튼 안쪽으로 따라 들어가니 연구소에서 몇 번 마주친 적 있는 다른 빨간 머리가 누워 있었다. 옆에는 피부가 푸르게 변한 어린아이가 있었다. 아이는 눈을 뜨고 있었다. 눈빛이 반짝거려서 럭스가 떨어진 상태라는 게 믿기지 않았다. 의료진과 연구원들이 말을 걸면 대답도 잘했다.

"신기하지."

누워 있던 빨간 머리가 몸을 일으키며 말했다.

"쟤네 저 상태로 머리카락도 자란다?"

"어?"

"아까 대피소에 도착했을 때는 빡빡머리에 가까웠거든. 아까 군인들이 하는 말을 주워들었는데, 섹터들이 싹 밀어서 갖다 팔아 버린 거 같다고 하더라."

"어린애 머리카락을?"

"어린애인 게 뭐 중요하겠어? 신기한 머리카락이라는 게 중요하지."

"하지만 섹터들이 어떻게 알고?"

빨간 머리가 베드에서 내려와 옷을 정리했다. 그리고 나에게 다가와 귓속말을 하고 커튼 뒤로 사라졌다.

"이것도 주워들은 건데. 연구소에서 나간 사람들이 경계 지역 갱들과 럭스 장사를 하고 있다는 거야. 비밀."

의료진의 손짓에 따라 빈 베드에 누웠다. 옷을 갈아입지 않아도 되나요? 물으려고 했으나 목소리가 나오지 않았다. 턱 나사가 빠진 로봇처럼 나는 삐그덕거렸다.

"그, 그러니, 까아……."

일단 저 밖에서 끙끙 소리도 못 내고 있는 아이의 팔을 먼저 봐 줘야 하지 않을까요? 머리에 붕대를 감은 아이는요? 눈에서 빛이 사라진 아이와 바짝 말라 있는 아이에게 먼저 럭스를 나눠 줘야 하지 않을까요? 조금, 아주 조금이면 될 것 같은데요. 저렇게 작은 몸이면, 아주 조금이라도……. 그런 말을 하고 싶었다. 그리고 파비오를 부르고 싶었다. 군인들이 총을 들고 돌아다니는 걸 보고도 아무런 반응을 보이지 않는 아이들이 걱정된다고 말하고 싶었다. 노범을 부르고 싶었고, 하루를 부르고 싶었다. 우리 이대로 괜찮은 거냐고 물어보고 싶었다.

내가 5구역 출신이라는 것은 연구소 입장에서 좋은 착취의 빌미가 될 수 있다는 생각이 들었다. 나는 누굴 위해서 여기에 누워 있는 걸까. 나와 같은 생각을 하는 연구원들은 없는 걸까. 연구원들은 자기 생각대로 결정할 수 있는 권한이 없는 걸까. 대피소 밖에 총을 들고 서 있는 군인들이 떠올랐다. 하지만 과연 이게 군인들만의 결정일까?

나는 지금도 꼬리 없는 쥐구나. 뒤늦게 깨달았다. 그때 팔로 주사약이 들어왔다. 나는 언제나처럼 미끄러지듯 꿈으로 들어갔다.

꿈속이었다. 할머니가 만든 요리를 보며 하루가 귓속말로 '풀밭이네.' 했다. 왜 그렇게 웃겼는지 모르겠지만, 큰 소리로 웃음이 터져 나올 것 같아서 고개를 푹 숙이고 있었다. 맞은편에는 이봄 언니와 가을이가, 왼쪽으로는…… 누가 있었는지 기억나지 않았다. '이거 먹으면 진짜 속 편할걸?' 웃음을 꾹 참고 하루에게 말했다. '할머니 음식은 진짜 소화가 잘되니까.' 말을 덧붙이는 사이 할머니가 만든 음식이 한 상을 꽉 채웠다. 나는 이게 꿈이라는 걸 알고 있다. 왜냐하면 내가 아주 어린 아이이기 때문이다. 경계 지역에서 구출된 아이들처럼 나는 이제 겨우 열 살 남짓인 듯하다. 빨간 머리는 언제나처럼 허리 근처까지 길게 늘어트려 있다. 가을이는 항상 찰랑거리는 내 머리카락을 부러워했다. 나는 가을이의 튀지 않는 갈색 머리를 부러워했다.

　미열이 떨어지지 않은 채로 학교에 도착했다. 파비오가 연구소에서 종합 검사를 받고 쉬는 게 좋지 않겠냐고 했지만, 지금은 기숙사 방에 혼자 누워 모든 것을 잊어버리고 싶었다. 파비오와 연구소 차량이 기숙사 주차장에서 빠져나가는 것을 바라보고 있다가 기숙사 건물로 들어섰다. 하루가 자기 가방을 어깨에 메고, 내 가방을 왼손에 들고 앞서 걸었다. 나는 조금 어지럽지만, 혈색이 나쁘지 않은 상태로 계단을 올라갔다.

　2층 복도에 들어섰을 때 방에서 막 나오는 킴과 마주쳤다.

　"방학이라고 집에 간 줄 알았는데 둘이 어디 다녀오나 보네."

　"응. 5구역에."

　"……탄내……."

　"응?"

　"탄내가 나."

　"아직 나는구나. 거기에 그."

　하루가 설명을 하려는데 킴이 휘청였다. 하루가 가방을 급하게 내려놓고, 킴을 부축했다.

　"야, 너 괜찮아?"

　"응. 일단."

　"그래, 일단 방으로 가자."

킴을 눕히러 하루가 킴의 방으로 들어간 사이, 나는 짐을 내 방에 들여놨다. 아직 허리와 아랫배가 뻐근하게 아팠다. 가방을 들고 상체를 일으킬 때 허리가 찡하게 아파서 기분이 나빴다.

그나저나 킴은 어디에서 왔다고 했지? 탄내를 얘기하다가 휘청인 킴은 어느 구역 출신이더라. 노란 머리끝을 빨갛게 염색하고 돌아다니는 킴은. 뿌리 염색을 하지 않아서 갈색 머리가 올라오고 있는 킴은. 자유롭고 괴짜 같은 킴은 어느 구역에서 왔더라. 그런 생각을 하며 짐을 정리했다. 하루가 방에 들어와서 사감 선생님께 이야기를 하고 오겠다고 했다. 킴을 보러 가려고 방문을 열었다가 지난번에 그 애가 했던 말이 생각나서 멈칫했다. 내 '정체'를 알고 있는 것 같았다. 일단 샤워를 하고 내 머릿속부터 정리해야겠다고 생각했다. 그리고 몸에 밴 경계 지역 냄새도 빼야 한다.

샤워를 하고 나오니 하루가 옷을 갈아입고 짐을 정리하고 있었다.

"일단 선생님이 의사 선생님을 데려오기로 했어. 킴은 괜찮다고 하는데, 영 상태가 안 좋아 보여."

"그거 패닉 상태 같지?"

"응. 우리한테서 나는 냄새 때문인 것 같아서 일단 옷을 갈아입긴 했는데……."

"응. 나도 그래서 씻고 나왔어."

"잘했어. 킴한테 가 볼래?"

"그래."

킴의 방에 들어섰을 때 보건실 선생님이 막 진료를 마치고 자리에서 일어나고 있었다. 일종의 정신적 충격인 것 같다고 했을 때 킴이 고개를 돌렸다. 뾰족뾰족하게 세운 킴의 머리카락이 베개에 눌려 망가지고 있었다.

"너희들은 집에 잘 다녀왔고?"

"네."

"킴은 계속 기숙사에 있었어. 너희가 좀 신경 써 줄래?"

"네."

하루가 킴에게 다가갔다. 나는 그 애 입에서 어떤 말이 나올지 몰라서 가슴이 울렁거렸다. 심한 멀미를 하는 기분이었다. 선생님들이 방에서 나가자 킴이 고개를 돌렸다.

"우습지?"

"뭐가?"

"내가 이러고 있는 거."

"아니. 그냥 걱정되지. 넌 어떻게 생겨 먹었길래 이렇게 잔뜩 꼬였어?"

킴의 말에 날카롭게 받아치는 하루가 웃겼다. 하루에게 도로 '너는 어떻게 생겨 먹었길래 다 받아치고 있어?' 묻고 싶은 충동이 올라왔다.

"너네한테서 탄 냄새가 났어. 우리 구역은 워낙 땅이 좁아서 모든 곳이 경계 지역이었는데, 그게 얼마나 치안에 안 좋았는지 몰라."

"갑자기?"

"응. 우리 동네 생각이 났다는 뜻이야."

나는 킴의 말을 좀 더 자세히 듣고 싶었다.

"그래서 어떻게…… 됐는데?"

킴이 나를 멀뚱히 쳐다봤다.

"갑자기 나한테 관심이 생겨?"

"아니. 네가 살았던 그곳이 어떻게 됐는지 궁금해."

킴은 몸을 일으켜 앉더니 알 수 없는 표정으로 나를 바라보았다.

"경계 지역이 어떤지 아주 모르는 건 아니지?"

"우린 지금 5구역과 6구역 사이 경계 지역에 다녀오는 길이야."

순간 킴이 헛구역질을 했다.

"계속 얘기해도 괜찮겠어?"

"……응."

"나는 5구역 출신이야. 5구역과 6구역 사이 경계 지역에서 아이들을 착취하는 일이 벌어지고 있어. 테러에 가까운 폭동도 일어나고 있고. 섹터라는 일종의 갱들이 이권을 쥐고 있는데, 글쎄, 실은 나도 몰라. 어떤 일이 일어나고 있는지 모르겠고, 나는 아이들이 걱정될 뿐이야."

숨을 깊게 들이마셨다 내뱉은 킴이 자리에서 일어나 냉장고에서 물을 꺼냈다. 순간 물을 벌컥벌컥 들이켜더니 의자에 앉아서 책상에 있던 액자를 손에 쥐었다.

하루와 나는 침대 옆에 앉은 채로 킴을 바라보았다. 하루는 몸을 돌려 나를 잠깐 쳐다보더니 어깨를 으쓱했다.

"너, C.O.S.지?"

순간 하루와 나는 완전히 얼어붙었다. 하루는 그러지 않았는지도 모른다. 내가 잔뜩 얼어붙어서 모든 게 그렇게 보였는지도 모른다. 내가 C.O.S.냐고? 애초에 C.O.S가 뭔지는 알고 묻는 건지, 저 애의 의도가 뭔지 알 수 없어서 소름이 돋았다. 아픈 애를 두고 나쁜 생각을 하고 싶진 않았지만 그랬다. 나는 겁부터 났다. 하루가 몸을 틀어 나를 바라보고 앉았다.

"말하지 않아도 돼. 확인받으려고 한 건 아니고. 내가 안다는 걸 알려 주려고 한 거니까."

"응."

"내가 다른 구역으로 이사하면서 알게 된 건데, 우리 4구역은 땅이 너무 작아서 경계 지역이라고 할 만한 곳이 없었을 뿐 온통 경계였더라. 우리 지역은 매일을 탄내로 시작하는 곳이었고, 학교 가는 길에 무슨 일이 생겨도 이상하지 않은 곳이었어. 친구가 이용당하는 걸 빤히 보고도 아무것도 할 수 없었지. 그냥 모두가 서로를 팔아 가며 살아가는데, 결국엔 3구역이나 2구역으로 올라가고 싶은 생각뿐이었지. 5구역으로 떨어지면 안 된다는 생각뿐이었어. 어른들은 우리에게 5구역은 광활한 사막이라고 가르치면서 말이야, 절대로 그곳으로 떨어지면 안 된다고 했어."

4구역에서 온 킴이었다. 괴짜이기 전에 탄내가 진동하는 4구역에서 온 킴이었다. 그 애의 말을 듣게 되어서 다행이라는 생각이 들면서 빠르게 뛰던 심장이 잠잠해졌고, 나는 긴장하고 있던 다리에 힘을 풀었다.

"머리카락 색이 특이한 친구들이 있었어."

그때였다. 킴의 입에서 C.O.S.에 대한 이야기가 나온 건.

"우리 아빠 가게에서 일하는 친구들이었는데, 오빠 말로는 5구역에서 도망쳐 나온 애들이라고 했어."

"너희 집 가게에서."

"응. 우리 집 2층 다락에 살면서 아빠 가게에서 일했어."

"그, 그러니까 말이야, 킴. 친구들이었다고? 몇 명이나 있었는데?"

하루가 자세를 고쳐 앉으면서 우물쭈물 물었다.

"응. 나중에야 안 건데 아빠는 럭스 장사꾼이었어."

"응."

아무렇지 않은 듯 답해야 했다. 킴이 잘못한 것은 아니었으니까. 오히려 그 시간은 킴에게 상처가 됐을 것이다.

"그래서 우리 가족이 2구역까지 올 수 있었던 거겠지. 그 애들을 착취해서 번 돈으로 내가 통합고등학교에 진학할 수 있었던 거야. 난 이 학교에 진학하지 않으려고 시험 문제도 안 보고 답안지를 적어 냈는데 말이야. 합격해 버렸어. 우리 아빠가 돈으로 다 해결한 거겠지?"

"……"

하루도 나도 더 이상 어떤 반응을 해야 할지 모르겠어서 쭈뼛거리고 있었다. 그러나 킴은 계속해서 하고 싶었던 말이었다는 듯 이야기를 뱉어 냈다.

"돈이면 다 된다는 게 우리 아빠 신조니까. 상상돼? 돈이든 뭐든 건넸을 우리 아빠와 뭐든 받았을 학교 측의 누군가."

"충분히 그럴 수 있지. 그런데 그건 네 잘못이 아니잖아."

"그렇다고 잘못이 아닌 것도 아니잖아."

"……"

"그런데 여기서 빨간 머리를 마주치게 될 줄이야."

"C.O.S.는 어떻게 알게 된 거야?"

"4구역에서 2구역으로 이사할 때 아빠가 정부 사람들이라면서 사무실에서 접대하던 게 생각나. 그날 마당에 연구소 이름이 쓰여 있는 차량이 몇 대 있었는데, 그날 애들이 모두 사라졌어."

"애들이?"

"모두?"

"응. 우리 집 다락에서 살던 머리카락이 특이한 아이들이 전부."

"……몇 명이나 됐는데?"

"다섯. 그중 하나는 까만 머리로 변하는 이상한 증세를 보였어. 다른 데는 멀쩡했는데 이상하게 머리카락이 변하면서, 응. 그게 단오야."

킴이 들고 있던 액자를 우리에게 건넸다. 빨간색 긴 머리를 늘어뜨리고 있는 여자아이 옆에 갈색 머리의 어린 킴이 서 있었다. 둘은 당장이라도 장난을 치며 폭소를 터트릴 것 같은 표정으로 사진 속에서 웃고 있었다.

"혹시 이 친구 피부색도 변하진 않았어? 더 하얘진다거나 입술이 퍼렇게 질린다거나……."

"C.O.S. 연구소에서 알려 주든?"

조금 날카로운 말투의 킴이 나에게 되물었다.

"내가 직접 본 거야."

내가 할 수 있는 말은 그뿐이었다. 킴은 금세 누그러진 표정으로 고개를 푹 숙였다.

"아무 일도 없었어. 까만 머리카락이 나면서 오히려 평범한 아이가 됐거든. 아빠는 더 이상 쓸모없는 단오를 어떻게 처리할까 고민했던 것 같아. 아빠 입에서 그 말이 튀어나왔던 날을 잊을 수 없어."

"……."

"럭스도 못 만드는 쓸모없는 애들."

그럼…….

"그럼 나도 쓸모없는 거 아니야? 애초에 우리 집에 살면서 우리랑 같은 식탁에서 먹고 같은 층에서 자지는 못했으니까 이상하다고는 생각했지. 하지만 자선사업 같은 건 줄 알았는데, 그게 아니었다는 걸……. 단오가 힘을 잃게 된 후에야 알게 됐어."

"어쨌든 단오라는 애도 연구소 사람들이 데려간 거지?"

"응."

"그럼 괜찮지 않았을까?"

하루가 나에게 물어 왔다. 하지만 내가 정확하게 대답해 줄 수 있는 말이 없었다. 이번에 참사 현장에서 본 연구원들의 선택은 믿을 수 없었다.

"능력을 잃고 바로 연구소로 가게 된 거야?"

나는 킴에게 되묻는 수밖에 없었다. 청아처럼 검은 머리가 나기 시작하면서 1등급 아이가 되었다면 실험 대상으로는 최적이었을 것이고, 연구소에서는 단오라는 아이를 놓쳤을 리가 없다.

"능력을 잃은 친구는 오히려 전처럼 능력을 쓸 수 없다는 상실감에 점점 이상해지더라고. 우리 집을 떠날 때쯤엔 정신이 이상해졌어. 더 이상 친구라고 할 수 없었어. 내가 준 사진도 챙기지 못했으니까."

하루가 눈썹을 밑으로 떨어뜨린 채 나를 쳐다보았다. 왜, 안쓰러워? 응. 나도 그래. 그렇지만 난 그 상실감과 두려움이 이해가 돼. 이해돼, 하루야? 나도 두려워하고 있다는 거 알겠어?

"능력 소멸자들에 대한 연구가 있었을 거야. 청아 전에도 분명."

"A반에 전학 온 애 말하는 거지?"

킴이 자리에서 일어나 우리에게 다가와 앉았다.

"그러니까 연구소에 아직 단오가 있을 수도 있다는 거지?"

"아마 그건……."

킴과 하루가 기대에 부푼 얼굴로 나를 쳐다봤다.

"내가 한 번도 보지 못했다는 건 이미 연구소를 떠났다는 뜻일 거야. 아마도."

몸이 아플수록

마음이 날카로워질수록

하늘을 생각합니다

하늘은

소풍을 기억합니까

기억하지 않아도

괜찮을 것입니다

짧은 것들은 기록하기 좋습니다

달의 뒤편으로

붉은 양귀비 꽃밭으로

아침의 꿈결과 모래 바람 아래로

밤의 주판 위로

세계 종말 직전

이 행성의 마지막 날로

우리는 날아도
날지 않아도 괜찮을 것입니다

망토가 없으면
잘 달릴 수 있습니다

0구역이라고 하지 마

허리에 진동 기능이 있는 기계를 차고 있는 것처럼 웅웅 울리는 느낌이 난 이유를 알았다. 내 나이에는 늦었지만, 나에게는 너무나 이르게 느껴지는 신체 변화. 생리가 시작되었다. 앞으로 내 몸이 어떤 능력을 가지게 될지, 능력일지 저주일지, 혹은 가지고 있는 능력을 잃게 될지 잘 지켜봐야 한다. 연구소에서는 청아 이전부터 그러한 가설을 이야기하곤 했으나 그때는 '그럴지도 몰라.'였다. 현실에 있을 법한 소설 정도의 가설. 하지만 이제는 '청아'라는 케이스가 있으니 내 또래 C.O.S.들은 자기 현실이 될 수 있는 50:50의 가능성에 대해 생각하지 않을 수 없다.

생리가 시작된다는 것을 알고 제일 당황했던 것은 생리통이었다. 평생 느껴 보지 못한 통증이 몸 구석구석에서 느닷없이 느껴졌다. 그 다음 당황스러운 일은 어떻게 해야 할지 몰라 하루에게 말했을 때 하루의 반응이었다. 여태 생리도 하지 않았냐는 반응. 그리고 생리대를 어떻게 하면 된다는 능숙한 설명과 함께 건네는 진통제 한 알. 실험실에서 주입하는 약이 아닌 내 몸의 병이나 통증 때문에 복용하는 약은 처음이었기에 나는 약을 우드득 씹었다가 그대로 뱉어 버렸다. 그렇게 쓴맛이 나는 줄은 몰랐다. 온갖 기술이 발전해도 약 한 알 달게 만들지 못한다는 게 우스웠다.

노범에게 말했더니 나보다 더 놀라서 당장 연구소로 오라고 난리였다. 오히려 내가 노범을 진정시키고 다음 날 낮에 가겠다는 약속을 했다. 다행히 빨간 머리가 갑자기 빠진다거나 다른 색으로 변하는 일은 없었다. 능력이 사라지는 듯한 느낌도 없다. 물론 나도 두렵다. 능력이 소멸된다는 상상은 하지 않으려고 했다. (하루는 상상을 하면 상상이 현실이 될까 봐 안 하게 되는 거라고 했다.)

나는 낯선 몸이 싫지만, 하루와 이야기할 것이 많아진 것 같아서 조금 설레기도 했다.

킴은 그날 이후로 우리를 피하지 않았다. 그렇다고 편하게 말을 걸어오지도 않았으므로 나 역시 킴에게 '단오'나 'C.O.S.'에 대해 이야기하지 않았다. 청아에게 물어볼까 고민하기는 했었다. 오랫동안 연구소에서 생활한 청아라면 기억할 법도 해서였다. 하지만 그러면 킴에 대해서도, 우리 5구역에 대해서도 설명해야 할 것 같아서 킴이 먼저 나에게 부탁하지 않는 이상 내가 나서서 알아보지는 않기로 했다.

나의 불안을 알아본 것은 이번에도 하루였다. 몸의 변화는 태양의 아이가 아니어도 당황스러운 것이라고 보건 선생님처럼 설명해 주는데, 평소보다 어른스러워 보이는 하루가 멋있어 보이기도 했고 우스워 보이기도 했다.

생리통과 생리가 지나가는 동안 마음에서는 더 이상한 울렁임과 통증이 왔다 갔다 했다. 단순히 능력이 소멸될까 봐 걱정돼서는 아니었다. 자꾸 질투가 나기도 했고, 짜증이 나거나 화가 나기도 했다. 학교 밖에서 길을 걷다 부딪친 다른 학교 아이에겐 "뭐냐?"라고 시비 걸듯 반응하기도 했다. 내가 아닌 내가 존재하는 것 같아서 무서웠다. 얼굴이 화끈거렸다. 그날은 밥도 다 넘어가지 않아서 그대로 기숙사 방으로 돌아가 이불에 누웠는데, 순식간에 화가 가라앉으면서 부끄러움이 몰려왔다. 내가 무엇에 휘둘리는 건지 알 수 없었다.

하루가 빌리와 레오니와 영상 통화를 했다며 내 방에 찾아왔다. 빌리와 레오니가 학교로 오겠다고 하는 걸 어떻게 어떻게 말렸다고 너스레를 떨었다. 나는 하루 앞에서만 자꾸 웃었고, 다른 사람들 앞에서는 자꾸 성이 났다.

이런 몸으로 내가 무엇을 할 수 있을까? 그날 밤 침대에 누워 잠들기 전까지 그런 생각을 했다. 이렇게 연약하고 이상한 몸으로는 누구도 도와줄 수가 없다. 누굴 도와주고 싶나? 누굴? 내가? 왜 내가 도와줘야 하지?

5구역이 떠올랐다. C.O.S.로 밝혀진 아이들과 그렇지 않은 아이들이 나뉘었던 대피소 풍경이 눈앞에 생생히 그려졌다. 다친 아이들과 다치지 않은 아이들로 나뉘지 않았다는 게 그때까지 화가 났다. 원래 생리를 하면 이렇게 감정이 날뛰는 건가? 밤새 뒤척이며 잠을 설쳤다.

다음 날 일어나서 하루를 빨리 만나기 위해 급하게 하루네 기숙사로 갔다. 방문을 두드렸지만, 하루가 나오지 않았다. 아직 자고 있나 싶어서 메시지를 보냈더니 [교실] 이라는 답장이 왔다.

급하게 교실로 뛰어갔을 때 창가에 앉아 있는 하루가 보였다. 아침 7시 반. 방학이라서 사람이 없는 건물에 내 걸음 소리가 크게 울렸다.

"거기서 뭐해?"

교실에 들어서며 내가 물었다.

"어? 어. 그냥. 좀 답답해서. 너는 왜 이렇게 일찍 일어났어?"

"그냥."

차마 네가 보고 싶었다고, 네게 묻고 싶은 게 있다고 말할 수는 없었다.

"웃기네. 왜, 또 불안해서 못 잤어?"

"잠을 설치긴 했는데."

말하지 않아도 다 알아 버릴 거면서.

"생리는? 아직 안 끝났어? 생리대 불편하지."

"응. 뭐, 끝나 가는 것 같기도 하고. 처음이라 난 잘 모르니까."

"그래. 노범은 뭐래?"

"연구소 매일 오라고. 다른 신체 변화는 없는지 검사받고……."

"결국 자기들이 궁금한 게 있으니까."

"응."

"넌 어떤 것 같은데?"

"똑같은 것 같아."

"그런데 왜 불안해하는데."

"나 아직도 불안해해?"

"그걸 나한테 묻는 거야?"

창가에 앉아 있던 하루가 일어나서 내 쪽으로 다가왔다. 나는 내 자리에 엎드려 있다가 고개를 들었다.

"나는 날 잘 모르겠거든."

"……실은 나도 그래."

하루도 나와 같은 마음, 나와 같은 불안으로 있다는 말이 잘 이해되지 않았다.

"그런데 우리 나이는 원래 그런 거 아닌가 싶기도 해."

"왜?"

"앞으로가 너무 많이 남았잖아."

"뭐?"

"앞으로라는 거, 알 수 없는 게 너무 많다는 거잖아. 그러니까 불안하지. 너도 앞으로 네가 어떻게 될지 모르겠어서 불안한 거야."

5구역의 아이들을 생각했다. 그 아이들에게는 '앞으로'가 더 많이 남아 있다. 그런데 그렇게 버려진 채로, 군인들이 오기 전과 다를 것 없는 생활로 돌아가야 하는 것이다. 나는 계속 그게 마음에 걸렸다. 내가 능력을 잃는 게 두려운 게 아니라(아니, 그것도 두렵다) 그 아이들을 잃게 되는 게 무섭다. 그 광경을 그저 지켜봐야만 하는 이봄 언니와 가을이 같은 좋은 사람들의 마음도 무겁다.

나라면 할 수 있는 게 있을 것만 같아서 무서운 것이다.

"오늘 빌리랑 레오니 보러 나갔다 올래?"

"왜?"

"너 5구역에 다녀온 뒤로 말도 줄었고, 생각도 잘 못하는 것 같아. 생리 때문만은 아닌 것 같고."

"그런가."

"그거 봐. 맨날 한다는 소리가 '그런가' 이것뿐이야."

"그래도 나갔다 오기는 귀찮아. 덥잖아."

교실에는 에어컨을 틀어 놓지 않아서 하루가 열어 둔 창으로 후덥지근한 바람이 조금 들어왔다 나가는 정도였다.

"너는 어떻게 그렇게 의연해?"

느닷없이 내 입에서 튀어나온 질문이었다.

"뭐가?"

"네 몸이나 네 가족이나…… 아니, 너도 너를 모르겠다며."

"응. 알 리가 없지. 우린 아직 애니까."

"그런데 왜 그렇게 의연하고 능숙해 보이는 거야?"

"내가 그래?"

"응. 좀 짜증나."

내 말에 하루가 웃음을 팟 터트렸다. 큰 소리로 웃으며 손가락으로 나를 가리키며 내가 웃기다고 했다. 박수까지 치면서 "푸하하." 웃는 하루가 보기 좋았다.

"아, 진짜 오랜만에 웃은 거 같아."

"응. 맞아."

"⋯⋯주하야."

"응."

"너도 네가 뭐 때문에 짜증나는지, 불안한지, 싫은지 잘 생각해봐."

"⋯⋯."

"그럼 네가 지금 해야 할 일이라던가 네가 원하는 걸 알 수 있을 거야."

"그것도 생리랑 관련 있어?"

"아니. 풉. 너 오늘 진짜 웃기다. 나사 하나 빠진 것 같아."

학교에 돌아온 뒤 매일 아침저녁으로 이봄 언니와 화상 전화를 했다. 나는 언니에게 5구역에서 돌아오는 길에 몸이 아팠고, 다음날부터 생리가 시작됐다는 이야기 같은 걸 했다. 그리고 하루가 나에게 부탁한 것도 말했다.

"내가 해야 할 일이라는 게 뭘까?"

내가 멍청한 표정으로 질문했을 때 봄 언니는 사뭇 진지한 표정으로 대답했다.

"네가 하고 싶은 거. 그거 알라고."

"그거 중요한 건가?"

"중요하지, 주하야."

나는 정말로 나사가 빠졌는지도 모른다. 그래서 갑자기 생리를 하고, 몸이 아프고, 생각도 잘할 수 없게 된 건지도 모른다. 나는 실은 로봇이라든가 외계 생물이라든가 그런 걸지도 모른다. 빨간 머리 외계인. 특수 유전형질을 가진 사람이라는 설정보다는 그게 더 현실감 있다. 돌연변이. 그래, 내가 돌연변이라서 이렇게 정신이 없는 거라고 하자.

"오늘 별일 없었어?"

웃고 있던 언니의 표정이 빠르게 굳었다.

"안 보이는 아이들이 있어. 분명 어제까지도 있었는데, 엊그제까지도 있었는데, 지난주에는 있었는데…… 하면서 사라진 아이들이 있어."

"아직 군대는 있는 거지?"

"있는데, 글쎄. 아이들을 구하러 간다거나 그러진 않으니까."

"럭스 장사꾼들이나 섹터들을 잡아들이지는 않아?"

"응. 자치구잖아. 중앙에서 나온 애들이 할 수 있는 건 없을 거야."

"그럼 어떡해?"

"중앙 의회에서 합의된 뭔가를 결정해 줘야겠지."

"결국 어른들이 할 수 있는 일이라는 거야?"

"응?"

"어른들이 다 결정하잖아."

"우리가 아닌 누군가가 결정하는 거지. 우리를 대신한다고 하지만 전혀 대신하지 못할 사람들이 대표로 정하는 거야."

"그럼 나는? 우리는? 우리는 뭘 결정할 수 있어?"

"네가 할 수 있는 일을 찾아보라고 했잖아, 하루가."

"내가 할 수 있는 일?"

"네가 태양의 아이라서 할 수 있는 일이어도 되고."

경계 지역 현장에서 할머니 댁으로 돌아오는 길에 차에서 군인들이 하는 이야기를 들었다. 경계 지역에서 폭동이나 테러가 일어나는 건 비단 5구역만의 일은 아닌 듯했다. 지난달에는 4구역에서 무슨 일을 했고, 5구역의 다른 경계 지역에는 이런 일이 있었고 이야기를 하는데 뒷이야기는 잘 들리지 않았다. 뒷좌석에서 벌떡 일어나 "무슨 일이 있었는데요?" 물어보고 싶었지만, 나는 너무 지쳐 있었다.

그리고 학교로 돌아오는 길에 파비오가 물었다. 이번 일에 대한 연구소의 판단이 옳았다고 생각하냐고. 나는 그게 아이들에 대한 판단을 말하는 건 줄 알고 입을 꼭 다물고 있었는데, 파비는 "너 말이야, 너. 너 괜찮았냐고." 하고 다시 물었다. 나? 내가 괜찮지 않을 이유가 있나? 생각했을 때 아이들의 눈망울이 떠올랐다. "연구원들에게 사전에 내려진 지령이 있었나요?" 물어보려다가 말았다. 파비오 지쳐 보였다. 군인들도 아이들을 구출해 오는 일 외에 폭동을 저지하거나 섹터와 교전을 벌이지는 않았다. 내가 태양의 아이들과 5구역을 떠날 때까지도, 어느 누구도 럭스 장사꾼들을 잡아들이거나 섹터의 폭주를 제재하지도 않았다. 분명히 나쁜 인간들이 연약하고 취약한 이들을 이용해 범죄를 저지르고 있는데, 그들에게는 아무 일도 일어나지 않았다.

누구도 진짜 문제를 해결할 생각 없이 적당히 욕먹지 않을 정도의 일만 하고 있다는 생각이 들었다. 아이들을 구한 게 아니라 태양의 아이들을 골라내기 위해, 섹터와는 '조금 다른' 목적으로 아이들을 잡아들인 게 아닌가 하는 생각까지 갔을 땐 속이 부대껴서 차창을 열어야 했다.

군인들도 파비오도 그랬다. 이건 다 빈부 격차 때문이라고. 혹은 겉모습으로 드러나는 종 격차 때문이라고. 하지만 그것도 결국엔 돈과 연결되니 '빈부'에 대해 말하지 않을 수 없다고 했다. 알파가 그랬나 베타가 그랬나, 아니면 전혀 다른 군인이 말했을 수도 있다. 그들이 헬멧을 벗지 않아서 어떤 머리카락을 갖고 있는지는 알 수 없었다.

긴급 대피소에서 럭스를 추출하는 동안 간간이 들렸던 연구원들의 대화도 대충 비슷했다. 그리고 그런 사실을 다 알고 있는 중앙 의회는 굳이 그들을, 혹은 우리를 구할 필요가 없다는 것을 알았다. 하위 구역들에 연구소 인력이 닿지 않는 것은 중앙 의회의 힘이 닿지 않는다는 뜻이기도 하지만, 그들이 굳이 신경 쓰지 않는다는 뜻이기도 하다. 대충은 알아들었지만, 인정하고 싶지 않았다.

역시 차이와 차별의 문제일까? 환경이나 문화 차이의 문제도 있을까? 우리는 언제부터 구역이 나뉘어 살아가고 있었나요? 누구에게 물어봐야 하는지 모르겠다. 연구소의 노범이나 친구처럼 솔직한 파비오나 대답해 주지 않을 것 같았다. 애초에 대답할 수 있는 문제였다면 학교에서도 배울 수 있지 않았을까?

하지만 아무리 생각해도 납득이 되지 않는다. 3구역에서 자란 하루와 4구역에서 자란 킴, 5구역의 내가 마주 보고 대화하는 일은 어렵지 않다. 우리는 서로의 머리카락을 자르려고 달려든 적도 없다. 빌리와 레오니를 보며 부러워하는 아이들은 있어도 그들에게 잘못되었다고 말하는 아이들도 없다. 열광하는 학교의 스타에게 총칼을 겨누는 일 같은 건 일어나지 않는다. 물론 나는 예외다. 가끔 학교 구석에서 은밀한 거래, 불법 거래를 하기도 했다. 하지만 그건 강압이라기보단 일종의 실험이었다. 내 의지가 개입되어 설계된 나의 실험.

그런데 섹터들과 중앙 의회, 군경과 연구소는 실험조차 하지 않는다. 가지고 싶은 것을 가지려고 할 뿐이었다.

나는 갑자기 학기 중의 교실 풍경이 떠올랐다. 처음 내가 교실에 나타났을 때 아이들의 반응부터 방학이 시작되기 전 삼삼오오 모여서 떠드는 아이들의 풍경까지. 방학이 시작되기 전 내 방으로 뛰어왔던 빌리와 레오니의 머리카락이 생각났다. 파란 머리와 하얀 머리,

심지어 하얀 머리는 수조에 가둬 두어 찰랑거리는 모습도 볼 수 없다. 웃음이 나왔다. 너희의 그 아름다운 이상한 취향은 어디에서 시작되었냐고, 분명 1구역 어른들이 가르쳐 준 것은 아닐 것이라고 마음껏 깔깔거리며 웃어 주고 싶었다. 그러면 하루나 빌리가 이렇게 받아칠 것이다.

"와, 주하 쟤 그동안 연기한 거였어."

그러면 다 같이 빵! 웃음이 터지고 순식간에 다른 이야깃거리로 말이 넘어갈 것이다.

그러나 5구역의 아이들은, 또 다른 경계 지역의 아이들은, 그중에서도 C.O.S.로 제 몸에서 무슨 일이 벌어지는지도 모르는 채 잡혀갈 아이들은? 순식간에 가슴이 바닥으로 쿵 떨어졌다. 청아와 연구실에서 대화하며 지나갔던 여름날도, 빌리·레오니·하루와 함께 1구역을 돌아다녔던 여름날도 내가 연구소에 소속된 C.O.S.라서 할 수 있는 일이었는지도 모른다. 그렇다면 그 아이들이 연구소에 와서 관찰·관리받도록 해야 하는가? 나는 판단할 수 없다. 어느 기준을 내세워도 어떤 근거도 댈 수 없다.

내 눈에 밟혔던 그 아이들에게 해 줘야 하는 일이 있다면 그건 같은 C.O.S.인 내가 찾을 수 있을지도 모른다. 그게 하루가 말한 것처럼 내가 C.O.S.여서 할 수 있는 일일 것이다.

그러니까 하루는 이미 내가 무엇을 고민하고 있는지 알고 있었던 건가? 나는 5구역의 아이들을, 착취당하는 태양의 아이들을 구하고 싶다.

청아에게 묻고 싶었다. 능력이 없으니까 어때? 많이 편해진 것 같아? 넌 태양의 아이였을 때가 좋았어? 무례하다 싶을 정도로 묻고 싶다. 킴에게도 묻고 싶었다. 아직도 단오를 찾고 있어? 영원히 찾을 수 없다면 너는 어떻게 할래? 빌리와 레오니에게는 왜 나에게 친절했어? 물을 수 있을 것이다. 노범이나 파비오에게는? 그러고 나면 하루가 남는다. 너는 왜 나에게 다정했니? 우리는 같은 곳에서 온 사람도, 비슷하게 생긴 사람도, 같은 지역 출신도, 연구소 사람도 아닌데, 너는 무엇을 위해 나에게 다정했니?

여름날의 그 슬러시 가게다. 하루와 연구소에서 기숙사로 돌아가던 길에 우연히 들렀던 슬러시 가게. 그리고, 이제는…… 빨간 수박을 꿈꿨던 날과는 전혀 다른 바람이 부는 계절이다.

5구역에서는 계속해서 분쟁과 테러가 벌어지고 있다. 레오니의 소식통에 따르면 전쟁 선포를 해야 할지도 모른다는 이야기가 군에서 나오고 있는 모양이었다. 하지만 가게나 학교에서 5구역의 상황을 뉴스로 알려 준 적은 단 한 번도 없다. 나는 인터넷으로 몰래 우리 동네 CCTV를 찾아보는 정도고, 이봄 언니와 가을이에게서 현장 소식을 듣는다.

무엇보다도 황당하고 고마운 것은 빌리와 레오다. 레오니는 아빠 서재에서 고급 정보를 빼오곤 했고, 빌리는 1구역 사람들을 만나게 해 주었다. 그들이 가지고 있는 정보들은 '전쟁' 하나를 가리키고 있었다.

노범도 나를 도와준다. 나의 결심에 큰 힘을 실어 준 건 노범과 파비오였고, 파비오는 결국 나와 함께 파병을 선택했다. 노범은 그에 맞는 연구 서류를 꾸려 주고 있다. 5구역과 인접한 경계 구역에서 발견되고 있는 많은 태양의 아이들을 구해 내는 이야기, 실제로 우리의 목표는 그게 다. 하지만 중앙 의회나 군경에서 그런 판타지 같은 이야기를 들어줄 리 없으니 노범은 그 안에 '똑똑한 우리 연구소는 그곳에 C.O.S.를 파견해 무언가를 연구해 낼 음흉한 계획이 있습니다' 같은 말을 만들어 주고 있는 것이다.

우리는 새로운 태양의 아이들이 왜 5구역에서 많이 발견되고 있는지, 그들에게는 어떤 특별한 힘이 있는지 알아보기 위해 아이들을 데려오려고 한다고 거짓말을 할 계획이다. 그러니까 우리는 중앙 의회에서도 알 수 없는 음모를 꾸미고 있는 셈이다. 이왕이면 선한 음모라고 하고 싶은데, '음'은 어두운 그늘을 뜻한다. 레오니는 그냥 '선한 음모'를 줄여서 '선모'라고 하면 되지 않겠냐는 우스갯소리를 했다.

"정말 가기로 한 거야?"

5구역에 다녀온 뒤로 연구소 일에 매여 있느라 꽤 오랫동안 이런 시간을 가지지 못했다. 하루와 함께 떠들고, 걷고, 슬러시를 마시는 시간.

"응. 일단 가야 해."

"그건 그렇지."

"일단 가지 않으면 뭘 해야 할지 영원히 알 수 없을 거야."

하루가 고개를 끄덕였다. 잠시 우리 둘 다 아무 말도 하지 않았다. 하루는 떨어뜨리고 있던 고개를 팍 들고 물었다.

"그럼 5구역에서 생활하게 되는 거고?"

"응. 집에서 지내는 건 아니겠지만."

하루가 손가락을 분주하게 움직였다. 꼼지락거리는 모습이 어딘가 불편해 보였다.

"그렇게 하면 분쟁이 해결될까?"

"응? 내가 가서 해결할 수는 없겠지."

"그럼…… 너는 분쟁이 해결되든 말든 상관없어? 거긴 그저 돈 때문에 싸움이 난 어른들의 세계일 뿐이잖아."

"그건 나도 모르겠어. 나는 그냥 아이들을 하나라도 더 구해 보고 싶은 거고, 다친 사람들에게 도움이 되면 좋겠다는 생각뿐이야."

오늘은 하루가 골라 준 슬러시를 마시기로 했는데, 내 앞에 놓인 건 하늘색에 가까운 슬러시였다. 슬러시 이름은 '소다'였는데, 소다는 꼭 구름 맛 같았다. 소다 맛 슬러시를 쭉 빨아 마셨다가 다시 말을 이어 갔다.

"어린애들이 착취당하고 있어."

"그건 어디에서나 일어나는 일이야."

"……그렇지."

우리 눈으로 확인한 적은 없지만, 연약한 것들은 이용당하기 마련이니까. 나는 그걸 내 몸으로 확인하며 살았잖아, 하루야. 그러니까⋯⋯.

"굳이 그렇게 콕 집어 말해 주지 않아도 알아. 나잖아, 빨간 머리."

빨간색 슬러시를 마시던 하루가 멈칫했다.

"파비오는?"

"파비오는 벌써 군 소속 연구원으로 서류를 넣어 놨대. 노범이 추천서를 썼으니까 100프로 될 거라고 하던데?"

"파비오는 무슨 생각일까?"

"나랑 같은 마음이겠지. 더 많은 생각이 있었으면 그렇게 섣불리 10대 빨간 머리 아이를 따라 전쟁터로 가겠다고 결정하지 못했을 거야. 어리석은 사람일지도."

"응. 아주 많이."

아직 여름 방학이 끝나지 않아서인지 학교 근처 슬러시 가게에는 다른 손님이 없었다. 우리 둘은 먼 우주에 기계 소리를 내며 둥둥 떠 있는 우주선에 탑승한 우주인처럼 조용히 슬러시 기계 돌아가는 소리를 들으며 한참을 말없이 앉아 있었다.

고요한 우주선에서 다시 소리를 낸 건 하루였다.

"결국 어른들이 다 결정하네."

"그게 무슨 말이야?"

"네가 가겠다고 결정했지만, 네가 거기에 가기 위해선 노범이나 파비오의 도움이 필요하잖아."

응. 그렇지. 하지만 세계의 분열도 어른들이 만들었으니까 책임져야 할 어른들도 있어야 할 거야.

"응. 어린애는 어린애니까."

"맞아. 우린 아직 겨우 고등학생이고, 책임져야 하는 건 어른들이야."

내가 말하지 않은 말이 하루의 입에서 튀어나왔다.

"차별 없는 곳이 있을까?"

"없겠지?"

"차별이 없으려면 차이가 없어야겠지? '다름'이라는 좋은 말로는 설명이 안 될 것 같아."

"응. 그 세계에서는 그럴 것 같아."

"무지개 언어가 있는 곳이 있을 것 같았어."

하루는 꿈을 꾸듯 말했다.

"너희 집에 갔을 때 말이야. 할머니 음식을 먹고, 네 할아버지 방에서 꽃밭과 나비 떼 영상을 봤던 그 저녁 말이야. 네가 전쟁을 예감하고 돌아왔던 그날, 나는 무지개 언어가 있는 곳이 있을지도 모른다고 생각했어."

"왜 하필 무지개인데?"

"너 그 영상 끝까지 본 적 없지? 그날도 그냥 잠들어 버리더라."

"무슨 영상? 꽃밭?"

"응. 너희 할아버지가 좋아하셨다는 그 영상. 나한테 보여 줬던 꽃밭과 나비 떼와 옛날 이곳의 자연이 담긴 영상 말이야."

"으응. 그러게. 본 적 없는 것 같다."

"……."

"너무 평화로워서 나도 모르게 잠이 들어 버리곤 했어."

"그 영상 끝에는 하늘을 꽉 채운 아주 커다란 무지개가……. 무지개가 정말 평화롭게 일렁이고 있었어. 꼭 춤추는 나비 날개 같기도 했고, 깨끗한 바다에 비친 햇빛 같기도 했어. 1구역에서만 볼 수 있는 아주 좋은 햇볕과 운동장에 마구 뿌릴 수 있는 수돗가의 물로 만드는 무지개랑은 비교도 할 수 없이 커다랗고 찬란한 무지개가 떠."

나도 보지 못한 무지개를 하루가 봤다고 한다. 할아버지의 기억 속에 가장 아름다운 장면일지도 모를 그 무지개를 내가 아닌 하루가 보았다고 하는데도 질투가 나지 않았다. 나는 성숙해지고 있는 걸까? 늘 다름의 세계에 대해서 말하고 싶었어. 나는 아무도 모르게 내가 영웅이 되는 걸 상상했던 것도 같아. 아주 어렸을 때, 할아버지 품에서는 말이야. 태초에 품고 태어난 씨앗 같은 거. 나는 노범과 친구들 그리고 너를 통해 그런 걸 발견한 것 같아. 아주 오랫동안 내 안에 있었지만, 내가 보지 못하고 내내 지나치고 무시하기만 했던 씨앗을 말이야.

"무지개 언어가 있는 곳이 있을지도 몰라."

"어디쯤 있을 것 같은데?"

"글쎄. 5구역에서 1구역까지 오는데 얼마나 걸렸더라?"

"열여덟 시간? 열아홉 시간?"

"그럼 그것보다 조금 더 멀려나."

하루는 그렇게 말하고 아무 말이나 했다는 듯이 '푸흐흐' 웃었다. 문득 하루는 어떤 미래를 꿈꾸고 있는지 궁금해졌다. 우리가 처음 만났을 때처럼 1구역에서 어머니를 모시고 사는 꿈을 꾸고 있을까? 그렇다면 지금 하루는 길을 잘못 들었다. 무지개 언어를 꿈꾸면서 1구역의 삶을 꿈꿀 수는 없을 것이다.

"어른이 되면 모든 게 아무렇지 않아질까?"

내가 물었다. 그렇게밖에 물을 수 없는 내가 조금 싫었다. 아직도 단번에 뱉지 못하는 버릇이 있다. 친구에게 솔직하게 답할 수는 있어도 솔직하게 묻는 건 어렵다.

"그럼 정말 별로일 것 같은데."

하루가 슬러시를 빨대로 휘휘 저으면서 대답했다.

"빌리랑 레오니한테는 언제 말할 거야?"

"말할까, 말하지 말까 고민 중이야. 어차피 자연스럽게 알게 될 테고, 정 안 되면 네가……."

"내가 설명해 줄 거라고 믿는 거야?"

하루가 쏘아붙이듯 말하고는 또 부드럽게 웃어 보여서 내 속의 무언가가 사르르 녹는 것 같았다. 위장? 아니면 심장? 뭐가 녹고 있는 걸까, 하루야.

254

"응. 좀 믿는 구석이 있지."

겨우 대답을 했더니 하루가 다시 물었다.

"연구소를 떠나는 건 기분이 어때?"

"아주 떠나는 건 아니니까 특별한 감정은 없어."

"그래도 아쉽다거나 시원하거나 시원섭섭하거나…… 뭔가 느끼는 게 있을 것 같은데요, 빨간 머리님."

"뭔가를 알게 되긴 했지."

"뭔데?"

하늘색 슬러시가 녹아서 물처럼 보였다. 빨대를 빼고 쭉 들이켰다. '소다'가 뭘 뜻하는 건지는 모르겠지만, 역시 이건 구름 맛인 것 같다.

"연구소는 애증이야. 나를 실험한 사람들이 있는 곳인데, 내가 떠날 수 없는 이상한 곳이라는 걸 알았어. 떠나라고 그들이 나를 떠밀어도 내가 떠나지 못할 것 같아."

"바보네."

"응. 이미 아주 잘 길들여진 실험체가 됐지."

"망했네."

"응. 분명 나를 이용한 사람들이고, 이용할 사람들인데…… 한편으로는……."

다음 말을 해야 할지 말아야 할지 모르겠어서 우물쭈물하고 있었다. 하루는 빨간 슬러시를 한입에 다 털어 넣고는 차가워서 머리가 아픈지 오른손으로 관자놀이를 짚었다.

"와씨, 이렇게 차가울 줄이야. 다 녹은 것처럼 보였는데!"

"그래도 아직 냉기는 남아 있지. 나한테 바보라고 할 때가 아니었어."

몇 번이나 머리를 통통 치더니 하루는 내 컵을 가져가며 말했다.

"한편으로는 너를 가장 잘 아는 사람들이지. 그러니까 널 최선의 방법으로 지켜 낼 사람들이기도 하고."

하루가 슬러시 컵을 재활용 기계에 던져 넣고 나를 보며 "골인!"을 외쳤다. 언제부터 하루가 저렇게 장난스러웠더라. 나보다 더 조용할 때가 많은 친구였는데. 하루도 나처럼 이 세계의 이상한 기운에 물든 것일까 생각했다. 빌리와 레오니, 노범과 파비오, 청아와 킴까지. 우리가 처음 교실에서 아이들 눈빛에 복도로 밀려 나왔을 때는 절대 갖지 못했던 이 가벼운 무게감은 그들이 만들어 준 환경 때문일 것이라고, 내 마음대로 생각해 버리기로 했다.

"응. 나를 가장 잘 알지. 나는 아마 연구소를 떠나지 않을 거야. 그들이 떠나라고 하기 전까지는 상상도 하지 않을 것 같아."

기숙사로 돌아가는 길에는 잠자리를 보았다. 저 잠자리가 진짜일까 드론일까를 두고 우리는 동전 몇 개를 걸었다. 실물 동전을 갖고 있던 것은 아니어서 파비오가 빌려준 핸드폰을 꺼내 동전 이미지를 띄워 놓고 뺏고 뺏기는 놀이를 했다. 어린애들 같은 놀이를 하면서 기숙사로 돌아가는 길은 어린 시절 이봄 언니와 놀던 동네를 떠오르게 했다. 이 길이 원래 이렇게 따스했었나 물어보려다가 등줄기에 흐르는 땀에 피식 웃음이 나와 실없는 질문을 속으로 삼켰다.

"너는 영웅이 되고 싶은 거야?"

하루가 물어 왔다.

"영웅은 무슨 영웅."

"그런 타입은 아니지."

"전사가 되고 싶은 걸지도?"

"헉. 훨씬 이상해, 으악."

"진짜야."

내가 걸음을 멈추자 하루도 걸음을 멈췄다.

"너는 이 세상이 정말 7구역까지라고 생각해?"

"어?"

하루가 눈썹을 꿈틀거렸다.

"8구역, 아니면 뭐, 10구역이 있을 수도 있잖아."

"그럴…… 수도 있겠지."

하루가 고개를 끄덕였다. 그리고 몸을 돌려 아주 먼 곳을 내다보듯 천천히 고개를 두리번거렸다.

"그래, 이쪽으로 쭉 가면 10구역이 나올지도 모르지. 생각보다 가까울지도 몰라. 걸어서 100일 정도면 도착할지도."

"응."

몸을 돌려 하루가 바라보는 쪽을 나란히 바라보았다.

"아무도 가르쳐 주지 않았을 뿐. 누구도 찾아볼 생각을 하지 않았을 뿐. 무슨 구역이라고 이름도 붙여지지 않은 곳이 있을지도 몰라."

"어디가 끝일까? 끝은 지하일까, 지옥일까?"

"천국일지도 모르지."

"응."

"하지만 결국엔 어딘가 있을 거야. 세상의 끝."

나는 하루의 몸을 돌려 마주 보고 섰다.

"그냥 새로운 세계의 시작일 수도 있지 않아?"

조금 놀란 듯 동그란 눈을 했던 하루가 이내 평소 표정을 하고 내 어깨를 툭툭 치며 답했다.

"에이, 그건 너무 낭만이고."

나는 다시 잠자리를 세며 앞으로 걸었다.

"이쪽으로 걸으면 어떤 동네가 나올까?"

"다시 슬러시 가게가 나오고, 기숙사랑은 멀어지겠지?"

나는 전사가 되고 싶은지도 몰라. 진짜야. 네가 있는 지금 여기를 위해서, 내가 자란 곳을 위해서, 나와 같은 아이들을 위해서, 아직 탈출하지 못한 아이들을 위해서, 아픈 아이들을 위해서, 아이들을 위해서. 내가 특별하다는 걸 이제는 인정해야 해.

"내가 되지 못한 아이들이 저쪽 세계에도 있을까?"

하루가 조용히 다가왔다. 그리고 내 손을 잡고 내 몸을 돌려 세웠다. 다시 기숙사 쪽을 향해 하루가 앞서 걸어갔다.

"있겠지. 하지만 네가 희망이 될 거잖아. 씨왕 같은 희망 말고, 진짜 희망."

"······."

"이쪽 세계부터 시작해."

"응."

"그리고 우리가 가 보지 못한 곳을 0구역이라고 하지는 말자."

"응."

"빨간 머리!"

하루가 하늘을 향해 두 팔을 쭉 뻗고 외쳤다.

"더 많은 아이들을 데려와 줘, 빨간 머리!"

먼저 달려 나가는 하루가 빨간 머리였으면 어땠을까 상상하니, 왠지 너른 꽃밭이 양옆으로 퍼져 나가는 것 같았다. 뜨거운 여름의 햇빛이 아주 예쁜 주황색으로 번지며, 나는 조금, 아득해지는 기분을 느꼈다. 할아버지는 꿈에서 이런 풍경을 보고 싶으셨을까? 그래서 매일 그 방에서 무지개가 번지는 영상을 보며 잠드신 걸까? 나는 어느새 더 자라 가슴 근처에서 반짝거리고 있는 내 빨간 머리를 만지작거리다 하루를 향해 달려갔다.

바탕에 바탕

나는 고민해
떨어지기 좋은 건
여름일까 가을일까

헷갈리는 건 모두의 본성이야

불확정성
무모함
노란색 햇살을 먹고
하늘색 하늘을 바라봐
멍하니
헷갈려 하지
검은 머리카락이 나지 않으니까

위로 올라가는 계단일까

아래로 내려가는 계단일까

알려줘

소리를 들을 수 있으면 좋겠어

세상 모든 것이 멀어져 버려도

맴도는 목소리

고이는 직감

어른도

아이도

어머니도

아버지도

아니고

불확실하게

떠다니는

빨간 사과

그 속에 까만 씨

흐림에 흐림

열매 맺을 뿌리들이 살아 있는 곳에서

나는 헤엄치며 살고 있어

여긴 맺히고 있어

헌것부터 새것까지

헷갈리는 순서가

반복되더라도

되찾아 줘야 해

작품해설

무지개, 당신도 보고 있나요? | 심완선

작가의 말

작품해설

무지개, 당신도 보고 있나요?

심완선

1. 빨간 맛, 내가 제일 좋아하는 여름의

직소 퍼즐은 처음에는 조각 더미에 지나지 않는다. 퍼즐을 맞추려면 우선 색깔을 중심으로 조각을 분류해야 한다. 빨간색, 검은색, 하얀색, 파란색. 막연히 비슷한 색끼리 뭉쳐 무리를 만든다. 조각 하나하나의 모양을 살펴보는 작업은 그다음이다. 같은 색을 띤 조각들 중에서도 모서리나 가장자리처럼 자리가 분명한 조각이 있다. 글자 등 특징적인 표시가 있어 다른 조각과 구별되는 경우도 있다. 이처럼 무리에서 눈에 띄는 조각이 퍼즐 전체를 가늠하는 실마리가 된다.

한요나의 『태양의 아이들』은 퍼즐을 맞추는 기분을 선사한다. '하루'가 다니는 1구역의 '통합고등학교' 아이들은 머리카락 색으로 상대를 판단한다. 머리카락이 검을수록 점수가 높다. 검은색은 빛을 잘 흡수하는 색이다. 햇빛을 많이 받은 듯한 몸은 선망의 대상이다. 환경오염으로 인해 대부분의 지역은 햇볕을 누릴 수 없다. 오로지 1구역만이 인공 오존 기술 덕분에 안전하게 햇볕을 쬔다. '좋은 햇빛'을 많이 받은 몸은 곧 부유하고 아름다운 삶을 상징한다. 아이들은 실제 출신지보다 겉모습의 색깔로 남의 '급'을 분류한다. 그런 아이들 사이에서 확연히 눈에 띄는 빨간 머리를 지닌 '주하'는 말하자면 등급 외로 분류된다. 갈색과 검은색만 아는 아이들이 보기에 주하는 가장 하위인 7구역 사람이거나, 외계인이거나, 오염된 존재다.

반면 하루는 주하의 빨간 머리에서 아이들의 편협한 기준 바깥의 세상을 예감한다. 하루에게 주하의 머리카락은 "햇빛의 혀처럼" "맹수의 털처럼"(p.27) 강렬하게 아름답고, "그 빨강은 완전히 다른 색으로 존재하면서 완전히 다른 힘을 상징하는"(p.10) 듯하다. 하루의 시선을 통해 빨강의 의미는 점점 다채로워진다. 그리고 주하를 위시한, 검은색 아닌 조각이 늘어날수록 주하의 위치도 점차 분명해진다. 주하는 색색깔의 친구들 사이에 자리를 잡는다. 흑갈색 머리지만 빨간색을 꺼리지 않는 하루, 검은 머리인데 파란색으로 염색하고 다니는 빌리, 온통 하얗게 탈색하고 이상한 헬멧을 쓰고 다니는 레오니. 이들은 다른 색으로 보여도 모양새는 서로에게 꼭 맞는다. 주하는 친구와 함께 무더위를 물리칠 빨간 슬러시를 마시고, 할머니가 갈아 주시던 빨간 수박주스를 떠올린다. '붉은 여름'을 뜻하는 주하朱夏라는 이름을 지어 준 할아버지의 기억도 공유한다. 꽃을 좋아하던 할아버지는 빨간 머리로 태어난 주하를 붉은 꽃이라 부르곤 했다. 할아버지는 돌아가셨더라도 주하는 빨강을 통해 할아버지와 이어져 있다. 줄곧 자신을 이질적인 외계인이라 생각하던 주하는 빨강과 여름, 꽃과 할아버지에서 정서적인 뿌리를 찾는다. 마음속에 자신의 행성을 간직하는 셈이다. 그곳에서 주하는 외계인이 아니고, 지구인이 오히려 외계인이다.

그러니 검은색과 빨간색, 어느 것이 안이고 밖인지는 관점에 따라 달라진다. 소설은 "빨간 사과 ∥ 그 속에 까만 씨"(p.261)를 제시한다. 빨간 사과는 까만 씨에서 자라지만, 까만 씨는 빨간 사과 안에 들어 있다. 때로는 씨앗이 먼저고 때로는 열매가 먼저다. "헷갈리는 순서가 / 반복되더라도 ∥ 되찾아 줘야"(p.262) 한다. 주하의 빨간색은 '구역' 체제 바깥, 혹은 현재 너머의 세상에서는 자연스러운 바탕색이 될지도 모른다. 그것은 퍼즐의 전체 그림이 1~7구역 안에 살던 사람들의 생각보다 훨씬 방대할 수 있다는 사실을 암시한다. 퍼즐을 맞추다 보면 의미 없는 듯 산산이 흩어져 있던 조각들이 상하좌우로 단단히 연결되며 뻗어 나가는 경험을 하게 된다. 하루와 주하가 모은 색색의 조각은 기존의 좁은 세상과는 사뭇 다른 그림을 구성한다.

2. 미안해, 솔직하지 못한 내가

『태양의 아이들』 사이사이에는 화자가 불분명한 시가 여러 번 등장한다. 이는 마치 등장인물의 일기처럼 속마음을 드러내지만 절대로 직설적으로 표현하지 않는다. 시는 "사랑이나 질투 같은"(p.72) 확고한 단어로는 설명하기 어려운 복잡한 감정을 담아낸다.

　"하츠코이, / 그런 단어를 피해 다녔다 // 오히려 실없는 이야기를 만들어 내지,"(p.73)

'하츠코이'는 일본어로 첫사랑을 뜻한다. 시의 형태로, 외국어로 말할 때조차 화자는 사랑을 입에 담지 않는다. 화자가 선택하는 말은 속내와 멀찍이 떨어진 실없는 이야기다. 그의 마음에는 이름이 없다. 하루와 주하는 자신이 무엇을 바라는지 정확히 모른다. 청소년이 되어 보호자와 떨어졌지만 아직 어른은 되지 못한, 무르고 어설프고 비틀거리는 상태다. 이들은 자신의 진심을 찾아 모양을 확정한 뒤에야 안정을 찾는다.

　하루는 무엇을 하고 싶냐는 물음에 1구역에 정착해서 엄마를 원하는 대로 살게 해 주고 싶다고 말한다. 하루가 원래 살던 3구역에서 벗어나 1구역 학교에 진학한 이유는 엄마의 꿈 때문이다. 1구역이 보장하는 각종 시설과 안락한 생활을 엄마에게 주고, 그걸로 엄마에게서 벗어나고 싶기 때문이다. 하루의 동생은 태어나자마자 죽었다. 3구역의 의료시설은 감염된 아이를 살리지 못했다. 엄마는 1구역의 친척을 통해 간신히 1구역에서 치료받았기에 목숨을 건졌다. 하루에게 1구역의 삶은 엄마와 동생을 향한 부채감, 안쓰러움, 애정을 뜻한다. 그것은 "몸에 맞지 않는 크고 무거운 가방"(p.65)이다. 1구역에서 생활할수록, 1구역이 해결책이 되리라는 하루의 기대는 무너진다. 더욱이 주하는 1구역에서도 실험동물 같은 생활을 한다. 구역의 번호는 행복을 보장하지 않는다. 막연한 환상을 버린 하루는 점차 '엄마의 딸'보다 주하의 보호자처럼 행동한다. 소중한 상대에게 관심과 애정을 보내는 역할이다. 1구역에 사는 고모는 하루에게 말한다. "뭐든 상관없으니까 잘 지내 봐. 엄마 때문에 1구역에 온 거라는 말도 그만하고. 이미 네가 선택해서 왔잖니."(p.97)

하루가 주하 옆에서 자기가 놓이고 싶은 위치를 확인했듯, 주하는 하루를 통해 자신에게서 흘러나오는 목소리를 듣는다. 하루에게 자기 이야기를 "말하고 싶"어도 "어떻게 말해야 하는지, 말해도 되는 건지 판단할 수 없"(p.125)었던 주하는, 이런 말조차 속으로 삼키곤 했다. 주하의 머리보다 몸이 먼저 반응을 표한다. 얼굴이 화끈거리거나, 가슴 위쪽이 따끔거리는 식이다. 몸의 말은 의미를 이해하는 데 시간이 걸린다. 하지만 발회 자체는 빠르다. 주하가 어릴 적, 할아버지는 주하가 '체화'에 능하다고 평한 바 있다. 주하는 알지 못하는 글자를 느끼고, 이해하지 못하고도 감응한다. 주하가 몸속에 차오르는 무언가를 명확히 인식하는 때는 아주 나중이다. 할아버지가 돌아가셨을 때 주하는 한동안 울지도 못하고, "아직 쏟지 못한 울음이 몸에 가득했기 때문에"(p.146) 속마음을 말하지도 못한다. 그런 주하를 따뜻하게 잡아 주는 사람들 덕분에 주하는 천천히 말문을 연다. 주하는 "손이 손을 잡으면 따뜻해진다"는 "너무 당연한 걸 뒤늦게 아는 나이"(p.160)다.

하루는 주하와 친해지기 전에는 "이 아이 옆에 있으면 태양이 뜨고 지는 순간도 모두 볼 수 있을 것 같아 무서웠다"(p.38)고 느낀다. 태양이 지고 사위가 컴컴해지면 익숙한 사물도 낯설게 보인다. 모르는 것은 불안하다. 하지만 하루는 주하 곁에서 태양이 사라질 수 있음을, 불안이 자연스러운 것임을 배운다. 그렇기에 주하가 불안해하는 때가 오자 하루는 다 안다는 듯이 명쾌하게 말한다. "우리 나이"에는 "앞으로"가 많이 남아 있고, 그러니까 당연히 "어떻게 될지 모르겠어서 불안한"(p.240) 마음이 드는 거라고. 주하는 모르지만, 하루 입장에서는 주하로 인해 이미 겪어 본 감정이다. 둘은 영향을 주고받으며 조금씩은 더 울창해진다.

주하 역시 하루가 몰랐던 말을 알려 준다. 주하의 이름을 이루는 한자다. 그들의 사회는 '세계어'를 쓰기 때문에 여러 언어가 흔적만 남았다. 주하도 동북아시아 언어의 전문가였던 할아버지로 인해 드문드문 접했을 뿐이다. 그러니 주하의 한자는 집안에서 외계인 취급을 받던 단둘만 썼던 말이리라. 주하는 하루에게 한자로 된 이름을 말함으로써 비로소 자신을 둘러싼 조각들을 타인과 공유한다. 여름, 꽃밭, 열일곱이라는 말은 그들 사이를 단단히 붙든다.

3. Take my revolution

주하의 빨간 머리는 '럭스'를 얻을 수 있는 유용한 도구다. 최상급 햇빛의 효능을 지닌 럭스는 햇빛을 원하는 사람들에게 요긴하게 쓰인다. 그리고 언젠가부터 발견된 '태양의 아이들'은 몸에서 럭스를 생산하는 능력을 지닌다. 잘 아프지도 않고, 머리카락을 잘라도 금방 복구되는 등 정체불명의 신체 능력도 특징이다. 소설은 이에 대해 자세히 설명하지 않는다. 태양의 아이가 생겨난 배경, 능력이 갑자기 사라지거나 어른이 되어서야 나타나는 이유, 머리카락이 빨강이나 노랑인 것과 신체 능력의 관계 등은 모두 수수께끼다. 연구소 소속의 연구원들은 주하와 같은 태양의 아이를 데려다 계속해서 실험을 해왔지만 아직 연구는 기초 단계. 주하의 몸에 관한 정보는 주하의 앞날과 마찬가지로 미지의 영역에 속해 있다.

다만 주하가 하고 싶은 일은 분명하다. 위험에 노출된 다른 태양의 아이들을 돕는 일이다. 과기 주하가 살았던 5구역의 갱단이 태양의 아이들을 착취하여 럭스를 뽑고 있다는 소식을 들었을 때, 주하는 전투에 휘말릴 위험을 감수하고 연구소 사람들과 함께 5구역으로 향

271

한다. "그 아이들을 잃게 되는 게" "나라면 할 수 있는 게 있을 것만 같아서"(p.241) 무섭기 때문이다. 주하가 정말로 외계인, 돌연변이, 평범한 삶과는 거리가 먼 특별한 존재라면, 주하에겐 그들을 도울 능력이 있을지도 모른다. 자신이 꼭 맞게 놓여야 할 자리가 바로 그곳일지도 모른다. 줄곧 외계인 취급을 씁쓸하게 받아들이던 주하, 자신을 필요로 하는 사람들을 발견한 계기로 외계인 정체성을 적극 인정하는 방향으로 돌아선다. 영웅 혹은 전사가 되고 싶다는 마음은 "아주 오랫동안 내 안에 있었지만, 내가 보지 못하고 내내 지나치고 무시하기만 했던 씨앗"(p.253)이다.

이런 까만 씨앗은 주하가 탐스럽게 익은 사과로 자랐기에 발견된 것이지 않을까? 주하는 늦게나마 돌봄, 도움, 지지를 양껏 섭취한다. 연구소 사람들은 주하를 괴롭게 만들었지만 또한 주하가 무탈히 자라도록 보호자이자 책임자 역할을 했다. 연구소 풍경은 온통 하얀색과 검은색이지만, 그곳에는 빨간 태양의 아이들이 몸을 위탁한다. 빨간색은 연구소의 표식이다. 연구소의 차량이나 물품은 흰 바탕에 한 줄의 빨간색을 더해 소속을 표시한다. 그곳은 어린 주하가 머물 수 있는 곳이었다. 학교에서 만난 친구들은 주하를 이유 없이 다정하게 아낀다. 주하는 하루에게 "너는 왜 나에게 다정했니? (……) 무엇을 위해 나에게 다정했니?"(p.248)라고 속으로 묻지만, 이는 답변이 필요 없는 질문이다. 주하 역시도 이유 없이 다정해지는 방법을 익혔기 때문이다. 하양과 검정의 세상에 빨강으로 살아남은 주하는 다른 빨강에게 손을 내밀 정도로 성숙한다. 혹은 다른 빨강들과 손을 잡은 덕분에 흔들리지 않는다. 퍼즐 조각이 서로 자리를 지정하고 또 서로를 고정하듯이.

4. 아득한 미래로 향하기 위한

"붉은 해가 지고 나면 / 노란 달이 뜹니다 // 달 뒷면에는 토끼가, 그림자가, 유령이, 외계인이 / 살고 있을지도"(p.184)

태양이 지더라도 빛이 사라지지는 않는다. 햇빛과는 다른 색깔이라도, 밤에는 달빛이 나타나기 때문이다. 해와 달은 번갈아 떠오르며 매일 새로운 하루를 구성한다. 낮만으로는 온전치 않다. 태양의 지배력은 절반에 지나지 않는다. 햇빛 아래 속하지 않는 존재들은 달의 뒷면에 살고 있을지도 모른다. 햇볕이 내리쬐는 1구역에서 먼 바깥 구역일수록 "사람들 색깔이 다양해"(p.20)진다. 더욱 먼 곳의 사람들은 어떤 색으로 빛날지 모른다. 소설은 "영원히 붉고 노랗고 푸르게 빛나는 정원"(p.161)을 상상했다가, "무지개 언어"(p.252)를 제시한다.

하루는 주하의 할아버지가 남긴 영상에서 거대한 무지개를 본다. 1구역에서 조그맣게 만들 수 있는 무지개와는 비교할 수 없이 크고 영롱한 무지개다. 햇빛이 세상 곳곳에 닿았을 시절, 구역이 숫자로 나뉘기 이전에는 어디서든 자연스럽게 무지개가 만들어졌다. 하얀색 빛은 물방울에 닿아 굴절되며 빨주노초파남보로 갈라진다. 무지개는 하얀빛이 기실 다양한 색채의 스펙트럼을 모두 포함한다는 사실을 드러낸다. 무지개 언어는 세계어처럼 통일된 표현을 사용하는 대신, 색다른 표현을 배제하지 않는 방식으로 작동할 것이다.

빨간색은 무지개의 시작을 알리는 색이다. 주하는 빨간 머리를 지닌 태양의 아이로서 싸우기로 결심하고 하루에게 묻는다. "내가 되지 못한 아이들이 저쪽 세계에도 있을까?"(p.258) 사람을 전사로 만드는 요소는 싸워서라도 지킬 대상이다. 지킬 것을 안은 사람은 전사가 된다. 이에 하루는 대답한다. "이쪽 세계부터 시작해."(p.259) 이는 역시 퍼즐을 맞추는 과정과 비슷하다. 제자리를 찾은 퍼즐 조각들을 바탕으로, 이미 완성한 부분을 떠나 계속해서 모르는 장소로 나아가는 것. 보이지 않는 달의 뒷면에 외계인이 있을지도 모르듯이 구역별로 나뉜 세상 바깥에는 "아무도 가르쳐 주지 않았을 뿐. 누구도 찾아볼 생각을 하지 않았을 뿐. 무슨 구역이라고 이름도 붙여지지 않은 곳이 있을지도"(p.258) 모른다. 그곳은 무지개가 오색찬란하게 빛나는 그림을 담고 있을지도 모른다. 그렇기에 하루와 주하는 하나의 다짐을 공유한다. "우리가 가 보지 못한 곳을 0구역이라고 하지는 말자." (p.259) 무지개의 언어는 스펙트럼이니까.

작가의 말

1.

바다를 보고 싶었다. 그건 아주 어릴 때부터 불쑥불쑥 올라오는 욕구 혹은 욕망 같은 것인데, 어떻게 생긴 것인지는 모르겠다. 회사에서 야근을 하다가도, 사람에게 상처를 받아 울다가도, 내 자신에게 실망해 도망치고 싶을 때에도 바다를 보고 싶었다. 밤바다 앞으로 달려가 무엇이든 해야 할 것 같았다. 이불 속에서도, 책상 앞에서도, 병원에서도, 봄날 길거리에서도 바다는 내 안에서 울컥울컥 올라오는 것 같았다.

바닷가 마을에서 산 적이 없으므로 고향이 그리운 감각과는 다르다. 자연이 그리운 것에 가깝지만, 왜 바다여야 하는지는 모르겠다. 수영을 잘한다거나 좋아하는 것도 아니다. 낚시를 즐기거나 수상 스포츠에 취미가 있는 것도 아니다. 나는 오로지 바닷가를 거닐고, 듣고, 바라볼 뿐이다.

눈을 트이고, 마음을 열고, 내 안의 모든 것들을 완전히 씻어 내도록 바다에게 나를 내어 준다. 바다가 내 몸과 마음에 변화를 가져올 수 있도록. 그러나 나는 바다와 분리되어 있다. 나는 여기 있고, 바다는 거기 있으면서, 그 거리에서 나에게 관여해 달라고 요청하는 것이다. 밤의 바다도, 아침의 바다도, 눈부신 바다도, 흐린 날의 바다도 모두 같은 마음으로 바라본다.

바다에서 시간을 보내고 오면 조금 더 잘 살 수 있을 것 같은 마음이 든다. 서울의 흐린 겨울 하늘도 어떻게든 버티고, 낡고 무거워진 몸도 감사하면서, 물갈이를 하지 않은 어항에서 조금 더 살아 보려고 헤엄치는 금붕어가 된다.

2.

「작가의 말」을 바다 이야기로 시작한 것은 소설과는 전혀 상관이 없다. 『태양의 아이들』은 산골에서 자란 소녀가 바다를 동경하는 이야기가 아니다. 물속에 들어가는 걸 좋아하는 사람의 이야기도 아니다. 인어의 소리를 듣는다거나 바다 안개로 피어오르는 환상을 보는 이야기도 아니다. 용궁에 가는 이야기도 아니고, 아틀란티스의 후손이 나오는 이야기도 아니다.

하지만 내가 바다를 필요로 한다는 것을 스스로 알고 있다는 것과 소설 쓰기는 매우 관계가 있다. 『태양의 아이들』은 내가 좋아하는 것을 다시 기억해 냈을 때 시작된 소설이었기 때문이다. 그러니까, 빨간 머리 주하와 주근깨가 있는 소녀들의 얼굴은 내가 좋아하는 나의 어떤 부분에서 시작되었던 것 같다. 햇볕 아래 이곳저곳을 뛰어다니며 주근깨를 만들었던 내가, 어쩌다 내 얼굴의 주근깨가 짙어졌는지 흐려졌는지도 모르는 어른이 되었을까? 온 세상을 내 것으로 만들 수 있었던 아이는, 밤 산책을 하며 별 보기를 좋아하던 아이는, 어쩌다 자기가 좋아하는 것이 뭔지 모르는 어른이 되었을까?

어떤 식으로든 우리는 우리를 잃어버리기 쉽다. 우리가 오늘 펼쳐 놓은 일들이 좋아하는 것을 찾기 위해 시작한 일이라는 것도 금세 잊어버린다.

지금도 나는 나를 자주 잃어버린다. 그럼에도 계속 나를 찾아주는 것은 글쓰기가 아닌가 한다.

3.

『태양의 아이들』이 쓰여지기 시작한 곳은 병실이었다. 처음에는 원고지 60매짜리 단편이었다. 몇 년 뒤, 내 시집을 만든 출판사의 독립문예지 《베개》에서 일부를 선보인 것이 지금의 1장이다. 언젠가 장편으로 만들 수 있으면 좋겠다고 생각했었지만, 이런 이야기로 완성할 생각은 없었다. 이 이야기는 2023년 비전 『태양의 아이들』로 정의하고 싶다. 그러니 언젠가 또다시 『태양의 아이들』을 전혀 다른 이야기로 써 낼지도 모른다.

나는 여기서 어떤 인물을 만들어 내고, 어떤 이야기를 하고, 어떤 메시지를 주고, 뛰어난 즐거움이나 아름다움을 선물하겠다는 목표가 없었기 때문에 글을 완성할 수 있었다.

나에게 즐거움을 주는 이야기를 잠시 상상해 본다. 지구가 아닌 곳의 '브레멘 음악대'는 어떤가? 당나귀, 개, 고양이, 닭, 그리고 어쩌면 우주인 하나도 함께인 음악대. 그들은 우주선을 타고 돌아다닐 수도 있고, 각자 다른 사이즈의 우주복을 입었을 수도 있다. 드넓은 우주에서 아무것도 필요하지 않은 엄청난 동물들일 수도 있다! 다섯 마리 동물의 행진, 유영, 모험, 공연, 놀이, 탐색……. 무엇이든 재미있지 않을까? 그저 내가 좋아서 쓰는 이야기가 누군가를 즐겁게 한다면 나는 내가 조금 더 좋아질 것 같다.

4.

비늘이 반짝거리고 통통한, 예쁘고 건강한 금붕어를 떠올린다. 바다를 자주 보러 갈 수 없으니까 예쁜 어항이라도 곁에 두고 살면 어떨까? 그 안에는 나를 닮은 금붕어가 있으면 좋겠지만, 나는 어떤 금붕어인지 모르겠다. 코메트, 단정, 진주린, 난주, 아니면 오란다, 툭눈이 중에서 나를 가장 닮은 금붕어는 나로서는 알 수 없다. 어항 바깥에서 바라봐 주고 돌봐 주는 사람이 있어야 한다. 인생은 그런 사람을 만나는 여정이라 생각한다.

지금을 버틸 수 있는 약간의 확신만 있으면 된다. 나는 내가 둥근 어항 속에서 죽지 않고 헤엄치고 있는 '괜찮은' 금붕어라는 것을 안다. 당신은 오늘 어떤 모습을 하고 있는가? 어떤 동물에 가까운가? 우리는 조금씩 자신의 모습을 발견해 나갈 것이라는 믿음으로 숨을 쉬자. 언젠가 나는 내가 오란다인지 난주인지 알게 될 것이다. 그때 나는 아주 흐린 물속에서도 나를 선명하게 볼 것이다.

2024년 4월

한요나